悪役令息に転生したビッチは
戦場の天使と呼ばれています。2

登場人物紹介
ノルン
Norn
フテラ教に仕える騎士。
治癒士として人を救い続けるアンジェロに惹かれ、彼を愛するようになる。
アンジェロ
Angelo
いわれのない罪で奉仕活動を命じられた公爵令息。
治癒魔法を習得し、治癒士として大活躍中。

イーザム
Eatham
東の前線の治癒士。
アンジェロの傷を癒し、
魔法を伝授した**師匠的存在**。
ヴィヴィ
Vivi
王都から前線へ
派遣された治癒士。
勉強熱心で
医学に造詣が深い。
オレリアン
Aurelian
弟を誰より大切に思う、
アンジェロの**頼れる兄**。
ミハル
Michal
治療小屋で働く、
アンジェロの**先輩**。
足の古傷をアンジェロに
治してもらった。
ガリウス
Gaiust
百戦錬磨の傭兵で、
東の前線のまとめ役。

第一章

窓から差しこむ柔らかな光が部屋を照らし出すと、一緒に寝ていたノルンが体を起こし、俺の耳元に低い声で囁《ささや》く。

「アンジェロ様、朝ですよ」

「……ん。はぁい」

母親に起こされる子どものように目を擦《こす》りながら見上げると、ノルンは目を細め、いつものように額にキスをくれた。

くすぐったい感触に口元が綻ぶ。

俺は体を目覚めさせるために、う～んと体を伸ばした。

断罪された悪役令息アンジェロ・ベルシュタインに転生してから、慌ただしく日々が過ぎた。

はじまりは、いけすかない王子による断罪だった。

罪の内容は、国教であるフテラ教への侮辱行為と、王子の恋人マリアを傷つけた、というもの。

聴衆の面前で貶《おとし》められ絶望しているアンジェロの脳裏に、前世の記憶が蘇《よみがえ》ったのだ。

それは看護師としてバリバリ働き、プライベートでは男をとっかえひっかえしながらワンナイトの恋に溺《おぼ》れ、病気により若くして生涯を終えた、小川斗真《おがわとうま》の記憶。

記憶が戻ったと同時に斗真としての自我に目覚めた俺は、わけもわからぬまま危険な前線での奉仕活動を命じられた。

行き先は、騎士も逃げ出すほど過酷なことで有名な、東の前線。

最初は不安でいっぱいだったが、看護師としてのスキルを生かし、なんとかこの前線で生き延びてきたのだ。

まぁ、アンジェロが幼い頃に何者かに呪いをかけられたという壮絶な過去があったと知ったり、前線ではゴブリンにさらわれたり、ピンクスライムで発情したりといろんなことがあった。

アンジェロの背中には、呪いの傷が刻まれている。

その傷についてはまだ謎が多く、傷のせいで魔法も使えず、役立たずの日々を過ごした。

だが、前線の治癒士であるイーザム爺《じい》さんの治療のおかげで少しずつだが魔法が使えるようになり、俺は前線の治癒士として皆から認められることができた。

はじまりは前途多難だと思っていた前線での生活も、ひとつひとつ困難を乗り越えて、今では心を許せる人たちに囲まれている。

前線に来た当初から俺を世話してくれるミハル、治癒士の師匠というべきイーザム爺《じい》さん、最初は険悪だったが今では可愛い後輩のヴィヴィ、前線の傭兵たちをとりまとめる傭兵団長のガリウス。

そして――俺の護衛兼監視役で教会から派遣された騎士、ノルン。

ノルンの第一印象は、ハッキリ言って最悪だった。

仏頂面で愛想もなく、俺がなにかしようとすると迷惑をかけるなだとか、そんなことできるのかといちゃもんをつけてきた。

だが、一緒に過ごしていくにつれ俺のことを理解し、俺がピンチに陥《おちい》れば助けてくれた。

あとは、勘違いで自慰《じい》の指導をしてくれたり、ゴブリンにやられそうになった体をお清めしてくれたり。ピンクスライムで発情したときには体を張って治療という名のやらしいこともしてくれた。

俺とノルンの関係は悪役令息とその護衛というものから、ずいぶんと変わっていた。

その関係性に名前をつけるのは……なんとも難しい。

ノルンは俺に想いを寄せてくれてはいるが、俺はまだそれに答えることができずにいる。

ノルンのことは嫌いじゃない。

一緒にいて安心するし、優しい笑顔に胸がキュンとすることだってある。

けれど、前世から誰かひとりを想う恋の辛さから逃げ、割り切った関係性ばかりを求めていたため、恋愛というものに正面切って向き合うのは、正直怖い。

そんな曖昧《あいまい》な態度をとる俺に対して、ノルンはそれでもいいと寛容な態度を見せてくれるので、俺は思いっきりそれに甘えている。

そして今日もノルンに世話を焼かれ、前線での一日がはじまった。

軽傷部屋の患者を見てまわっていると、広場にオレリアンからの物資が届いたと知らせが入った。

診察を終わらせて広場に向かうと、ベルシュタイン公爵家の家紋が入った立派な馬車が見えた。

以前、この前線には本来送られるべき物資が満足に届けられておらず、強欲な騎士たちに着服されていた。

それを知ったアンジェロの兄オレリアンが、前線に必要な物資を独自のルートで届けてくれるようになったのだ。

いつもは馬車二台分の物資が送られてくるのだが、今日は馬車三台といつもより数が多かった。

それに、護衛の人数も多い。

荷下ろしを手伝っていると、治療小屋に運ぶ箱の中に見慣れない頑丈な入れ物が目に入る。

壊れ物が入っているのか、四隅がしっかりと補強された木箱が気になってしょうがない。

首を傾げていると、普段は荷下ろしに顔を見せないイーザム爺《じい》さんがやってくる。

「イーザム様、どうなさったのですか？」

「今日の荷物は特別じゃから、確認しにきたんじゃ。ほれ、アンジェロ。その黒い木箱は村に持っていくやつじゃからリアカーに乗せておけ。洗礼式に必要なものが入っとる」

「は、はい」

黒い木箱をリアカーに乗せながら、イーザム爺《じい》さんの動向も気になって目で追う。

爺《じい》さんは護衛の兵士に声をかけると、あの頑丈な木箱を三個ほど受けとり、大事そうに運んでいった。

荷分けが終わり、俺とノルンは村へ荷物を届けに向かう。

物資の配給日は、いつも村の奥様方が目を輝かせながら到着するのを待っている。

村へ続く小道を進み村の広場に到着すると、今日も皆から大歓迎された。

先頭で今か今かと待っていたのは、村の少女ミカ。

彼女は俺を見つけるなりこちらに駆け寄ってくる。

「アンジェロ様、ノルン様！　ミカも運ぶの手伝います」

「ありがとう、ミカちゃん」

笑顔のミカとともに広場へ荷を持っていくと、奥様方を中心に荷解きがはじまる。

そして、イーザム爺《じい》さんが『洗礼式に必要』と言っていた黒い荷箱の周りには、エイラとその友達と思われる女の子たちがウキウキした表情で荷解きを待っていた。

「ノルンさん、あの箱にはなにが入っているんでしょうか？」

「洗礼式のときに着る服の布地でしょう。洗礼式は子どもたちにとって大切な行事ですから、それは華やかに着飾るんです」

「そうなんですね」

箱が開けられると、集まっていた女の子たちの嬉しそうな声が響く。エイラも気に入った布地を見つけたのか、自分の体に合わせて可愛らしく微笑んでいる。

そんな彼女たちの様子を見ていると、脳裏にアンジェロの声が蘇《よみがえ》った。

『オレリアン兄様！　今日の洗礼式で僕はどんな加護がもらえるのかな』

それは今まで聞いてきた泣き叫ぶ声とは違う、楽しそうで希望に満ちあふれたものだった。

斗真としての自我に目覚めて以来、俺の中にアンジェロとしての意識はない。完全に消えてしまったわけではないが、心のどこかに隠れているようだ。

アンジェロとしての記憶も断片的にしか思い出せず、ときおりこうして過去の記憶が蘇《よみがえ》る。

――アンジェロも、洗礼式を楽しんだのだろうか……

そんなことを考えていると、なぜか背中の傷がズクリと痛んだ。

配達を終え、小屋に帰ってイーザム爺《じい》さんの部屋を訪れると、そこには普段よりも多めの薬が並んでいた。

イーザム爺《じい》さんにしては珍しく、せっせと薬の整理をしている。

「イーザム様、どうしたんですかこの薬は……」

「お～。いいときに来たなアンジェロ。お前も薬の準備を手伝え」

「あ、はい」

言われるがまま薬の整理を手伝っていると、見慣れない形の薬瓶を見つけた。高そうなガラス瓶に入った液体は、キラキラと虹色に輝いている。

「イーザム様、これはなんの薬なんですか？」

「あ～それはここで一番高いやつじゃから気をつけろよ～。中身は『聖水』じゃからな」

「これが聖水……」

虹色に煌《きら》めく瓶の本数を数えると、イーザム爺《じい》さんはその聖水をまた頑丈な箱に保管していく。

先ほど受けとっていた木箱の中身はこれだったようだ。

「イーザム様、聖水はどんなときに使うのですか？」

「瘴気《しょうき》の魔物が現れたときに使うんじゃ。瘴気《しょうき》ばかりは聖水を使わんとどうにもならんからの～」

「瘴気《しょうき》の、魔物……？」

「王都の人間は聞き馴染みがないか。まぁ、呪われた魔物じゃよ。呪われているだけならいいが、瘴気《しょうき》の魔物の体液を浴びると、その者にも呪いが付与されてしまう。噛まれれば死に至ることもある危険な相手じゃ。洗礼式シーズンになると、なぜかいつも瘴気《しょうき》の魔物たちの数が増える。そいつらとの戦いに向けて、儂《わし》らも準備しておかんといかんのじゃ。今回はオレリアン殿のおかげでこんなに聖水が集まったが、いつもならこの半数だったからのぉ～。毎年毎年数が足らんと抗議しても、儂《わし》らのような底辺の人間に使わせる聖水はないと言われるのがオチじゃった」

「……ひどいですね」

前線で戦う人間がどれだけ命をかけて国を守っているかなんて、教会や王都にいる人たちは考えもしないのだろうな。

「イーザム様。僕にもなにかできることはありませんか？」

「ん～そうじゃなぁ～。お前さんはいつものように頑張ってくれればそれでいい。瘴気《しょうき》の魔物が現れだすと治療小屋も大騒ぎになるからの～。ゆっくりできる間にしっかり休んでおくんじゃぞ」

ニコリと笑うイーザム爺《じい》さんに応えるように、俺も微笑みを返す。

瘴気《しょうき》の魔物の治療に関しては、前世の記憶も役に立たない。

呪いを付与し命すら脅《おびや》かす魔物となると、聞いただけでも恐ろしく感じる。

「誰も犠牲にならなければいいけど……」

ざわつく気持ちを落ち着けるように、今は自分の仕事をこなさなければと気持ちを切り替えた。

それから三週間。

村は洗礼式のためにお祭りのような賑《にぎ》わいを見せている。

洗礼式は地方からはじまり、王都に向けて巡礼していくように行われる。そしてはじめに式が行われてから二カ月後に、王都での盛大な式が貴族の子どもたちを中心に催されるらしい。

今日はここ、東の前線で洗礼式が行われる。

洗礼式の記憶がない俺にとって、今回が初体験だ。

八歳になる子どもたちは、各家庭で服を準備して着飾る。

男の子は普段着よりも上等な生地の服を着て、女の子は普段は着ることの少ない膝下丈の華やかなスカートを穿《は》き、思い思いの装いで一生に一度の式を飾るのだ。

髪型は、洗礼式が行われる二週間前から、エイラをはじめ村の女の子たちが俺に髪の毛をセットしてほしいと依頼してきた。

さすがに十人以上になるとひとりでは洗礼式当日にやりきれないので、事前に完成した衣装を着てもらって髪型を提案。それを当日親御さんやお姉さんたちができるよう教えることにした。

あとは、そんな可愛らしい子どもたちに彩りを加える様々な種類の髪飾り。

これはオレリアンからの贈り物だった。

オレリアンは服の生地以外にも、髪飾りやリボンなど女の子の胸をときめかせるような小物を送ってくれていた。

服に合わせて女の子たちの反応を見ながら髪を結い、リボンや髪飾りをつけていくと、八歳の少女も素敵なレディーに変身する。

「エイラちゃん、すごく可愛いよ」

「うわぁ～！　アンジェロ様、ありがとうございます！」

エイラが鏡でいろんな角度から自分の姿を見ては頬をゆるませる。

「エイラさん。よく似合っていますよ」

隣にいたノルンも珍しく仏頂面を崩して笑顔を見せる。エイラは髪飾りやリボンが入った箱をノルンに向け、微笑みかけた。

「ノルンさんもどうですか？」

「え？　いや、私は……」

エイラの無茶振りに戸惑うノルン。その姿をからかうように、俺も追い討ちをかける。

「ノルンさん、好きなリボンを選んでください。僕が結びますから」

イタズラっぽく微笑んで、ノルンの困った姿を拝もうかと思ったが……彼は真剣な顔で箱の中を見つめると、リボンをひとつ手にとった。

彼が選んだリボンは綺麗な青色。

それは、まるでアンジェロの瞳のような色だった。

「このリボンがいいですね」

「そう、ですか。では、この椅子に座ってください」

ノルンからリボンを受けとり、少し高めに括《くく》られた髪紐の上から結んでいく。可愛らしい小ぶりのリボン結びにしてやると、思った以上に似合っていた。

「わぁ！　ノルンさん可愛いですね」

エイラに褒められて、まんざらでもなさそうだ。

「アンジェロ様、ありがとうございました」

ノルンは少女のように嬉しそうに微笑む。

イケメンはなにをしてもイケメンなのだと痛感した。

お昼前になると、いよいよ洗礼式本番だ。

王都から教会のお偉いさんたちや巫女様方が、このときだけは毎年わざわざ前線までやってくるらしい。

村の集会所に、子どもたちやその親御さんたちが集まりはじめた。

「こんなに大勢の方々が王都から前線までやってくるなんて、すごいですね」

「えぇ、洗礼はすべての民に与えられた権利ですからね。未来を担う子どもたちの成長を祈るのは教会の人間にとっての義務であり、とても大切なことです」

ノルンはそう言ってエイラたちに温かな視線を向ける。

教会にはあまりいいイメージはない。だが、民を思う気持ちのある者もいるのだと少し見直す。

そうこうしていると、馬車の車輪の音が聞こえてきた。

子どもたちが馬車へ駆け寄っていく。

幌馬車が三台と、最後に鷲《わし》の紋章が入った黒塗りの馬車が一台到着した。

ノルンはその馬車を見て目を見開く。

「——っ⁉　なぜここに王室の馬車が……」

「王室？」

ノルンが答えるより先に、護衛の兵士が馬車のドアを開ける。

中から出てきたのは、転生初日に見た茶髪のイケメン王子と美しい少女——マリアだった。

俺を断罪したイケメン王子は村人たちに手を振って愛想を振り撒きながら馬車を降りてくる。

マリアは王子にエスコートされていた。

そして真っ白なローブに身を包んだ教会の関係者が、集まった村人たちの前に出る。

「本日の洗礼式にはマイク王子がご参加になります。洗礼を受ける子どもたちはすみやかに集会所へ集まりなさい」

王子の名が出ると村人たちはざわめき、王子に注目が集まる。

王子はそんな村人の視線に応えるように微笑みながら、あたりを見渡す。

そして俺と目が合うとニンマリと笑みを浮かべ、隣にいるマリアになにやら耳打ちをした。

マリアはチラリと俺に視線を向けるが、すぐにそらし、ふたりは集会所へ歩いていった。

ふたりの姿……いや、マリアを見た瞬間からアンジェロの心臓が激しく脈を打っている。

マリアから目が離せなくて追うように後ろ姿を見つめていると、服の裾《すそ》を引っ張られた。

下を向くと、そこにはミカがいた。

「アンジェロ様、おねーちゃんの洗礼式見に行こう」

「う、うん。そうだね……」

エイラの洗礼式を見に行こう、と約束していたのを思い出し、手を引かれて集会所へ向かう。

集会所の中は洗礼式のために祭壇が準備されていた。

子どもたちはワクワクした顔で式のはじまりを待つ。

そして司祭がフテラ教のシンボルである三日月のペンダントを掲げ、子どもたちに向けて祝いの言葉を述べる。

司祭の祝辞《しゅくじ》が終わると、子どもたちは一列に並び、まずは属性判定がはじまった。

水晶石に触れると、触れた者の魔力の属性に応じて石の色が変わる。そうして自分がなんの属性に秀でているかを知るのだ。

子どもたちは水晶石に触れ、自分の魔力の色を見て目を輝かせていた。緑や青や赤と、水晶石は色とりどりに変わっていく。

エイラの番がやってくると、水晶石は水色に光り輝いた。

「おねーちゃんは水の属性なんだぁ！　すごく綺麗だね、アンジェロ様」

「そうだね」

自分の魔力の色を見て、エイラは嬉しそうに笑っている。

八歳の頃のアンジェロも、洗礼式ではあんな風に笑顔を見せたのだろうか。

そう考えると、背中の傷が痛んだ。

属性の判定が終わり、司祭が一人ひとりの名を呼ぶ。

子どもたちがひざまずいて祈りを捧げると、司祭は背中に手を当て、なにやら呟いている。

「アンジェロ様。司祭様はなにをしているの？」

「あ～あれはね……えっと……」

洗礼式の記憶も知識もゴッソリ抜け落ちている俺は、ミカの質問に言葉を濁《にご》す。

適当なことを言ってもいけないよなぁ～と悩んでいると、隣にいたノルンが口を開いた。

「フテラ様の祝福を分けているんですよ。皆がこの地で幸せに暮らせるようにと祈っているんです」

「そうなんだ～！　あ、次はおねーちゃんの番だ！」

エイラは緊張した顔で祈りを捧げ、他の子どもたちと同様に、無事に祝福を授けられていた。

そうして洗礼式はなにごともなく終わり、子たちにはお菓子などが配られ、皆笑顔を見せていた。

エイラたちの嬉しそうな様子を見ながら、チラリと祭壇のほうへ目を向ける。

そこには賓客らしく上等な椅子に座る、マイク王子とマリアがいた。

ふたりとも子どもたちの喜ぶ姿を微笑ましく見ているのかと思ったが、マイク王子の表情は明るいものの、マリアはどこか表情が暗い。

その表情にはなんだか見覚えがある――そう思った瞬間、頭がズキリと痛んだ。

洗礼式を終えた後、俺とノルンは集会所の片づけを手伝っていた。

祭壇に引かれた祭事用の真っ白なクロスを外していると、背後から「おい」と意地悪そうな声に呼びかけられる。

無視したいけど、そういうわけにはいけないよなぁ〜と思いながらしぶしぶ振り向くと、予想通りマイク王子がマリアとともに立っていた。

「無様な姿だな、アンジェロ・ベルシュタイン。公爵家の落ちこぼれが、こんなところまで落ちたとは」

嫌味面して第一声から喧嘩売る気満々の王子に、俺は毅然《きぜん》とした態度で対応する。

「お久しぶりです、マイク王子。おかげさまで元気に過ごさせていただいております」

ニコリと笑いかけると、俺の言葉と態度に虚《きょ》をつかれたのか、王子は驚いた顔で数秒固まった。

それから少し慌てた様子で捲《まく》し立てる。

「ど、どうせ前線でもなんの役にも立たず、公爵家の名を盾に好き勝手して迷惑をかけているんだろう。お前のような落ちこぼれにできることなどあるはずがないのだからな」

王子の口ぶりに、まるで幼い子どもに喧嘩をふっかけられているような気分になる。

こんなのが王子で、この国は大丈夫なのかよ。

「そうですね。私が前線に来てからまだ数カ月しか経っていません。わからないことも多く、前線の方々には迷惑をかけることも多いと思います」

そう口にすると、なぜか王子が偉そうな態度に変わる。

「そうだろうなぁ！　お前など前線にいても邪魔になるだけだ。役立たずが意地を張ってまだ前線にいると聞いたから、洗礼式の視察がてら顔を見に来てやったが、自分の立場も理解できずに呑気に過ごしていたとは……フテラ様を侮辱し、マリアを傷つけた罪はそう簡単に許されることではない。やはりお前の罪はもっと違うかたちで償《つぐな》うべきだとヨキラス教皇に進言しなければなぁ。後方でコソコソと働くふりをするのではなく、最前線で盾にでもなったほうがいいんじゃないか？」

マリアの肩を抱き、口角を嫌味ったらしく上げるマイク王子。

言葉にも態度にも性格の悪さが思いっきり出ていて、俺も笑顔が引き攣《つ》る。

王子の隣にいるマリアに視線を向けると、目が合った。

しかし、その視線はすぐにそらされる。

どう反論してやろうかと考えを巡らせていると、隣で俺たちのやりとりを聞いていたノルンがすっと会話に入ってきた。

「王子、失礼を承知で申し上げます。わたくしはこの数カ月、アンジェロ様の護衛として、おそばで過ごしてまいりました。アンジェロ様はこの前線においてもはや必要不可欠な存在であり、決して役立たずなどではありません。これまでの前線での働きは、奉仕活動としての域を超えており、ともに戦う者たちの誰もがアンジェロ様の治癒士としての功績を認めています」

――おぉ、ノルンが俺をベタ褒めしている。

まさかノルンから俺を庇う言葉が出てくるとは思っていなかったのだろう。王子はギッとノルンを睨《にら》みつけた。

「お前は護衛の分際で、罪人の肩を持つのか!?」

「私は事実を述べたまでです。もしアンジェロ様が本当に役立たずならば、私ははっきり役立たずと申し上げます。しかし、アンジェロ様は立派な方です。王子も一度アンジェロ様の治癒士としての活動を見ていただければ、ご納得なさるでしょう。どんな過酷な場面でも冷静に判断し、患者のために行動する凛としたお姿。そして心から患者に寄り添い、微笑みを向ける横顔を見れば、きっとアンジェロ様の素晴らしさをご理解していただけると思います」

ノルンは真顔で俺を褒め称え続けている。

その様子にマイク王子は圧倒され、言い返す言葉が見つからないのか黙りこむ。

そして俺は恥ずかしさのあまり顔を真っ赤に染めて、バカ王子と同じく黙りこんでいた。

ノルンのベタ褒めが終わり、場が変な空気に包まれたとき、はじめてマリアが口を開いた。

「……王子。もう馬車に戻りましょう」

マリアはそれだけ言って、俺たちに背を向ける。

「え？　あ、あぁ、そうだな。……罪人アンジェロ・ベルシュタイン。しっかりと罪を償《つぐな》うんだぞ」

マイク王子は最後まで皮肉たっぷりな言葉を俺にぶつけると、慌ててマリアの後を追った。

ふたりの姿が見えなくなると、フゥ……と思わずため息がもれる。

一息ついてノルンを見上げると、彼は心配そうに眉を下げた。

「アンジェロ様、大丈夫でしたか？　辛い言葉をかけられていましたが……」

「僕なら大丈夫ですよ。王子の言葉は……まぁ、受け流しておきます。それよりも……」

「それよりも？」

「ノルンさんからの褒め言葉が恥ずかしすぎて、それどころではありませんでした」

照れ笑いしながら伝えると、ノルンはポンと頬を赤くする。

「申し訳ありません。王子にはアンジェロ様の本当の姿を知っていただきたく、つい熱が入ってしまいました……」

「いいえ、助けてくれてありがとうございます。ノルンさんのおかげで、嫌な気持ちは残りませんでしたから」

恥ずかしげに謝るノルンにそう伝える。彼は安心したように、ふわりと笑みを見せてくれた。

それから、俺と王子のやりとりを見ていた村の人々が心配そうに声をかけてきて、皆、俺の味方だと言ってくれた。

その言葉に、心から救われる思いだった。


集会所の倉庫に荷物を運び、あと少しで片づけも終わりというとき。

倉庫の奥に、意外な人影を見つけた。

その人影――マリアと目が合うと、ドクンと胸が高鳴る。

「……アンジェロ。少し話ができないかしら」

アンジェロの胸をざわつかせる涼やかな声に、俺は無意識にうなずき、そちらに歩み寄った。

薄暗い倉庫の闇と混ざり合う、長く伸びた深い藍色の髪。そんな闇の中でも鋭く光る緋色の瞳。

彼女の瞳に見つめられると、アンジェロの胸の鼓動はさらに速くなる。

「マリア……どう、したの？」

なにも考えずに出た言葉と笑顔。

俺の様子に、マリアはぐっと下唇を噛む。

「……こんな目に遭っているというのに、貴方は私を責めないのね」

まるで怒りをぶつけてほしいと言うようなマリアの言葉に、俺はなにがなんだかわからずにいた。

マリアとの記憶はアンジェロによって閉ざされており、俺はふたりの関係を知らない。

なんて答えれば正解なのかわからず、黙ることしかできなかった。

そんな俺を見て、マリアは眉間の皺《しわ》を深くする。

「ねぇ、アンジェロ。最後に話したときのこと、覚えてる？」

「…………」

「そうよね、覚えているのも嫌よね。……私は貴方に、あんなひどいことを言ったのだから」

マリアの声は少しずつ弱々しくなっていき、手は震えを抑えるように服の裾《すそ》をぐっと握る。彼女のそんな様子に、アンジェロの胸は強く締めつけられた。

――アンジェロとマリアは、一体なにを話したのだろうか？

そんな疑問が浮かび、なんと答えたらいいのか迷っていると、なぜか勝手に口が動いたかのように、自然と言葉が紡がれる。

「僕なら大丈夫だよ、マリア」

マリアの緋色の瞳が、信じられないとばかりに大きく開く。

そして次には端正な顔がくしゃりと歪《ゆが》み、大きな緋色の瞳がうるんでいく。

「アンジェロ。あのときは……ひどいことを言ってごめんなさい」

「……え？」

「本当にごめんなさい……ごめん……ごめんね、アンジェロ」

瞳いっぱいに涙をためて、マリアが謝っている。

その涙を見ると、アンジェロの胸が張り裂けそうなくらいに痛む。

「私……最後に、貴方にちゃんと謝りたかったの」

「最、後？　マリア、それってどういう意味なの？」

俺が問いかけるのと同時に、マリアを呼ぶ声が聞こえてくる。

「……私、行かなくちゃ。アンジェロに会えてよかった」

去ろうとするマリアの手を思わず握ると、彼女は涙をこぼしながらも柔らかな笑顔をくれた。そして、俺の手をすり抜けていく。

その瞬間、マリアとの記憶が蘇《よみがえ》る。

ふたりで過ごした学園の庭園や図書館、笑い合った日々。

そして……今と同じように涙を浮かべ、アンジェロの前から去っていくマリアの姿。

マリアのあとを追いかけようとしたが、すぐに割れるような激しい頭の痛みに襲われた。うずくまり、必死に痛みに耐える。

この痛みは何度か経験したことがある。アンジェロの記憶を掘り起こすときの痛みだ。

だが、今回の痛みは今までで体験した中でも一番のものだった。

「くっ……あ……痛っ……」

もがき苦しみながら頭を抱え、痛みを堪える。

バチバチと頭の中で火花が飛び散り、パッ……パッ……と、アンジェロの記憶が照らされる。

洗礼式、背中の傷、そして……マリアと過ごした日々。

記憶が映し出される度に、頭の中が焼き切れそうに痛んだ。

俺は声にならない悲鳴を上げ、地べたに倒れこむ。

……そして、アンジェロがひた隠しにしていた過去の記憶が紐解かれる。

苦しく辛い、アンジェロの悲しい過去が。

第二章

ベルシュタイン家の次男に生まれた僕は、家族の皆からたくさん愛されて育った。

優しくも威厳《いげん》のある父と、いつも僕に笑顔をくれる母、そして憧れの兄。

僕は家族が大好きだ。

そして、迎えた八歳の誕生日。みんなが僕を祝福してくれていた。

「アンジェロ、誕生日おめでとう」

「アンジェロも、もう八歳になるのか。月日が経つのは早いな」

「えぇ、そうね。あんなに小さくて病弱だったアンジェロがここまで大きくなれたのも、フテラ様が見守ってくれたおかげかしら」

「ありがとうございます。父様、母様、オレリアン兄様」

家族のみんなにお祝いの言葉をもらった僕はエヘヘと笑顔をこぼす。

そして、いつものように母様と一緒に王都にある大聖堂へ向かう。

いつ行っても厳《おごそ》かな雰囲気の大聖堂で、フテラ様に無事誕生日を迎えられたことを報告し、家族の幸せを願いながら祈りを捧げる。

母様も隣で瞼《まぶた》を閉じて祈りを捧げている。

祈り終わると僕を見て、柔らかく微笑んでくれる。

僕は母様のこの笑顔が大好きだ。

母様はフテラ教の敬虔《けいけん》な信者で、祈りの時間をとても大切にしている。

僕もフテラ様は好きだけれど、一番好きなのは母様とふたりきりになれるこの時間で、いつも一緒に大聖堂へ通っていた。

そして大聖堂に行くと、もうひとりの大好きな人の姿が見える。

「ヨキラス大司教様！」

大聖堂に響き渡る僕の声に、母様は少し呆れた顔をする。

名前を呼ばれたヨキラス大司教様は、琥珀《こはく》色の瞳を細めて僕に微笑みかける。

ヨキラス大司教様へ駆け寄り挨拶をすると、ポンと頭を撫でてくれた。

「アンジェロ様、八歳のお誕生日おめでとうございます」

「――!? 僕の誕生日を覚えてくださっていたのですか？」

「えぇ、もちろんですよ」

そう言って微笑むヨキラス大司教様に、僕は嬉しさで胸がいっぱいになる。

「ありがとうございます、ヨキラス大司教様」

「いえいえ、来週に行われる洗礼式も楽しみにしていますよ」

「はい！」

彼はそう言って大聖堂を後にした。

ヨキラス大司教様は、現教皇のひとり息子。若くして大司教様になった、とてもすごい人だ。

それに、綺麗で優しくて……僕は小さな頃からヨキラス大司教様に可愛がってもらっていて、オレリアン兄様と同じくらいにヨキラス様が大好きだ。

「母様。洗礼式、楽しみですね」

「そうね。アンジェロはいい子だから、きっと素敵な加護をフテラ様が授けてくれるはずよ」

そう言って母様は優しく微笑み、僕もきっと素敵なことが起こるだろうと信じて疑わなかった。

それから一週間が経ち、洗礼式当日を迎えた。

今日のために仕立てられた真っ白な礼服に袖《そで》を通す。

オレリアン兄様は学園に行くので、式には来てもらえない。だから兄様が帰ってきたら洗礼式の話をたくさん聞いてもらおうとワクワクしながら馬車に乗りこみ、大聖堂へ向かった。

大聖堂の前にはたくさんの貴族の子どもたちがいて、みんな楽しそうにしている。

大聖堂での洗礼式は、基本的に子どものみで行われる。

僕も父様と母様に「行ってきます」と手を振り大聖堂の中へ入った。

入り口で名前を記帳すると、皆バラバラの個室に案内される。貴族の子どもにとって魔力の属性はひとつの力であり、他の人に簡単に見られないよう、個室でひとりずつ判定されるのだ。

僕も記帳を終えるとシスターに案内されて、一番奥の個室へ入る。そこで緊張しながら属性を判定してくれる担当の司祭様を待っていると、奥の扉が開いた。

現れたのは、礼服を身にまとったヨキラス大司教様だった。

「アンジェロ様、今日はよろしくお願いしますね」

「えぇ！　ヨ、ヨキラス大司教様が僕を担当してくれるのですか？」

「はい。アンジェロ様の洗礼式はぜひ私が担当したいと思っていましたので……大司教としての権限を、少し利用させてもらいました」

イタズラでもしたかのようにクスッと微笑むヨキラス様につられて、緊張していた僕もつい笑ってしまった。

「まずは属性の判定からいたしましょう。さぁ、アンジェロ様。水晶石に手をかざしてください」

「は、はい……」

ドキドキしながら手を水晶石へ伸ばす。僕の魔力は一体どんな色をしているのだろう。オレリアン兄様と同じ『火』の属性なら、水晶石は赤色に染まるはず。

そんなことを考えながら水晶石に魔力をこめると、パァァと真っ白な光で部屋の中が照らされる。

光はキラキラと煌《きら》めき、思わず見惚れるほどの輝きだった。

「うわぁ、とっても綺麗……」

「えぇ、そうですね。これは予想以上の美しさですよ、アンジェロ様。あぁ、やはり貴方は素晴らしい力をお持ちだった」

光り輝く水晶石を見るヨキラス大司教様は、目を細めて恍惚《こうこつ》とした表情を浮かべている。

その顔は、いつもの優しい大司教様とは違って見えた。

「ヨキラス大司教様？　僕の属性って……」

「アンジェロ様の属性は『聖』です。それも強力で、特別な魔力です」

水晶石に流していた魔力を止めると、水晶石は輝きを失う。しかし大司教様の琥珀《こはく》色の瞳は爛々《らんらん》と輝きを放ち、僕をうっとりと見つめていた。

「アンジェロ様、貴方はやはり選ばれし者でした」

「選ばれし、者？」

「えぇ。特別な力を持つ貴方には、特別な方法で洗礼式を受けてもらわなくてはなりません……その前に、見ていただきたいモノがあります。さぁ、こちらへ……」

ヨキラス大司教様に手を差し出されるが、僕はためらった。

なんだかいつもと雰囲気の違う大司教様が、少し怖かったのだ。

「どうされました、アンジェロ様？」

「……いえ、なんでもありません」

あんなに優しい大司教様を怖いと思うなんて、まだ緊張しているのかな？

そう思いながら僕は大司教様の手をとり、踏み入れたことのない大聖堂の奥へ向かった。

ヨキラス大司教様に連れられて仄暗い大聖堂の中を歩いていくと、真っ暗闇に落ちていくような先の見えない長いくだり階段にたどりつく。

怖くて大司教様を見上げると「こちらですよ」と笑顔で促され、ゆっくりと階段をおりた。

冷たく錆《さ》びた匂いの風が頬を撫で、鳥肌が立った。暗闇の中を大司教様の持つランタンの光だけが照らしている。

長い階段をくだり終えると、重厚な鉄の扉が現れた。

ヨキラス大司教様が鍵を開けると、ギシギシ軋《きし》む音を立てながら扉が開く。

その先には、また長い廊下が続いていた。

ところどころランプが置かれているが、薄暗い異様な雰囲気に体が震えそうになる。

ヨキラス大司教様の手を少し強く握ると、優しく握り返してくれた。

「もうすぐ目的の場所に到着しますよ」

「はい……」

コツコツと響く大司教の革靴の音を聞きながらしばらく歩き、扉の前で止まる。

「この中に、アンジェロ様に見ていただきたいモノがあります」

そう言ってヨキラス大司教様は扉に手をかざして呪文を唱え、扉を開いた。

手を引かれ、恐る恐る中へ入る。

部屋の中には、数名の子どもたちがいた。僕と同い年くらいの子から、何歳か年上の男女。

けれど、その子どもたちはどこかおかしかった。

部屋に入ってきた僕に視線を向けているのに、その瞳は僕を映してはいないように思えた。

表情も変えずただこちらを向く子どもたちが気味悪く、僕は大司教様にしがみつく。

「ヨキラス大司教様、ここは一体なんなのですか？」

震える声で問いかけると、彼は微笑みながら答えた。

「ここにいる子たちは、フテラ様になれなかった子どもたちなんですよ」

「……え？」

――フテラ様に、なれなかった？

その言葉の意味がわからずに、僕はヨキラス大司教様を見上げる。

「この子たちもアンジェロ様と同じく特別な力を持った子たちでした。ですが、フテラ様になるための試練に耐えきれず、心を閉ざしてしまったのです」

「フテラ様に……な、る……？」

「えぇ。アンジェロ様もこの子たち同様に、フテラ様の力を受け継いだ特別な存在です。ですが、フテラ様のような崇高な存在になるためには試練を耐え抜かなければなりません。フテラ様の力は強大なものです。素質を持っていても、その力に耐えうる心がなければいけません。でないとこのように心が壊れてしまうのです。しかしアンジェロ様ならきっと過酷な試練にも、耐え抜くことができると信じております。そして、私の天使になっていただきたいのです」

夢見るようにそう語る大司教様にヒュッと息を呑む。なにを言っているのか、意味がわからない。

――僕が、フテラ様に？　ヨキラス様の天使って、どういうことなの？

言葉にならない恐怖が襲い、繋いでいた手を離そうとするが、ヨキラス大司教様は力を強め、離してくれない。

「ヨ、ヨキラス大司教様……僕、僕……」

「恐れることはありません。私が貴方を立派な天使へ……フテラ様にしてみせます」

グッと握られた手は振り解くことなどできず、引きずられるようにして部屋から連れだされる。

「い、嫌っ……あ……」

部屋の中にいる子どもたちに助けを求めるが……僕を見つめる子どもたちの瞳には、絶望の色が映るだけだった。

恐怖で足がすくみ、引きずられるように長い廊下を奥へ奥へと進む。

最奥の扉を開き、中に入ると、小さな部屋に祭壇が飾られていた。

フテラ様の銅像が祀《まつ》られたそこは、小さな教会のようだった。

扉が閉められると、握られていた手を解かれる。逃げ出したいのに、恐怖で体がうまく動かない。

扉のほうへ後退りしようとする間に、ヨキラス様は祭壇に置いてあった小箱からなにかをとり出した。

「さぁアンジェロ様、今から洗礼式をはじめます」

ヨキラス大司教様が握っているのは、短刀だ。それを使って僕になにをするのか、考えただけでも恐ろしかった。

「や……やだ……来ないで……」

一歩、また一歩と近づいてくる大司教様から逃げたい一心で扉へ駆ける。

しかし扉は押しても引いても開くことはなく、僕は必死でノブを動かした。

「その扉は特殊な呪文がかけられています。私以外に開けることはできないのですよ」

頭上から聞こえる冷えた声に、足がすくむ。

ヨキラス大司教様は僕の体を軽々と片手で抱き上げると、祭壇の中央へ向かった。

じたばたもがいて抵抗するが、子どもの僕が大司教様に力で勝つことなどできるはずもない。

怖くて怖くてたまらず、僕はポロポロと涙を流しやめてくれと訴える。

「ヨキラス様……怖い、です……。もう……やめてください……」

「これは貴方の使命なのです。貴方はこの国の、そして皆の希望になりうる存在なのですから。特別な貴方ならば、この試練にもきっと耐えることができます」

「やだ……やだぁ……」

どんなに泣いてもヨキラス大司教様がやめることはない。

父様と母様がこの日のために用意してくれた礼服を脱がされ、ヒヤリと冷えた床にうつ伏せに寝かされた。ヨキラス大司教様が僕の上にのしかかる。

「な、なにをするんですか……」

「アンジェロ様、貴方には今からフテラ様と同じ運命をたどっていただきます。大丈夫、数々の困難を乗り越えた先には、輝かしい未来が待っているのですよ」

大司教様がなにを言っているのかわからない。

恐怖でうまく呼吸ができず、もがけばもがくほど息が上がる。

大司教様は僕の背中に触れると、まるで歌うようにフテラ様の神話を語りはじめた。

「かつて天使であったフテラ様は罪を犯し、償《つぐな》いのために翼をもがれ、地上へ追放されました。はじめは地上の民に受け入れてもらえず、苦しい時期を過ごしたフテラ様ですが、少しずつ民と心を通わせ人々の優しさに触れると、心を入れ替えました。そして民の心と体を癒《いや》し続けたフテラ様は翼をとりもどし、天使となって天界へ羽ばたいたのです……。さぁ、アンジェロ様。今から貴方の翼を切り落とします」

「やだ！　いや、いや、やめて！　お願いしますヨキラス大司教様、いやだ……やだぁ……」

つぅ、と背中を撫でられる。『切り落とす』という不穏な言葉とヨキラス大司教様が手にしていた短刀を思い浮かべれば、今から自分の身になにが起こるのか想像するのは簡単だった。

「アンジェロ様、ともに苦難を乗り越えましょう……」

ヨキラス大司教様がそう言った瞬間、僕の背中に刃が突き立てられた。

僕の叫び声が小部屋を埋め尽くす。

床に爪を立てて痛みから、大司教様から逃げようとする。

父様や母様、そして僕の目の前で微笑むフテラ様の銅像に助けを乞うた。

けれど、届きはしなかった。

深々と僕の背中を貫いた短刀の激痛に耐えていると、痛みが少しずつ消えていく。

ヨキラス大司教様が治癒魔法の呪文を唱えていた。

けれど、僕の背中にはまだ短刀は突き刺さったままで、なぜ治癒魔法をかけるのか意味がわからない。大司教様の行動に、僕の心はすでに壊れかけていた。

「ひとつ目の試練が終わりました。頑張りましたね、アンジェロ様」

ヨキラス大司教様は、いつもの柔らかな優しい声で僕を慰《なぐさ》める。僕は涙で濡れた床に突っ伏したまま、早くこの恐ろしい悪夢が覚めてほしいと願う。

「あと少しの辛抱ですよ」

それから大司教様が聞き慣れない呪文を呟くと、その言葉に短刀が反応するように熱くなっていく。そこから背中の皮膚が焼けていくように、痛みが広がっていった。

「くっ、あ！　い、痛い……！　やだ、やめて……やめ、て……」

床に突き立てた爪が欠けるほど力をこめて耐えたけれど、動くと背中の痛みが増して逆効果だった。なにもできず、ただ恐ろしい呪文を聞きながら痛みに耐える時間はとても長く感じた。

ヨキラス大司教様の声が止まると、ゆっくりと短刀が引き抜かれ、痛みと恐怖で息が詰まる。

すぐに治癒魔法をかけられるけれど、魔法を流されるとまた刺されたような痛みが走り、僕は何度も叫び声を上げた。

ヨキラス大司教様の手が背中から離れたとき、僕の意識はすでに途切れてしまいそうだった。

そんな僕を見たヨキラス大司教様は、穏やかな声で話しかけてくる。

「よく頑張りましたね、アンジェロ様。これですべての儀式が終わりました」

大司教様は僕の体を抱き起こすと、僕になにをしたのかひとつひとつ丁寧に説明してきた。

フテラ様が翼を失い天使としての力を失ったように、魔法が使えないよう魔力管を傷つけたこと。

そして、今日この地下で起きた出来事が話せないように強力な呪いを背中にかけたこと。

けれど僕にはヨキラス大司教様が一体なにを言っているのか意味がわからず「なんで……」と、呟き、彼の顔を見上げる。

大司教様は、そんな僕に柔らかく微笑んだ。

「これも試練のひとつなのですよ。今日の出来事は私とアンジェロ様、ふたりだけの秘密です。もし今日のことを話そうとすれば、呪いの制約により言葉を発することすらできないほどの激痛が全身に走ります。あの短刀は教会に保管されている呪具の中でも強力なものですから、この呪いを祓える者は……私以外にはいないでしょうね」

ヨキラス大司教様の言葉に、頭が真っ白になった。

傷つけただけでなく、呪いまでかけるなんて。

なんでこんな目に遭わなければいけないのかわからず、また涙があふれた。

ヨキラス大司教様は僕に優しく微笑みかけると、冷たい指先で頬の涙を拭ってくる。

「フテラ様も、同じように涙したのでしょうね」

「僕は……フテラ様なんかじゃない……」

「ええ、今は違います。ですが、これからなるのです。私だけの天使フテラに……」

ヨキラス大司教様は嬉しそうに微笑むと体の動かない僕に服を着せ、抱きかかえたまま大聖堂へ戻った。

もう他の子たちの姿はなく、外へ出ると、母様が心配そうな顔をして僕の帰りを待っていた。

「遅くなって申し訳ありません、ベルシュタイン公爵夫人」

「かあ、さま……」

「アンジェロ！　一体なにがあったのですか？」

母様を見て、僕はすぐにでもヨキラス大司教様の腕の中から抜け出したくて必死に手を伸ばす。

僕の様子にただごとではないと気づいた母様も僕に駆け寄るが……母様の手は、大司教様により遮《さえぎ》られた。

「申し訳ありません。アンジェロ様はフテラ様からの呪いを受けています。先ほどまで、その呪いによりアンジェロ様は錯乱状態に陥《おちい》っておりました……」

「フテラ、様の……呪い……？」

ヨキラス大司教様の言葉に、母様が信じられないというように目を見開いた。

僕は母様を騙《だま》そうとする大司教様を睨《にら》みつけ、本当はなにが起きたのか知らせようと口を開く。

「母様、違います！　僕は呪いなんて受けてない！　この呪いはヨ……ぐぁぁぁぁああッッ！」

『ヨキラス大司教様が僕に呪いをかけたんだ』――そう言葉にしようとすると、背中を短刀で抉《えぐ》られたときと同じか、それ以上の激痛が走る。

大司教様の腕の中で叫び、もがき苦しむ僕の姿を見て、母様の顔が青ざめる。

そんな僕たちを見つめ、大司教様は穏やかな声で話しはじめた。

「公爵夫人、恐れないでください。これは未熟なアンジェロ様にフテラ様がお与えになった試練に違いありません。私と教会は、アンジェロ様の罪をともに償《つぐな》っていきます」

「そ、んなアンジェロ……なぜ？　ヨキラス大司教様……私は、どうしたらいいのでしょうか……」

痛みで遠のく意識の中、ヨキラス大司教様の嘘の言葉と母様のすすり泣く声が聞こえる。

僕は必死に母様に手を伸ばすが、その手が届くことはなかった……

目が覚めたとき、僕は自分のベッドの上に寝かされていた。

洗礼式での出来事はひどい悪夢だったんじゃないかと思ったけれど、体を起こしたとき背中に走った痛みで、これが現実なのだと思い知らされる。

「これから……どうなるんだろう……」

痛む傷、呪い……僕ひとりではどうにもできない問題に、恐怖でいっぱいになる。

うずくまり、あふれてくる涙を拭っていると、ノックもなしに部屋の扉が開かれた。

視線を向けると、そこには父様がいた。

なんとかベッドから立ち上がり、声をかけようとすると父様の怒声が響き渡る。

「お前はなんてことをしたんだ！」

「父……様……？」

「ヨキラス大司教様から話は聞いた。洗礼式で無礼な態度をとり、フテラ様を侮辱し呪いをかけられたと……！　一体なぜそんなことをした！」

ヨキラス大司教様から嘘の話を聞かされた父様は、怒りに満ちた顔で僕を怒鳴りつける。

父様のこんな顔など見たことがなくて僕は怖くて震える。

「父様……僕は……」

『僕はそんなことはしていない』と、口にしようとしたとき、背中の傷がズクッと痛む。

あのときの痛みを思い出して口をつぐんだ僕を見て、父様は深いため息を吐いた。

「言い訳すらないとはな……なにか理由があるなら、と信じたかったが……。アンジェロ、お前には失望した」

「まって、父様……」

違うんだと父様に手を伸ばすが、その手を払われ、冷たい視線を向けられる。

僕は、去っていく父様の背を見つめることしかできなかった。

それから使用人たちが僕の世話や食事のためにやってきたが、彼らは僕の姿を見て、様々な態度を示した。

恐れを見せる者もいれば、軽蔑《けいべつ》した視線を向ける者もいて……

どうして自分だけがこんな目に遭わなければいけないのかと、僕は感情のまま暴れた。

暴れれば、使用人たちが僕を押さえつける。腕や背中を押さえこまれるとヨキラス大司教様にされたことを思い出し、耐えられなくて叫んだ。

恐怖と不安と孤独感でいっぱいいっぱいだった僕は、部屋にやってきたオレリアン兄様の手すら振り払った。

家族が僕を拒絶する姿を見るのは、耐えられなかった。

洗礼式を境に、僕たち家族はバラバラになった。

母様は僕が呪いを受けた事実を受け入れられず心を病み、僕の前に姿を見せてくれることはなくなった。

父様は僕の呪いを解こうと教会から聖職者を招き治療を試みたが、ヨキラス大司教様がかけた呪いを解ける者などいるはずがなかった。治療は、僕に痛みを与えるだけの行為だった。

オレリアン兄様は学園を卒業すると、すぐに公爵家の跡取りとして仕事のため留学し、屋敷を出ていった。

僕はというと、公爵家の体裁を守るために卒業まで学園に通うことを強いられていた。

だが、僕が呪いを受けた噂は広まっており、誰もが僕から距離をとった。

僕自身も、背後に人の気配がするとあのときのことを思い出して過敏に反応してしまい、皆がそれを気味悪がった。

背中の魔力管を傷つけられたせいで魔法はまったく使えず、皆が僕のことを『公爵家の落ちこぼれ』と呼び、フテラ教を侮辱した罰だと嘲笑った。

屋敷の中にも学園にも僕の居場所はなく、辛くて苦しくて、涙をこぼす毎日。

そんな僕に声をかけてくるのはたったひとり。

ヨキラス大司教様だけだった。

「アンジェロ様、体調はいかがですか？　傷の様子を見に来ましたよ」

父様は僕の呪いの治療をヨキラス大司教様にも頼んだのだ。そのせいで、ヨキラス様は定期的に僕のもとへやってくる。

はじめは顔を見ただけであのときのことを思い出し、全身の震えが止まらなかった。

そんな僕の様子を見ると、大司教様は微笑みを浮かべながら抱きしめてきた。

「や、や……だ……離して……」

「怖がらないでください、アンジェロ様。もう、貴方の体を傷つけるようなことはしません」

「嘘だ！　そう言ってまた僕を傷つけるんだ……」

「あのときは試練のために辛い思いをさせてしまいましたが、二度と貴方を傷つけるようなことはいたしません。フテラ様に誓って」

ヨキラス大司教様はそう言うと、僕の手の甲に口づけをする。

傷つけられ、家族からも拒絶され、ひとりぼっちの僕に手を差し伸べてくれたのは、僕をドン底に突き落とした人。

憎くて憎くてたまらないはずのに、幼い僕にとってはヨキラス大司教様だけが唯一の救いに見えて……僕はその手を振り払うことができなかった。

それから数年の間、僕のことを気にかけてくれるのは、オレリアン兄様とヨキラス大司教様だけになった。

オレリアン兄様は仕事で忙しいのに、時間を作っては僕に会いに来てくれた。

最初は、呪われた僕を気味悪く思っているんじゃないかと不安だったけれど、兄様は昔と変わらずに僕に接してくれた。

最初はうまく話せなかったが、少しずつ僕たちの仲は昔に戻っていった。

そして、ヨキラス大司教様とは……ずっと歪《いびつ》な関係が続いていた。

オレリアン兄様がいない時間、僕という存在を認めてくれるのは大司教様ただひとりだけだった。

治療という名の監視は続いており、定期的にヨキラス大司教様は僕の様子を確認しにくる。

「アンジェロ様、最近はなにか変わったことはありませんでしたか？」

「……なにもありません」

「そうですか。穏やかな日々を過ごされているのですね」

微笑むとヨキラス大司教様は僕のシャツを脱がし、背中の傷を確認する。

大司教様の冷たい指先が背中の傷に触れるとあのときの記憶が蘇《よみがえ》り、体がこわばる。

「今は折れてしまった翼も、いつの日か必ず復活することでしょう。それまで、ともにこの苦難を乗り越えていきましょうね、アンジェロ様」

「………………」

僕がフテラ様になるなんて、あるはずがない。

ヨキラス様はうつむく僕の背の傷を撫でると、愛おしそうに傷に唇を落とした。


十七の誕生日を迎えた僕は、なにも変わらない日常を過ごしていた。

周囲からは相変わらず気味悪がられ、友達と呼べる人もいない。

ひとりの時間に慣れてしまうと、それはそれで過ごしやすかった。

大切な人を作ってしまえば、嫌われることを恐れなければならない。それならひとりでいるほうがずっと楽だ。

孤独な学園生活も、諦めと慣れで今ではひとりでいることになにも感じなくなっていた。

授業が終わり、友人たちと楽しそうに話しながら食堂へ向かう同級生たちを横目に、僕は食堂とは真逆の方向に歩き出す。

向かう先は、学園の裏側にある小さな園庭だ。

以前は手入れされ綺麗な花々が咲いていたが、目につかない場所にあり人の訪れも少ないからと、いつからか学園長がそこにかける労力を削《けず》ってしまった。

結果、放置された園庭は荒れ、草木が伸び放題になっている。

剪定されていない木が生い茂り、薄暗い雰囲気のその場所は、さらに人が寄りつかなくなった。

そんな場所が、僕にとっては誰の目も気にする必要のない特別な場所だった。

草花の世話をし、ベンチやテーブルを整えて作った、自分だけの秘密の庭。

その場所に行くことは、僕にとって学園に通う唯一の楽しみだった。

今日も大好きなパンを手にし、ウキウキ気分で園庭へ向かう。

茂みをかき分けてたどりついた、お気に入りの場所。

けれど誰もいないはずのその場所に、人影があった。

ベンチでうずくまる深い藍色の長い髪の少女は、僕の気配に気づいて顔を上げる。

そしてうるんだ緋色の瞳と目が合ったと思うと、キッと強く睨《にら》まれた。

「……なに。わざわざ追いかけてまで私に文句を言いにきたの？」

強い口調で僕を威嚇《いかく》する少女。

それが、僕とマリアの出会いだった。

突然敵意に満ちた視線を向けられて驚いた僕は、持っていたパンを落としてしまった。

慌てて拾うと、女の子がまた口を開く。

「もしかして、ここで食事をするつもりだったの？」

問いかけに小さくうなずくと、女の子はベンチの端に寄る。

……隣に座ってもいいよと言いたいのだろうか？

女の子は端に座り直すと、また膝を抱えてうずくまる。

泣いている人の隣で食事をするのは気が引けるのだけれど、今からここ以外で食事をする場所を探すのは大変だ。

それに、せっかく譲ってくれたのに座らなかったら女の子に申し訳ない気がして、素直にベンチに座ることにした。

温かな日差しの中、美味しいパンを食べてひとりの時間を満喫する予定だったが、その日の昼食は隣で泣いている女の子が気になって、とてものんびりなんてできなかった。

そして次の日。

園庭に訪れた僕は、昨日と同じ光景を目にした。

――なんでまたいるの。

心の中で小さなため息を吐いていると、女の子が僕の気配に気づいて顔を上げる。

僕を見ると、昨日のように席を譲りまたうずくまる。そして僕もまた女の子の隣に座り、気まずい雰囲気のなか昼食を食べたのだった。

それから毎日、彼女は僕のお気に入りの場所にいた。

目を合わせることはあったが、話すことも挨拶することもなく、僕たちはただ一緒の時間を過ごした。

そんな日々が一カ月ほど続き、今日も僕は昼食を食べにあの場所へ向かう。

しかし、いつもならベンチでうずくまっている女の子の姿は見当たらない。

――今日は休みなのかな？

少し気になったが、久しぶりにひとりで過ごせることが嬉しくてさっそく食事をはじめた。

パンにかぶりつきながら、美味しいなぁ～なんて思っていると、ガサガサと草木をかき分ける音とともに女の子が現れる。

彼女の姿を見て、ギョッとした。

女の子は頭からびっしょり濡れていて、藍色の髪からは雫が滴り落ちていた。驚きのあまり僕は女の子に声をかけた。

「ど、どうしたの？　大丈夫？」

「……大丈夫。いつものことだから」

女の子はそう言うと濡れたスカートをぎゅっと絞り、陽が降り注ぐ芝生の上に大の字で寝転がる。

あまりにも大胆な行動に、僕はぱちぱちと瞬いた。

「……タオルもってこようか？」

「いい。こうしてたら乾くから」

彼女は大丈夫だと言うけれど、いくら日差しがあったとしても、そんなに濡れていたら気持ち悪くないだろうか。

僕はポケットに入っていたハンカチを女の子へ差し出した。

「顔だけでも拭いたら？」

「……ありがとう」

女の子は寝転んだまま僕からハンカチを受けとると、はじめて笑顔を見せた。

可愛らしい彼女の笑顔に、僕の胸は小さく高鳴った。

その出来事をきっかけに、僕と謎の女の子の関係は少しずつ少しずつ変化していった。

挨拶すらしなかったのが、目が合えば会釈《えしゃく》するようになり、挨拶を交わすようになり、一言二言会話もするようになった。

出会って二カ月目でようやく自己紹介をして、互いの名前を知った。

女の子の名は『マリア』。

僕と同い年だった。平民出身で、特別枠で今年からこの学園に入学したそうだ。

平民出身者がこの学園に入るのは、なかなか難しい。マリアに聞くと、平民だが加護を受けており、すごい魔力をもっているということだった。

「マリアはすごいんだね」

「まぁ、運がよかっただけよ」

マリアは苦笑いしてそう答える。

以前びしょ濡れになっていた理由は聞けなかったが、多分彼女のことを気に食わない子たちがやったことなのだと思う。

貴族の子ばかりの学園での生活は、マリアにとって辛いものではないかと思いそれとなく聞いてみたが、マリアは「大丈夫」と笑っていた。

僕が公爵家の人間だと知っても、彼女は出会った頃と変わらぬ態度で接してくれた。

公爵家と平民という身分差を気にも留めない接し方は、普通の貴族なら激怒していただろう。

けれど、僕はそんなマリアの態度が新鮮だった。

僕自身を見てくれているようで嬉しくて、オレリアン兄様と過ごしているときと同じくらいの安心感もあった。

ふたりでいろんな話をして、たまにマリアが僕にお弁当を作ってくれる。

マリアのお弁当はとても美味しくて、ふたりで同じものを食べると、その美味しさは二倍になった。素直に美味しいと伝えると、マリアは顔を綻ばせて喜んでくれた。

いつしか僕はマリアのこぼれるような笑顔が好きになっていた。

それから季節は巡り、僕たちは十八歳になった。学園で過ごす時間も残りわずかとなり、将来のことを真剣に考えなければいけない時期が迫ってくる。

ベルシュタイン公爵家はオレリアン兄様が跡を継ぐことが決まっている。

じゃあ、僕はどうすればいいのだろうか？

呪いを受け、魔法も使えない僕を受け入れてくれる人なんて兄様と……ヨキラス様くらいしか思い浮かばない。

兄様のそばにいたいが、僕は公爵家の落ちこぼれだ。そんな僕がそばにいれば、兄様の邪魔になるのではないだろうか。

大司教だったヨキラス様は、すでに教皇となっていた。

彼のもとにいれば、立場だけは保証されるだろう。けれど、そんな道なんて考えたくもない。

つい憂鬱《ゆううつ》な気持ちになり、ひとり園庭でお昼を食べながらため息を吐く。

僕とマリアは相変わらず仲よくしていたが、最近マリアが園庭に訪れる回数が減っていた。

以前は毎日のように来ていたのに、どうしたのだろうか。

マリアは学園での唯一の友人だ。まぁ、友人だと思っているのは僕だけかもしれないけれど。

寂しいなと思いながら、ひとりぼっちの時間を過ごした。

そして次の日。

授業を受けに教室を移動していると、ワイワイと賑《にぎ》やかな声が聞こえて視線を向けた。

集団の真ん中にいるのは、華やかな雰囲気をまとったマイク王子。

そしてその隣には、楽しそうに笑顔を見せるマリアの姿があった。

マイク王子がマリアに向ける好意的な視線に、僕の胸はズクリと痛む。

マリアがあの園庭に来なくなったのは、王子といる時間が増えたからなんだと思った。

そう考えると、僕の心の中に今まで感じたことのない感情が渦巻いた。

マリアと王子の姿を見てから数日が経ち、久しぶりにマリアが園庭に姿を見せた。

「アンジェロ。久しぶり」

「マリア……久しぶりだね」

以前と変わらず、マリアは緋色の瞳を輝かせて僕に微笑みかけてくれる。

「最近、来られなくてごめんね。ちょっといろいろあって」

「ううん。大丈夫だよ。……マイク王子と一緒にいたの？」

「あ……うん」

王子の話が出ると、マリアの表情が曇《くも》る。

ダメだと思ったけど止まらなくて、僕はつい王子との関係について聞いていた。

「マイク王子とは、仲がいいの？」

「そう、だね……。仲よくしてもらってるよ」

「そうなんだ。よかったね、王子と仲よくなれて」

寂しい気持ちを隠すように笑顔を見せると、マリアも笑顔を返してくれる。

けれどその表情はなんだか無理をしているように見えた。

なんだか気になって、マリアに問いかける。

「……もしかして、マイク王子と一緒にいるのが辛いの？」

僕の言葉にマリアは目を見開く。そして、少し間をあけて小さくうなずいた。

「王子は私のことを気に入ってくれて、優しくしてくれるけど、それは私のことを憐《あわ》れんでるからなのがわかるんだ。『平民だけど気にすることはない』とか『マリアは貴族でもないのにすごいね』とか……。自分は平民の私を理解してあげている優しい王子だって自分自身に酔ってる感じがして、利用されてるみたいで、嫌だ」

正直すぎるマリアの本音に驚く。

マリアはつらつらと王子の愚痴《ぐち》を述べると、最後に大きな大きなため息を吐いてニコリと笑った。

「あ〜！　アンジェロに全部話したらスッキリした！」

いつもと変わらない強気なマリアを見て、僕は思わず笑った。

「王子に対してそんなことを言えるのはマリアくらいだよ」

「そう？　みんな思ってるんじゃない？　言うことは上っ面だけで内容がないし、気に入らない人には意地悪だし。それにアンジェロのことを落ちこぼれだって言う人は……嫌い」

マリアの言葉がなんだか嬉しくて「僕のことは気にしないで」と返した。

するとマリアは僕をじっと見つめて、重々しく口を開く。

「マイク王子から聞かされたんだけど……アンジェロは、フテラ様から呪いを受けたの？」

「え……」

呪いのことを聞かれ、血の気が引いた。あのときのことは、なるべく思い出したくない。

うつむくと、マリアは僕の手を優しく握った。

「アンジェロ、辛いことを聞いてごめん。でも、教えてほしいの。どうしたらその呪いを受けても、こんなに元気でいられるのか……」

その言葉の意味がわからなくて顔を上げると、彼女は今にも泣き出しそうな顔をしていた。

「なんでって言われても……僕にもわかんないよ。マリアはなんで呪いのことを気にするの？」

僕の問いかけに、マリアは沈んだ声で答える。

「私の妹も……フテラ様からの呪いを受けたの」

洗礼式の日に見た光景が脳裏に蘇《よみがえ》り、ズキリと背中の傷が痛む。

教会の地下室にはフテラ様になれなかった子たちがたくさんいた。

マリアの妹も僕と同じように呪いを受けて、あの場所にいるのだろうか。

「マリアの妹さんは……今、どこにいるの？」

「今は教会で保護してもらってる。二年前の洗礼式のときに、フテラ様に反抗的な態度をとったから呪いを受けたって聞かされて……でも、リリアはそんな子なんかじゃない。私より信仰心も厚くて、素直で優しい子なの。そんな子が呪いを受けるなんて……。呪いを受けてからあの子は、リリアはずっと怯《おび》えてた。どんなに声をかけても、抱きしめても、リリアの心は壊れていって……私だけじゃどうにもできなくて……。ねぇ、アンジェロ。どうすれば呪いに打ち勝てるの？　私はどうすればリリアを救えるの？」

僕の手を握るマリアの手は、小さく震えていた。

彼女は緋色の瞳をうるませて必死に問いかけてくるが……僕だってその答えが知りたい。

「僕も……わからない」

うつむきながらそう答えると、マリアはそっと手を離す。

「そっ……か。ごめんね、アンジェロ。貴方も辛いのに……」

「ううん……」

僕とマリアの間に沈黙が流れる。

マリアは小さく鼻をすすり、涙をこらえているのがわかる。

呪いを受けてから十年が経ち、僕は呪いのことから目をそらしてきた。

辛く悲しい日々を思い出したくなくて、時間とともに記憶が薄らいでいくのを待つだけだった。

僕自身、未来がどうなるかなんてわからない。でもフテラ様になんて絶対になれないのはわかる。

このままヨキラス様や教会のいいようにさせていたら、マリアの妹リリアのような被害者は増えていくだろう。

じゃあ、僕にできることは……？

僕はマリアの手をとった。

「マリア、僕……呪いを解く方法を探してみるよ」

僕の言葉に、マリアは涙で濡れた瞳を大きく開く。そして、じっと僕を見つめた。

「本当に……？」

「……うん。僕も、呪いに打ち勝ちたいんだ」

その言葉はマリアに向けたものではなく、自分に向けたものだった。

ずっと見ないふりをしていた『呪い』という鎖。

もがけばもがくほどにキツく絡まってくるその鎖に、僕はずっと囚われたままだ。

このままでは、僕は鎖に繋がれたまま一生を過ごすことになる。

それは、マリアの妹も同じ。

教会の地下で見た少年少女たちは、きっと未来の僕の姿だ。

僕だって……そんな未来をたどりたくはない。

ずっと怖くてなにもできなかったけど、今は違う。

自分のためにも、大切な友人のためにも、僕はやらなきゃいけないんだ。

「ねぇ、マリア。僕と一緒に呪いと戦ってくれる？」

「うんっ！　もちろんだよ！」

マリアは僕の手を握ると、涙で濡れた顔を綻ばせる。

こうして僕たちは呪いに打ち勝つために動きだした。

まずは情報を集めようと図書館に通い、ふたりで魔法についていろいろと調べた。

呪いについての文献は少なかったが、呪具について書かれた、古びた怪しげな本を見つけた。

恐る恐るページをめくっていくと、様々な呪具のことが記載されており……僕を傷つけた短刀も載っていた。

見た瞬間吐き気がしたが、ぐっと歯をくいしばる。

「アンジェロ、大丈夫？」

隣で違う本を読んでいたマリアが心配そうに顔を覗きこんでくる。僕は「大丈夫だよ」と返事をして、また本と向き合った。

呪具は使用者の魔力によって呪いを発動する。闇属性でない者も呪いを付与できるようになる大変危険な道具だ。だから教会が厳重に管理していると書いてあった。

その教会が、呪具を使って子どもたちを傷つけているなんて知ったら皆はどう思うだろうか。

憂鬱《ゆううつ》な気持ちになりながら、分厚い本は一日で読み終えることができず、また次の日に調べることにした。

図書館からの帰り道、マリアと呪いについてわかったことを共有していく。

「マリア、呪いについてわかったことはあった？」

「ん～あまりなかったかな。闇属性の講習と同じ内容ばかりだったから」

マリアの言葉に僕は少し驚く。

その講習を受けられるのは闇属性を持った人だけだ。

「マリアは教会で闇属性の講習を受けたことがあるの？　もしかして……マリアの属性は闇なの？」

「うん……」

問いかけにマリアは答えにくそうにうなずく。闇属性は聖属性と対になるもので、その特徴からあまりいいイメージを持たれない。

いつでも他人に呪いをかけられる存在だと思うと、人によっては恐怖になるだろう。

けれど、彼女がそんなことをする人ではないと僕は知っている。

マリアはどんな属性を持っていてもマリアなのだから。

「そうなんだ。じゃあ、この学園に入ったのも、闇属性の能力が高くて推薦されたの？」

「うん。教会で闇属性の魔法について勉強して、魔力のコントロールができるようになったときに、ヨキラス教皇様からお声がかかったの」

突然出てきたヨキラス教皇の名にピクッと体が反応した。

「闇属性の魔力を持った子は基本的に教会で過ごすんだけど、ヨキラス教皇様は私に『教会以外の世界を知り見識を広げてきなさい』っておっしゃったわ。それに、リリアのこともあったから。私が学園で学んで将来教会のために働くなら、リリアを保護して治療してくださるって言われたの。だから、どんなに虐められても辛くても、リリアのためなら頑張れる」

──マリアがどんなに辛い目に遭っても頑張れたのは、すべて妹のためだったんだ。

妹の話をするときのマリアはとても優しい顔を見せる。それだけマリアにとって、リリアは大切な存在なんだ。

僕にとってはオレリアン兄様みたいな感じかな。

マリアと別れた僕は、久しく会っていない兄様の姿を思い出しながら家へ帰っていった。

家へ帰りつくと、玄関に執事が待ち構えていた。

屋敷へ入るなり早く部屋に行くように促される。

そういえば、今日はあの日だったな……と思い出し、憂鬱《ゆううつ》な気持ちになった。

今日は、月に一度のヨキラス教皇様の訪問の日だ。

教皇の座を継承したあとも彼はこうして僕を訪ねにやってくる。

父様はそんなヨキラス教皇様を慈悲深い神のような方だと称賛していたが……実際はそんな人ではない。

ヨキラス教皇様がいるというだけで気分は重たくなり、自分の部屋に入るのに大きく深呼吸をしてから扉を開く。

中へ入ると、僕の本棚を眺めている教皇様の姿が見えた。

彼は僕が入ってきたことに気づいて目を細める。

「アンジェロ様、おかえりなさい。今日はいつもより遅かったですね」

「……勉強をするために残っていました」

「そうですか。アンジェロ様も、もうすぐ卒業を迎えますからね。学生のうちにたくさん学ぶといいです。さぁ、傷を見せてください」

「……はい」

シャツを脱いで背中の傷を見せると、ヨキラス様はいつものように背中を撫でる。

傷口の様子を確かめるように触れられて、指先が傷の中心に入りこみ、痛みで顔をしかめる。

呪具の本に載っていたあの短剣を見たせいか、洗礼式のことを思い出してしまい、いつもより強く恐怖を感じた。

拳を握りしめて必死に診察を耐えていると、ヨキラス教皇様がそっと僕の体に手をまわす。

「アンジェロ様、今日はどうなさったのですか？　いつもよりも怯《おび》えてらっしゃるようですが」

「いつもと……変わりません……」

「もう傷に触れることにも慣れたと思ったのですが、まだ治療が必要なようですね」

教皇様はそう言うと、僕のつむじに唇を落とし、優しく抱きしめてくる。

教皇様は、昔から治療のときにこうして僕に触れてくる。

『気持ちが悪い』と思っても、僕はその手を振り解くことができる立場ではない。

それに、今はヨキラス教皇様に聞かなくてはいけないことがある。

「あの……教皇様。洗礼式のときに見せてもらった、フテラ様になれなかった子たちは、どうなるんですか……？」

ゆっくりと振り向きヨキラス教皇様を見上げると、彼はうっすらと笑みを浮かべ答えてくれた。

「大切に保護していますよ。あの子たちは、失敗したとはいえ大切なフテラ様からの贈り物ですからね。傷を癒《いや》し、教会でなに不自由なく過ごしています」

「そう、ですか……」

僕とマリアが呪いを解くことができれば、教会にいたあの子たちもきっと助けることができる。安心すると、ホッと気をゆるんだ。

しかしヨキラス教皇様の口から、意外な言葉が出てきた。

「リリア……でしたか。一年前に教会で保護した子がいましてね。その子もアンジェロ様と同じように素晴らしい力を授かったのですが、残念なことに心を閉ざしてしまいました。今は私のもとで引きとっているんですよ」

「………………」

ひゅっと息を呑んだ。

僕の表情を見て、教皇様はニタリと笑みを深くする。

「アンジェロ様は、リリアの姉マリアとずいぶん仲がいいようですね。マリアから話は聞いていますよ。大切な友達ができたと、とても喜んでいましたが……それは本当ですか？」

ヨキラス教皇様の声は、ねっとりと絡みつくようだった。

異様な雰囲気のヨキラス教皇様を見つめ、僕はなんとか首を横に振る。

「仲よく……ありません」

「おや、そうなのですか？　では、なぜマリアと一緒にいたのですか？」

「……平民がどんなものなのか気になっただけです」

「ハハ。そうですか。確かに、平民と貴族では生活も考え方も違いますからね。アンジェロ様は不《ふ》憫《びん》なマリアに少し興味を持っただけなんですね。その言葉を聞いて安心しました。もし、仲がいいなどと聞かされたら……私は深く嫉妬していたでしょう。アンジェロ様の味方は私だけなのだと」

ヨキラス教皇様はそう言って僕の体を再度抱きしめる。そして、背中の傷を撫でながら何度も僕の名を呼んだ。

ヨキラス教皇様が部屋から去った後、僕は大きなため息を吐きベッドにうずくまる。

「背中、痛い……」

いつもより疼《うず》く背中の傷。

教皇様の言葉が頭の中をぐるぐるまわる。

マリアと仲よくすることを、教皇様はよく思っていない。

距離を置いたほうがいいのだろうか。せっかく仲よくなれた、僕の大切な友達。

その友達でさえ、この傷のせいで、ヨキラス様のせいで失ってしまうなんて……

ベッドに入っても、いろいろと考えこんでしまった。

マリアと距離をとるべきだと思ったが、リリアの件を考えると言い出せる気がしない。

毎日、呪いを解く手掛かりがないか、呪いを軽減できないかと必死な姿を知っているのだから、なおさらだ。

明日、マリアに会ったらふたりでいることは内緒にしてくれるように頼んでみよう。

けど、理由を聞かれたらなんと言い訳をすればいいだろう。

そんなことを考えていると、朝を迎えてしまった。

そして今日も僕たちは図書館の片隅で、呪いについて調べていく。

分厚い本を一冊読み終えただけで疲れが押し寄せ、ふたりしてため息がもれる。

「ハァ、なかなか手がかりは見つからないわね……」

「そうだね。でも、リリアちゃんのためにも早く見つけてあげないと」

僕がそう言うと、マリアは緋色の瞳を細めて微笑んだ。

「あ、でもね、少しだけいい知らせがあるんだよ」

「え？　なになに？」

「実は、昨日ヨキラス教皇様が私のところに来て、リリアのことを教えてくれたんだ」

「……え？」

「今はヨキラス教皇様でも解けないくらい、フテラ様の呪いは強いみたいなんだけど、リリアがこのまま教会で過ごして、穏やかな心を手に入れられれば、少しはフテラ様の怒りもおさまるだろうって。そうすれば、呪いを解くことができるかもしれないって言われたの」

笑顔のマリアとは反対に、僕の表情は険しかった。

——ヨキラス教皇様がマリアに会いに……

マリアの背後に教皇様の影がチラつき、鳥肌が立つ。だが彼女は真剣な顔で話し続けた。

「だから私……頑張らなくちゃいけないの」

「頑張るって、なにを？」

僕の問いかけにマリアはグッと下唇を噛み、ぎこちない笑みを浮かべる。

「ヨキラス教皇様がね、マイク王子と仲よくなりなさいって。私が教会と王室を繋ぐ役目を担えれば、救われる人たちがたくさんいるって言われたの。リリアのために、皆のために頑張りなさいって。その姿をフテラ様が見てくれれば、きっとリリアの呪いも……」

「そんなのデタラメだよッ！」

マリアの言葉に思わず声を荒らげた。

なにがフテラ様の怒りや呪いだ！

呪いをかけたのは、ヨキラス教皇様なのに！

そう言葉にしたいけれど、声を出そうとする背中がズキズキと痛み、あのときのことを思い出す。

洗礼式の後、母様に真実を告げようとしたときに受けた失神するほどの痛み。

開きかけた唇を噛んで、僕は黙りこむ。

「アンジェロ、なにがでたらめなの？」

真実を伝えたい。けど……怖い……

マリアは不安そうに僕を見つめる。

「ヨキラス教皇様を……信じちゃダメ、だよ」

「……なんでそんなことを言うの？　ヨキラス教皇様は私たちを救ってくれているんだよ」

「違う！　あの人、は……うぐっ！」

ヨキラス教皇様を否定しただけで、ナイフを突きつけられたような痛みが走る。マリアはそんな僕の姿を見て心配そうに声をかける。

「アンジェロ!?　大、丈夫？　どこか悪いの？」

「どこも悪くなんかない……」

「……もしかして、呪いが強くなったの？　リリアも、教会のことが嫌いだって言うと背中を痛がってたから」

マリアがそっと僕の背中に手を伸ばしてきて……僕はマリアの後ろに見えるヨキラス教皇様の影にひゅっと息を呑む。

「僕に触るなッッ！」

伸ばされた手を払い除けると、マリアは目を見開いた。払いのけた右手がジンと痛む。

どうしよう。

マリアにこんな顔をさせたくなんてなかった。

でも……でも……

マリアはなにも言わず、僕をじっと見つめている。

その視線は僕が隠している真実を話すように求めているように感じた。

涙があふれそうだった。僕は後退り……涙がこぼれ落ちる前に、逃げ出してしまった。

それからマリアは園庭にも図書館にも姿を現さなくなった。

ときおり学園で姿を見かけると、隣には必ずマイク王子がいた。

王子のことは嫌いだと言っていたのに隣にいる理由は、ヨキラス教皇様に言われたからだろうか。

いや、今はマリア自身が望んでいるのかもしれない。

楽しげに微笑むふたりの姿を見たくなくて、声を聞きたくなくて、僕は逃げるように背を向けた。

マリアがいなくなったあとも、僕はずっと呪いについて調べていった。呪いを解く方法なんて、聖魔法による解呪しかないとわかりきっていたけれど、なにかしていないと心がもたなかった。

いつも隣にいてくれたマリアの姿を思い出しながら、僕は今日も図書館を訪れる。

今日はどの本を読もうかと本棚をながめていると、ふと闇魔法の教本が目に入った。

――闇魔法、か……

闇魔法という文字に、パッとマリアの顔が思い浮かんで、頭を横に振った。

古びた分厚い教本を手にとり、パラパラとめくる。

闇魔法による呪いの付与、制約。

眉間に皺《しわ》を寄せながら読み進めていくと、ある一文に目が止まった。

『呪いの付与を安易におこなうことは危険である。かけた呪いを凌駕《りょうが》するほど強い闇魔法の使い手がいれば、呪いを返されるリスクがあるためだ』

「呪いを……返す……」

その言葉の意味を理解して、胸の鼓動が速くなる。ドキドキしながら読み進めていくと、返すのに失敗すれば元よりも強い呪いを受けることになるらしく、どちらにせよ危険だと書いてあった。

けれど、僕にとっては小さな希望に思えた。

マリアは強い闇属性の加護を受け、魔力量も多いと聞いたことがある。

魔法のテストでもマリアは常にトップで、百年に一度の逸材だと噂されるほどだ。

もし、マリアの魔力が僕やリリアにかけられた呪いよりも強ければ、僕たちの呪いを教皇様や教会に返すことができる。

まずは僕の体で試してみればいい。もしそれでダメでも構わない。呪いに苛《さいな》まれるのは僕だけだ。

早く、このことをマリアに伝えなきゃ。

そして、あの日手を払いのけたことをちゃんと謝って……仲直りしたい。

僕は本を抱え、小さな希望を胸にマリアのもとへ走った。

図書館を出て、いつもマイク王子たちが過ごしている中庭のテラスへ向かう。

王子とマリア、それにマイク王子の学友たちが楽しそうにテーブルを囲んでいる。

いつもは近づくこともしないけれど、今すぐにでもマリアに本で知ったことを伝えたかった。

「マ、マリア」

僕が近づくと、マリアの肩が小さく揺れる。

そして隣にいた王子が警戒するように僕を睨《にら》みつけ、マリアの代わりに返事をした。

「……なんの用だ、アンジェロ・ベルシュタイン」

敵意のこもった声色に僕は足を止める。

「マリアに、話があって……」

ぎゅっと強く本を抱き寄せる。

マリアは僕と視線を合わせてはくれず、なにも言わずにうつむいていた。

そんな彼女の様子を見て、王子は僕に強気な口調で話しかけてくる。

「マリアはお前とは話したくないそうだ。呪われた者となど、誰も一緒にいたくはないからな」

くつくつと喉を鳴らしながら王子が嫌味な笑顔を僕に向けると、ずっと黙っていたマリアが顔を上げた。

「……話があるなら、場所を変えましょう」

「あ……うん」

マリアは王子の隣から離れ、僕の手をとって歩き出す。

王子が引き止める声も無視して僕たちはいつも過ごしていた園庭へ向かった。

園庭に到着すると、マリアが振り返り無表情のまま口を開く。

「話ってなに？」

「あのね、図書館で呪いについて調べてきたんだ。それで、呪いを解くのは無理かもしれないけど、呪いを跳ね返すことならできるんじゃないかと思って」

そう伝えると、彼女は小さくため息を吐く。

「フテラ様がかけた呪いを跳ね返せるわけがないじゃない」

「でも、呪いは……」

『ヨキラス教皇様や教会がかけたもので、フテラ様は関係ないんだ！』

そう言葉にすることはできず、唇をかみしめる。

真実を伝えられずに険しい顔をする僕を見て、マリアは冷めた視線を向けてきた。

「……いいわよね、貴方は。呪いを受けてもそんなに元気でいられて」

「え？」

マリアの言葉の意味がわからず、僕は呆然とした。

「貴方は公爵家でお金もたくさん持ってるから、ヨキラス教皇様じきじきに治療も受けられて。だから呪われているのに平気でいられるんでしょう」

「なに……言ってるの、マリア」

「ヨキラス教皇様から聞いたわ、アンジェロは公爵家の特別な子だから、呪いを抑えるようにしてあげてるって」

ヨキラス教皇様からの今までの治療を思い出すが、そんなことはあるはずがなかった。

僕の背中の傷も心の傷も軽くなってなどいない。

「それは、違う。僕はなにもしてもらってない……」

「じゃあ、なぜ貴方はそんなに元気なの？　リリアは痩せ細って……もう昔の面影もないのよ。笑顔ひとつ見せてくれない、最近は私のことも忘れちゃって……」

マリアの瞳からポロポロと涙がこぼれ落ちる。

小さく震える彼女になんと声をかければいいのかわからず、そっと肩に触れた。

「マリア……泣かないで……」

「私だって……泣きたくない……。でも貴方を見るたびにリリアの姿が目に浮かんで……なんで貴方だけ普通でいられるのって思ってしまう。特別な貴方が羨ましいって……」

返す言葉が見つからなかった。

マリアは袖口《そでぐち》で涙を拭い、口角を上げる。

「……でもね、教皇様が約束してくれたの。マイク王子ともっと特別な仲になれば、リリアの治療を優先してくれるって。そうすれば、アンジェロみたいに元気になれるって。私が頑張ればリリアを助けられるの、だから私は王子と……」

涙を流しながら笑顔を浮かべるマリアの姿。

このままでは、彼女の心が壊れてしまう。

僕は思わずマリアを抱きしめた。

「ダメだよマリア……そんなの、ダメだ」

「じゃあどうすればいいの？　アンジェロがリリアを助けてくれるの!?」

マリアは抱き寄せた僕を突き返す。

「助けてくれるはずないわよね。だって、貴方は貴族で特別で……なにもしなくても周りが助けてくれるんだもの」

マリアの冷ややかな言葉が僕の胸に突き刺さり、目頭がじわりと熱くなる。

好きで呪いなんて受けてない。

僕だって、なにもしなかったわけじゃない。

どんなに辛くても我慢して我慢して……ずっとひとりで耐えてきたんだ……

じわりと目に涙がたまる。泣きたくないのにあふれた涙が頬を伝い、ポツリと言葉がこぼれる。

「マリアは……僕が嫌いなの……？」

「…………嫌い」

返ってきた答えに胸が締めつけられる。堪えきれなかった涙がぽろぽろとこぼれおちる。

マリアは僕の顔を見てくしゃりと顔を歪《ゆが》めると、目いっぱいに涙を浮かべ大きく口を開いた。

「そんな顔も…………大嫌いよ！」

マリアはそういって僕に背を向ける。

僕は腕を伸ばすが……するりと僕の手をすり抜け、マリアは僕のもとを去っていった。

それからマリアとは話すことも、目を合わすこともなかった。

ただぼんやりと過ぎていく日々。

園庭でひとりで食べる昼食。

ひとりでいることに慣れていたはずなのに、隣で笑ってくれていたマリアの笑顔を思い出すと寂しさに襲われた。

「もう、友達には戻れないのかな……」

マリアが言い放った最後の言葉を思い浮かべ、大きなため息を吐く。

あんなことを言われたら、友達になんて戻れるわけがない。

マリアとの関係修復を諦めてからしばらくしたある日、僕はマイク王子の友人たちに囲まれた。

話があると言われ、連れていかれたのは学校にある聖堂だった。

聖堂という場所に恐怖心を抱いていた僕は、学園の聖堂にも近づくことはなかった。独特の雰囲気に包まれたあの空間を思い出すだけで、息が苦しくなる。

扉の前で足を止めてしまった僕を、マイク王子の友人たちは背中を押すようにして歩かせた。

そして、開かれた扉の先には……マイク王子とマリア、その隣にはなぜかヨキラス教皇様もいた。

学生たちも集まっており、入ってきた僕に皆の視線が集中する。

異様な空気に再び足を止めたとき、王子の声が聖堂に響き渡った。

「アンジェロ・ベルシュタイン。今からお前の罪を暴かせてもらうぞ」

――……罪？　マイク王子は一体なにを言っているんだろう……？

呆然と王子を見つめ、隣にいるマリアに視線を移す。マリアも僕に視線を向けているが……その瞳は僕を憐《あわ》れんでいるように見えた。

「お前の罪を暴く上で、教皇にはその証人となっていただく。アンジェロ・ベルシュタイン、お前は私の婚約者であるマリアを幾度となく侮辱し、水をかけるなどの暴行まがいの行動をしたと聞く。そして洗礼式でフテラ様の怒りに触れ呪いを受けたにもかかわらず、自らの罪を償《つぐな》うこともせずに呪いを解くためにマリアを利用しようとした」

「違います、僕はそんなことはしていな……」

「黙れ！　お前がマリアを呼び出していた園庭からびしょ濡れになった彼女が出ていく姿は何度も目撃されている。それに、図書館では呪いについて熱心に調べていたそうじゃないか」

「それは……」

真実と嘘が入り混じった糾弾に対し、僕はなんと釈明すればいいのかわからなかった。王子が僕の罪を言い立てるたびに、周りの視線が敵意に満ちたものに変わる。

「ぼ、僕はマリアを侮辱なんてしていません！　水をかけるなんてひどいこともしていません」

必死に訴えかけるが、王子は鼻で笑う。

「お前がなんと言い訳しようが、マリア本人がそう言っているんだ。なぁ、マリア。君を虐げたのは、そこにいるアンジェロ・ベルシュタインなのだろう？」

王子の言葉に、マリアはヨキラス教皇様へ視線を向ける。

ヨキラス教皇様が微笑みとともに小さくうなずくと、マリアもマイク王子の言葉を肯定するようにうなずいた。

「……マリア？　なんで……」

「往生際が悪いぞ、ベルシュタイン。大人しく罪を認めろ」

王子は勝ち誇ったような笑みを浮かべる。周りからは僕を咎《とが》める言葉が浴びせられ、僕はひとり恐怖でいっぱいだった。

小さく震える手を握りしめ、王子たちとともに祭壇にいたヨキラス教皇様に視線を向ける。

教皇様はそんな僕を見つめながら、目を細めて小さく口を開く。

『これも試練のひとつです』

――……どうして？　どうして僕だけがこんなに辛い目に遭わなくちゃいけないの？　なんで？

フテラ様……どうして……？

祭壇に飾られたフテラ様の像が目に入る。微笑みを絶やさないフテラ像も、僕を嘲笑っているように見える。

もう僕の味方は誰もいない。

信頼していた人に傷つけられ、裏切られ、なにも悪いことなどしていない僕を皆が悪者だと決めつける。そして大事な、大好きな人も……僕を恨み、離れていった。

もうなにもかもどうでもいい。

心の中が絶望でいっぱいになる。

僕は虚ろな瞳でフテラ様を見つめ、最後の願いごとをした。

『フテラ様、お願いします。……もうこんな世界から僕を消してください』

心の中でそう願うと、フテラ様は僕に柔らかく微笑みかけてくれた。

すると、フテラ様の像が、眩《まばゆ》く光り輝いたように見えた。

手を伸ばすと、ひとつの温かな光が手に入る。

光はどんどん強く煌《きら》めいて……僕はかき消されるように光に包みこまれた。

――このまま、この光とひとつになりたい。

その願いは叶えられ、アンジェロは光《ぼ》と《く》ひとつになっていった。

瞼《まぶた》の裏に広がっていた眩《まばゆ》い光が消え、うっすらと目を開けると、涙がこぼれ落ちた。

ぼんやりとした意識が、嗅ぎ慣れた消毒液の匂いでじょじょにはっきりしてくる。

見慣れた木の天井と、空きベッドが並んだ部屋を見て、自分が治療小屋にいることを認識する。

そして、先ほどまで見ていたのがアンジェロの過去なんだと知り、胸が締めつけられた。

苦しくて悲しくて、自分の体を抱きしめるように毛布にうずくまる。

背中がズキズキと痛む。

アンジェロが見せてくれた過去のすべて。

なんの罪もないひとりの子が、自ら消え去りたいと思うほどに傷つけられていたなんて……

「…………あんなのひどすぎんだろ」

アンジェロの過去を思い出すと、今にも張り裂けそうなくらいに胸が痛み、涙が止まらなかった。

衝撃すぎる過去を思い出したせいなのか、背中の痛みのせいなのか、限界を迎えたアンジェロの体はいつのまにか眠りについてしまった。

それからしばらくして、近くで物音がして目を覚ます。

部屋の中は薄暗く、音のしたほうへ視線を向けるとノルンの姿が見えた。

その瞬間、悲しさでいっぱいだった心が無意識にノルンを求める。

「……ノルン、さん」

「アンジェロ様！」

掠れた声で名を呼ぶとノルンが振り向き、こちらに駆け寄ってくる。

彼の瞳は心底俺のことを心配しているようだった。大きな手が俺の手を優しく包む。

「あぁ、よかった。目を覚まされたのですね」

うなずくと、握られた手に力がこもる。

――あった、かい……

大きく男らしい手。

その手から、ノルンの優しさが伝わってくる。

アンジェロがずっと求めていた温もりに触れると、嬉しさのあとに悔しさがこみあげてくる。

味方のいない、ひとりぼっちのアンジェロ。

君がどれだけ辛く寂しい日を過ごしてきたか、俺ならわかってやれるのに……

アンジェロの過去を思い出すと自分のことのように辛くなり、また涙がこみあげてくる。

さっきも枯れるほど泣いたはずなのに、心の涙が尽きることはない。

ポロポロと涙をこぼす俺を見て、ノルンは心配そうに濡れた頬を拭ってくれる。

「どこか痛みますか？」

「痛くは……ありません……」

「……悲しいのですか？」

ノルンの言葉にコクリとうなずく。すると彼はまた俺の手を両手で包みこんでくれた。

「そばにいたほうがよろしいですか？」

「……いてほしいです」

「わかりました」

ノルンは微笑み、俺の頭を優しく頭を撫でる。その優しさが心地よくて頭を擦《す》り寄せた。

「喉は渇いていませんか？」

「少し……」

「水を持ってまいりますね」

ノルンは、机に置いていた水差しをとり、それから俺の背中を支えてくれた。

水差しを受けとって渇いた体を潤すと、ようやく涙が止まった。

「ありがとうございます」

「いえ。なにか食べますか？　ダッチさんが軽食を用意してくれていますよ」

「それはありがたいです。でも、今はまだ食べられそうにないので、後でいただきます」

「では、他になにかしてほしいことはありますか？」

その申し出に、俺はじっとノルンを見つめる。

――ノルンにしてほしいこと……か……

アンジェロの壮絶な過去を思い出した今、手に感じる温もりだけでこの悲しさを埋めることは、できる気がしなかった。

もっとノルンの温もりを、優しさを感じたい。

そう思った俺は、ノルンに向けて両手を広げた。

「ノルンさん……抱きしめて、ほしいです」

ノルンは慈しむように目を細めると、俺の体を丸ごと包みこんでくれる。

たくましい胸に顔を埋《うず》め、ノルンの香りを胸いっぱいに吸いこむと、安心して心がゆるんだ。

俺もノルンの背に手をまわしてぎゅっと抱きしめると、さらに強く抱き返してくれる。

しばらくの間抱き合って、ゆっくりと顔を上げるとノルンの涼やかな瞳と目が合った。

「僕はどれくらい眠っていましたか？」

「二日です。イーザム様に診察していただきましたが、外傷はないようです。……背中の傷が原因でしょうか？」

俺が小さくうなずくと、ノルンはくっと唇を噛み、強く俺を抱き寄せた。

ノルンの抱擁《ほうよう》に安心した俺は、起きたことをぽつりぽつりと伝える。

「この背中の傷を受けたときの記憶が……戻りました。その記憶に押しつぶされるように、意識をなくしてしまったみたいです」

「……やはりそうでしたか。背中はまだ痛みますか？」

「大丈夫です。すみません、心配をかけてしまって……」

「謝らないでください、アンジェロ様。実は、マリア様にお会いになってから、アンジェロ様の様子がいつもと違うように見えて、心配で後をつけていました。マリア様が倉庫から出た後、アンジェロ様がなかなか出てこず……倒れた姿を見つけたときは息が止まりました。目を覚まされて、本当によかったです」

目尻を下げて微笑むノルンを見ていると、絶望だらけだった心が温かくなる。

だが、同時にマリアがアンジェロの前から去っていった場面を思い出し、大切な人を失う恐怖が大きくなった。

——ノルンはずっと俺の味方でいてくれるだろうか？

もしもノルンが両親やマリア、アンジェロの周りにいた人々のように、突然離れてしまったら。

そう考えると、胸が苦しくなる。

きゅっとノルンのシャツを握った。

「ノルンさんは……ずっと僕のそばにいてくれますか？」

俺の発言にノルンは目を丸くする。

そして、すぐに目を細めふわりと微笑む。

「もちろんです。私はアンジェロ様が望むかぎり、おそばにいます」

「ほんとうですか？　もし……僕が罪を犯しても、そばにいてくれますか？」

「はい」

「僕のことを……嫌いになっても、離れないでいてくれますか？」

「はい、約束します。私はずっとアンジェロ様のおそばにいます」

ノルンの言葉に目頭が熱くなり、再びノルンの胸に額を擦《こす》りつけた。

「ずっと……ずっと、僕のそばにいてくださいね……ノルンさん……」

「はい。アンジェロ様の騎士として貴方を守り続け、そばにいます」
ぐすぐすと涙を流しながらノルンを見上げる。
俺のことをずっと優しく見つめてくれる瞳と目が合い、少しずつ距離が近づいていく。
「ノルンさん、約束……ですよ……」
「はい、アンジェロ様」
ぽっかりと空いたアンジェロの心の穴を、ノルンの優しさが埋めてくれる。
俺だけでは抱えきれなかった悲しみも、ノルンがいてくれると思うと、軽くなった。
——俺もノルンとずっと一緒にいたい。
そんな自分の気持ちを確かめるように、彼の唇にそっと自分の唇を重ねる。
俺の気持ちを受けとりましたよというように、今度はノルンのほうからキスをくれる。
互いに離れないと誓いを立てた後、ノルンはずっと俺のそばにいてくれた。
目を閉じたら、またアンジェロの過去を見てしまいそうで怖い。
それでも、ノルンの手を握っていれば大丈夫だと思えた。
——ノルンはずっと俺のそばにいてくれるんだ。
そう思うと心から安心できて、俺は安らかな気持ちで眠りについた。
次に目を覚ましたとき、窓から柔らかな陽の光が差し込んでいた。
ベッドわきでは俺の手を握ったままノルンが眠っている。
陽の光に照らされて煌《きら》めく黒髪。綺麗な寝顔を見ていると、トクンと胸が高鳴った。

ノルンの髪にそっと触れる。

柔らかな髪を指先に絡めていると、ノルンの瞼《まぶた》がゆっくりと上がった。

「ん……アンジェロ様、おはようございます」

「おはようございます、ノルンさん」

笑顔を向けると、ノルンも目尻を下げる。

「ご気分はいかがですか？」

「大丈夫です。ノルンさんがそばにいてくれたので、ぐっすり眠れました」

恥ずかしげもなくそう伝えると、嬉しそうにノルンは頬をゆるめた。

それから彼は俺に水を飲ませてくれたり、朝食を食べさせてくれたりと、甲斐甲斐しく世話を焼いてくれた。着替えまで手伝ってもらい、ノルンの優しさにどっぷり浸かって甘えてしまう。

顔を洗い、拭いていると、部屋のドアがノックされてミハルの声が聞こえた。

「ノルン様、ドアを開けてもよろしいですか？」

「はい。大丈夫です」

ノルンが返事をするとドアが開く。俺は小さく手を振り「ミハルさん」と声をかけると、彼は顔をくしゃりと歪《ゆが》めて駆け寄ってきた。

「アンジェロ様！　お目覚めになったんですね！　……うぅ、よかったぁ……ほんとうに、よかったぁ……」

瞳をうるませるミハルに、涙腺がおかしくなっている俺もつられて泣きそうになる。

「心配かけてすみません……。でも、もう元気になりましたから」

「ぐすっ……よかったですぅ」

ミハルは泣きながらもそう言って喜んでくれて、俺もミハルの優しさに胸がいっぱいになった。

ふたりして嬉し泣きするお互いの姿を見ながら、俺たちはエヘヘと笑い合った。

その後イーザム爺《じい》さんもやってきて、元気になった俺の姿に頬をゆるませていた。

それから背中の傷を診てもらう。

背中にそっと触れられただけで、以前より痛みを強く感じて思わず顔をしかめた。

「――っ！　イーザム様、傷はひどくなっていますか？」

「ふ〜む……。呪いの範囲が広がっておるな。アンジェロ、制約を破ったのか？」

ヨキラスがかけた呪いの制約は『洗礼式で起きた出来事を他者に話さない』だった。

おそらく、アンジェロの中に入った俺がその事実を知ったせいで、制約が破られたことになったのだろう。

「……そうです」

「そうか、辛い思いをしたな」

「確かに辛かったですが、今は皆がいてくれるので大丈夫です」

笑顔でそう答えると、イーザム爺《じい》さんはホッとしたように目尻の皺《しわ》を深くする。

「アンジェロ。お前さんが抱えておる問題を儂《わし》らが解決することは難しい。だが、お前さんの支えになることはできる。ひとりで気負いすぎるんじゃないぞ」

「ありがとうございます、イーザム様」

「礼はいらん。その代わり、儂《わし》の支えもよろしく頼むぞ～」

最後はいつものイーザム爺《じい》さんらしい言葉で、くすっと笑みがこぼれた。

診察後、大事をとって一週間安静の指示が出た。

その期間中、俺はノルンと穏やかな時間を過ごした。

心も体も疲れていたのか、最初の二日は眠っている時間がほとんどだった。

眠っている間に何度も蘇《よみがえ》る悪夢のような過去。

けれど俺がうなされているとノルンが声をかけ、抱き寄せてくれたので、少しずつ悪夢は消えていった。

三日目からは外に出て少しずつ体を慣らしていった。

俺が体調を崩したと聞いてガリウスさんやキアルたちがお見舞いに来てくれて、皆笑顔と優しさをくれた。

そして、一週間が過ぎた。

仕事に復帰すると、ミハルとイーザム爺《じい》さん、それに王都から帰ってきたヴィヴィが温かく出迎えてくれた。

王都から無事に戻ってきたヴィヴィは、久しぶりの再会に喜びあうのもそこそこに、俺の体が本当に問題ないかくまなく診察してきた。

苦笑いしながら気が済むまで診察に付き合い、問題ないのを確認すると、彼女はようやくいつもの可愛らしい笑顔を見せてくれた。

皆の笑顔や優しい言葉に、胸の奥底からじわりと温かくなる。

前線の皆がくれる温もりに、心の傷が癒《いや》されていくのがわかった。

今のアンジェロの周りには、強い繋がりを持った味方がこんなにもたくさんいる。

心のどこかにいるアンジェロが今の光景を目にしたら、絶望という名の闇に小さな光を灯せたかもしれない。

——アンジェロ。お前はひとりなんかじゃない。こんなにも多くの人がお前を必要としてくれているんだぞ。

胸に手を置き、みんなからもらった優しさで温められた心にそう語りかけると、胸の奥底が小さく震えた気がした。

アンジェロの過去が解き明かされて二週間が過ぎた。

広がった背中の呪いは、時間とともに小さくなっていった。

すっかり体調が戻った俺は、以前と変わらず治癒士として忙しい日々を過ごしている。

だがアンジェロの記憶を見たことで、俺はある決意を胸に秘めていた。

それは、ヨキラスと教会の陰謀を暴くことだ。

消えてしまったアンジェロと、今もなお教会に囚われているリリアのような子どもたち。そしてマリアを救うためには、この強大な敵に立ち向かわなくてはいけない。

そう意気込んだものの、そびえ立つ高い壁のような敵に対し、どうすればいいのだろう。

陰謀を暴くと言っても、俺は王都ではマリアを虐げ、フテラ神を侮辱した悪者だ。

そんな俺が真実を語ったところで、信じてくれる者がいるだろうか？

そもそも、真実を話せば呪いのせいで激痛に襲われる。それに耐えながら、話ができるだろうか？

考えれば考えるほどに不安と問題だらけの現状だ。

それでも、歯を食いしばり前に進まなくてはいけない。

そのために……俺は一番大切な人に真実を話すことを決意した。

仕事を終え、夕食を済ませた後、俺はいつになく真剣な顔でノルンに声をかける。

「……ノルンさん。僕の過去についてお話があります」

ノルンは目を見開き、深刻な顔で俺に近づいた。

「アンジェロ様……よろしいのですか」

「本当は、もっと早く伝えたかったのですが、ようやく気持ちが固まりました。……聞いてくれますか？」

「ええ、もちろんです」

話の途中で気絶してしまうことも考え、俺たちはベッドに移動した。

覚悟を決めるように大きく息を吐く。

ノルンにも俺の緊張が伝わっているのか、少し落ち着かない様子だ。

「過去の話をすれば、僕は呪いによって苦しみ、もしかしたら気を失ってしまうかもしれません。

でも、ノルンさんには知っていてもらいたいんです。僕がなぜ傷を負い、呪いを受けたのか……」

「その呪いはフテラ様から受けたものと聞きましたが……違うのですね」

うなずくと、ノルンの眉間のシワが濃くなる。

「この話はノルンさんの信念を揺るがすような、聞くに堪えない話かもしれません。それでも……僕に起こった事実を、ノルンさんに知ってほしいんです」

「……わかりました。あなたが倒れたときは、必ず私が支えます。そして、私のことなど気にしないでください。アンジェロ様に呪いをかけた者を……私は許してはおけません」

ノルンが膝に置いていた俺の手を握る。その温もりに勇気づけられ、俺は洗礼式の日の出来事を話しはじめた。

「僕がこの背中の傷を受けたのは、八歳の洗礼式のときです。教会で……ヨ……ぐッ！」

ヨキラスの名前を出そうとしただけで、脳天を突き抜けるような痛みが背中に走る。たまらずうずくまった俺をノルンが抱きとめた。

「――ッ！　アンジェロ様……」

俺を抱き寄せるノルンの力の強さから、どれだけ俺を心配してくれているのかがわかる。

俺は歯を食いしばって顔を上げた。

「この、傷は……ヨ……キラス様に……よって……つけられ、ま……した……」

燃えるように背中が熱い。背中を抉《えぐ》られるような痛みが襲う。

意識を失ってしまいそうな痛みに、俺は必死で耐えた。

――伝えないといけないんだ。アンジェロはなにも悪くないって……アンジェロはなんの罪も犯してはいないんだって……！

「ぼく、を……フテラ様に、すると、言って……呪具を……使って、背中を……」

ノルンは俺が倒れないように抱きしめたまま、静かに話を聞いてくれる。強く俺を支えてくれる両腕のおかげで、俺は痛みに抗い、涙をこぼしながらも必死にあのときのことを話した。

背中を刺され、呪いで口封じをされ、家族や友達を失ったアンジェロの悲しみが、俺を通してノルンに伝わる。

すべてを話し終える頃には座っていることすらできず、ぐったりとノルンにもたれかかった。

絶えず激しい痛みに襲われ、はち切れてしまいそうなくらいに頭が痛んだ。

涙でぐしょぐしょに濡れた頬を、ノルンの胸に擦《す》り寄せる。

ノルンは俺の話が終わるまで、小さく相槌をうちながら聞いてくれた。

――ノルンは、俺の言葉を信じてくれただろうか。

ぼんやりとした意識の中、そっと見上げる。

ノルンは俺以上に苦しそうな顔で、瞳いっぱいに涙を浮かべていた。

「アンジェロ様……貴方は、そんな辛い過去をひとりで抱えこんでいたのですね……。私は……アンジェロ様の言葉を信じます。貴方は、なにも悪くない……」

ノルンの声は震えていた。

頬に温かな雫が降り注ぎ、強く抱きしめられる。

――あぁ、よかっ……た……

力強い腕の中で、俺は目を閉じる。

そのままゆっくりと、意識は遠ざかっていった。

◇◇◇

「この、傷は……ヨ……キラス様に……よって……つけられ、ま……した……」

「――っ⁉」

アンジェロ様がもがき苦しみながら伝えてくれた言葉に、私は驚きを隠せなかった。

あのヨキラス教皇様がそんなおぞましいことを？

民からも愛される慈悲深いあの方が……

だが、そんな疑問はアンジェロ様の言葉ですべて消え去った。

一言、一言、命をかけるように紡がれる言葉。

アンジェロ様の口から伝えられた真実が私の胸を抉《えぐ》る。

背中にまわされた指先が、呪いによる痛みに耐えるため強く肌に食いこんだ。

けれどこの痛みの何十倍、いや何百倍という痛みにアンジェロ様は苦しんでいる。

私ができることはすべてを聞き届けることだけだった。

力強く抱きしめれば折れてしまいそうな華奢《きゃしゃ》で小さな体に刻まれた、ヨキラス教皇様の呪い。

その呪いは幼いアンジェロ様を傷つけ、今もなお心と体を縛り、苦しめている。

そしてアンジェロ様が得られたはずの幸せをも奪い去った……

――こんなにも残酷な行為を、教会は今までやってきたのか。

アンジェロ様が告げた真実に、怒りと悲しみが入り混じる。

聞いているだけでも辛いが、一番苦しんでいるのはアンジェロ様だ。

私が悲しんでいる場合ではないのに、胸が強く締めつけられ、目頭が熱くなる。

体を傷つけられ、魔法を使えなくなり、呪いの制約により誰にも話せず耐えるだけの日々。

周りはアンジェロ様を『悪』だと決めつけ、孤立させていった。

この前線に来るまでアンジェロ様のそばにいたのは、すべての原因を生み出したヨキラス教皇様だけだと聞いたときには……言葉にならない怒りがこみあげた。

アンジェロ様が語る苦しみ悲しみ怒り。そのすべてを受け止める。

話し終えたアンジェロ様はもう自分の体を支える力もなく、私の胸にもたれかかった。そして、不安そうな瞳で私を見上げる。

信じてくれますかと問いかけてくる視線は、不安げに揺れていた。

その不安を今すぐにでも拭いさってさしあげたいのに……こみあげてくる様々な感情に、言葉がうまく見つからない。

震える声で信じると告げた私は、情けなくも涙を流していた。

そんな私にアンジェロ様は優しく微笑みかけてくれた。

すべてを打ち明けたアンジェロ様はその後、緊張の糸が切れたように眠りについた。

そっとベッドに寝かせ、不安にならないように抱きしめると、私は以前よりも安らかな表情で眠るアンジェロ様の頬を撫でながら頭の中を整理していく。

ヨキラス教皇様がおこなっている、フテラ様を作り出すための行為。

今にして思えば、これまでヨキラス教皇様が発してきた言葉の端々に滲《にじ》むアンジェロ様に対する執着心に……ゾッと鳥肌が立つ。

それに教会の地下でフテラ様になれなかった子どもたちを閉じ込めているということは、ヨキラス教皇様単独の行動ではなく、教会側も関わっているのだろう。

――この問題を解決するには、私ひとりでは到底不可能だ。

アンジェロ様が深い眠りについているのを確認し、通信用の魔道具を手にしてそっと外へ出る。

この魔道具はオレリアン様からいただいたものだ。

以前の訪問の際、『アンジェロになにかあれば連絡してほしい』と言われ、別れ際に渡された。

本来なら、そんな場面が来ないのが最善だが……今がそのときなのだ。

オレリアン様はアンジェロ様にとって数少ない心を許せるお方だ。それに、視察に来られた際に感じたアンジェロ様を思う気持ちは本物だった。

きっとオレリアン様ならば、力を貸してくださる。

通信用の魔道具を起動すると、オレリアン様の声が聞こえる。

『ノルン、どうした。アンジェロになにかあったのか？』

「オレリアン様、夜分遅くに申し訳ありません。報告せねばならないことがあり連絡いたしました。その前に……ひとつ確認させてください。アンジェロ様の背中の傷について、オレリアン様はどうお考えでしょうか」

『……私の考えは、アンジェロが傷を負ったときからずっと同じだ。アンジェロに負い目などあるはずがない。教会がなにかを隠していると考えている』

はっきりと怒りを感じる口調だった。

オレリアン様はその怒りを、教会に属する騎士である私にもぶつけているように感じた。

だが、それはオレリアン様がアンジェロ様の味方だという証明でもある。

「そうですか。私もオレリアン様と……同じ考えです」

『――っ!? フテラ教の騎士であるお前がそのような考えを持っているとはな……。つまり、お前がそう考えるほどの事実がわかったということか』

「……その通りです。詳細についてはアンジェロ様の了承が必要なため、今は私の口からお伝えすることはできません。ですが、教会が深く関与していることだけは確かです。そのため、私ひとりでは解決することは難しく……オレリアン様にもお力を貸していただきたいのです」

私の言葉にオレリアン様は少し間を空けて答えた。

『アンジェロのためならいくらでも協力しよう。だが、アンジェロはお前にだけ真実を伝えたのだな。兄である私にも言えなかったことを……』

「アンジェロ様は、オレリアン様にお話ししたくともできなかったのです。呪いによる制約が、真実を語れないようにしていました。アンジェロ様は痛みに耐え、苦しみながら私に真実を伝えてくれました。今も深い眠りにつかれています」

『……教会というのは、なにからなにまで反吐《へど》が出るほどに最悪な連中だな。教会については私が情報を集めておく。アンジェロを私のもとで保護したい、と言いたいところだが……アンジェロの意志もある。今はこのままがいいだろう。前線は危険だが、今のアンジェロにとっては王都よりもはるかに安全な場所だからな。またなにかあれば連絡をくれ。私も情報が集まり次第、連絡する。……アンジェロを頼んだぞ、ノルン』

「はい。この命に代えてもアンジェロ様をお守りいたします」

オレリアン様との通信を終えると、ふぅと小さく息をもらす。

騎士として、フテラ様に捧げた忠誠。

私にとって、教会やフテラ教は心の支えであり、私を導いてくれる存在だった。

今、私がやっているのは教会やフテラ様を裏切る行為だ。

その行為に罪悪感を抱くかと思ったが……私の心は、あっさりと教会を切り捨てていた。

私にとって一番大切な存在はアンジェロ様だ。

そのアンジェロ様を傷つけていた教会に、未練などなかった。

「アンジェロ様が笑顔でいられる幸せな未来を作らなくては……」

その思いを胸に刻み、愛しいアンジェロ様のもとへ戻っていった。

◇◇◇

過去を告白した次の日の朝。

目が覚めても俺はノルンの腕の中にいた。

ノルンの温もりと香りを胸いっぱいに吸いこむと心が落ち着く。

背中の傷は過去の記憶をとりもどしたときと同じくらいに痛んでいた。

だが、心の痛みはあのときよりも軽い。

すべてはノルンのおかげだ。

ノルンはアンジェロのことを信じてくれた。アンジェロは悪くないと言ってくれた。

その言葉に、アンジェロも俺もどれだけ救われたかわからない。

——いつか恩返ししてやんなきゃな。

きっと俺が恩返しするなんて言ったら、ノルンは真面目な顔して「職務でやっていることなので気にしないでください」とかって断るんだろうなぁ。

そんなことを考えながら、ぎゅっとノルンを抱きしめた。

それからノルンが目を覚まし、いつものようにキスをくれる。額に優しく口づけられて、今日は俺もノルンにキスをする。

額に唇を落とし、そして頬にも。目が合うとノルンが嬉しそうに微笑むので、最後に唇にも軽くキスをする。

「アンジェロ様、体の調子はいかがですか？　背中の傷は痛みませんか？」

「まだ少し痛みますが、大丈夫です。昨日は話を聞いてくれてありがとうございました。ノルンさんのおかげで、気持ちがとても楽になりました」

微笑みかけると、ノルンが頭を撫でてくれる。

「少しでもお役に立てたのなら幸いです。……アンジェロ様はずっとひとりで耐えてこられたのですね。ですが、これからは私もいます。だからもう、ひとりで悩まず頼ってください」

「ありがとうございます、ノルンさん」

ノルンの言葉に、胸がまた温かくなる。たまらずぎゅっと抱きつくと、ノルンも俺を力いっぱい抱きしめてくれた。

「呪いによる制約は、アンジェロ様にのみ有効なものです。ですから私の口から真実を語る分には、アンジェロ様が呪いで苦しむことはありません。どなたか、過去のことをお伝えしたい方はいらっしゃいますか？」

「伝えたい人……」

ノルンからの提案に、ひとりの顔が浮かぶ。

——オレリアン……

アンジェロの過去の記憶をたどっても、オレリアンはずっとアンジェロのことを心配していた。

それは、この前線で本人と会ったときにも感じたものだ。

アンジェロが呪いをかけられ、両親から見放されても、オレリアンは違った。

離れていてもアンジェロのことを想ってくれていた。

アンジェロにとって大切な家族である彼には、できれば真実を知っていてもらいたい。

「……オレリアン兄様に、伝えたいです」

「わかりました。私からオレリアン様に連絡をとり、報告いたします」

「え？　そんなことまでお願いしていいんですか？」

「はい。アンジェロ様になにかあればすぐに連絡するようにと、オレリアン様には通信用の魔道具をいただいておりますので」

「そうだったんですね」

いつの間にふたりはそんな仲になったのだろか。

少し驚いたが、ふたりがアンジェロのことを思ってくれる気持ちが嬉しくて口元が綻んだ。

ノルンに真実を告げてから、三日が経った。

傷の痛みは治まっていたが、また呪いの範囲が広がったとイーザム爺《じい》さんに怒られてしまった。

呪いが強くなると痛みだけでなく、魔力量にも影響があった。せっかく魔力管の治療を続けて人並みに使えるようになった俺の魔力は、振り出しに戻ってしまった。

しかし、時間が経てば呪いの力は弱くなり魔力量も自然に戻るらしい。

しばらくは大人しくしておくようにとイーザム爺《じい》さんから強く念押しされた。

魔法の使えないヘッポコに戻った俺ははじめて前線に来たときと同じように、雑用を中心にこなしていった。

ミハルとともに洗濯して、掃除して、治療中の傭兵の世話をする。

大量の洗濯物を干し終わり、一息つく頃にはお昼時になっていた。

午後からはなにをしようかと考えていると、ミハルが声をかけてきた。

「アンジェロ様、疲れてはいませんか？」

「これくらい大丈夫ですよ、ミハルさん」

笑いかけると、ミハルは安心したように微笑む。

ここ最近はいろいろあって体調を崩すことが多かったので、ミハルの心配性が加速している。

少しでも疲れた様子を見せると、すぐに「休みましょう！」と言って休まされるのだ。

そして、ミハル以上の心配性がもうひとり……

「アンジェロ様、今日のお仕事は終わりにしましょう。残りの仕事は私が済ませておきますので、あとはゆっくり体を休めてください」

俺の隣で洗濯物を干しながらノルンが真顔で言ってくる。

気持ちはありがたいんだが……はっきり言って過保護すぎる。

昨日だって、洗濯場へ行った帰りに小石につまづいただけで「アンジェロ様！　無理してはいけません！」と言って、お姫様抱っこで連れ帰られた。

一緒にいたミハルも驚くどころか、よかった〜と安心した顔をしてノルンの暴走を止めない。

このままでは、また途中でヘマでもするたびに大変だ！　と言ってお姫様抱っこコースだ。

それだけはどうにか阻止したい……

「ノルンさん、ミハルさん。心配していただくのは大変嬉しいんですが、休んでばかりでは体力が戻りませんので……」

「体力は少しずつ戻せばいいんですよ。今は大事なときです。無理して倒れるのが一番ダメですよ！」

「そうです、アンジェロ様。まだ本調子ではないのですから。本来なら、まだ療養を続けていただきたいくらいなのですよ」

「いや、僕はもう元気なんです……」

「『無理はいけません』」

――……これはなにを言っても無駄だな。

結局、その日は話し合いの末、あまり体を動かさない在庫チェックの仕事ならとふたりからの許しを得た。

ふたりはいつになったら俺を元気だと認めてくれるのだろうか。そんなことを考えていると、倉庫の扉がコンコンとノックされた。

「アンジェロ様、いらっしゃいますか？」

可愛らしい声に返事をすると、ヴィヴィがひょこりと顔を出す。

「どうしたの、ヴィヴィ？」

「仕事が終わったので手伝いにきました」

「ありがとう、助かるよ」

俺の隣に来ると、ヴィヴィはてきぱきと在庫を確認していく。

ヴィヴィとこうやってふたりで過ごすのは久しぶりで、会話に花が咲く。

話題は患者の治療の話から、王都に戻ったときのことへ変わる。

「久しぶりの王都はどうだった？」

「楽しかったですよ。久しぶりに両親や兄様たちにも会えたので。あ、そういえばアンジェロ様が読んでみたいと言っていた医学書を持って帰ってきたんです。今度お渡ししますね」

「ほんと！　ありがとうヴィヴィ」

「喜んでいただけて嬉しいです」

ヴィヴィはニコッと笑う。

それから少しの沈黙を挟んで、ヴィヴィは俺にたずねた。

「あの……アンジェロ様は、いつまで前線にいらっしゃるのですか？」

「え？　僕はずっといるつもりだけど……」

「そうなのですか？　王都に戻るご予定は？」

ヴィヴィの質問の仕方に、なにか違和感がある。

まるで俺が王都に戻る前提のような……

眉根を寄せヴィヴィに問いかける。

「戻る予定はないけど……。僕が王都に戻るって聞いたの？」

「聞いたというか……ヨキラス教皇様が、そのようなことをおっしゃっていたので少し気になってしまって。けれど、お戻りの予定がないのであれば安心しました。私はアンジェロ様のそばでもっと勉強していきたいので」

ヴィヴィは安心したようにそう言った。

俺は逆に『ヨキラス』の名を聞いて、悪寒が走る。

――そういえば、ヴィヴィはヨキラスの命令でここに来たんだったよな。もしかして、ヴィヴィもヨキラスに利用されているのか？

ごくりと唾を呑みこみ、思い切ってヴィヴィに問いかける。

「あのさ、ヴィヴィはヨキラス教皇様と……どういう関係なの？」

「関係ですか？　名のつくような関係はありませんが……ヨキラス教皇様は、私の憧れの方のひとりです」

照れ笑いするヴィヴィ。

それは、幼い頃にヨキラスのことを慕っていたアンジェロの姿と重なる。

その無邪気な笑顔にズキリと胸が痛む。

「そう、なんだ……」

「ヨキラス教皇様はアンジェロ様のことを、とても心配なさっていましたよ。ですが私がアンジェロ様のご活躍を話すと、すごく喜んでいらっしゃいました」

楽しそうに話すヴィヴィを直視できなくて、視線をそらす。

『ヨキラスを信用しちゃダメだ』

そう告げたら、彼女はどんな顔をするだろう。

怒るだろうか。それとも憧れの人を侮辱したと俺を軽蔑《けいべつ》するだろうか。

「……アンジェロ様？」

黙りこむ俺を見て、ヴィヴィが顔をのぞきこむ。

「あぁ、ごめん。ねえヴィヴィ。……ヨキラス教皇様は僕のこと、なにか言ってた？」

「そうですね……。前線でのご活躍ぶりをお話ししたら、与えた試練は間違っていなかった、とおっしゃっていました。教皇様はアンジェロ様の秘めた力を見抜いていたのでしょうか」

ヨキラスを尊敬しているといった面持ちで、嬉しそうに話すヴィヴィ。

ヴィヴィの言葉に、過去のアンジェロが消えてしまったときの光景が思い浮かぶ。

『これも試練のひとつです』

ヨキラスが微笑みながら告げた最後の言葉は、アンジェロの心を壊し、絶望させた。

俺が今前線にいることも、アイツにとってはアンジェロをフテラにするための試練ってことかよ。

ふつふつと怒りが湧き、俺はぐっと拳を握りしめた。

その後は、話題をヨキラスのことから医学の話に切り替える。ヴィヴィは楽しそうに俺に医療や医学について質問してきた。

ヴィヴィの姿を見る限り、ヨキラスになにかを命じられて俺に近づいているわけではなさそうだ。

だが、マリアの件もある。

俺がヴィヴィに心を許したと知ったら、ヨキラスはヴィヴィになにかさせるかもしれない。

マリアのときのように脅《おど》し、ヴィヴィを苦しめるのではないだろうか……

大切な場所にチラつくヨキラスの影に反吐《へど》が出そうだ。

苛立ちながら部屋に帰ると、ノルンが出迎えてくれた。

「おかえりなさい」

「ノルンさん」

ただいまとも言わず、一目散にノルンの胸に飛びこんだ。ぐりぐりと額を擦《こす》りつけ、胸いっぱいにノルンの香りを吸いこむと、怒りが少しおさまる。

「アンジェロ様？　どうなさいました？」

「ちょっと、苛々することがあって」

「アンジェロ様も腹を立てることがあるのですね」

「そりゃありますよ。僕も人間ですから」

ちょっぴり不機嫌な顔して見上げると、ノルンは頭を撫でてくれた。

「私でよければ話を聞きますよ」

「……話よりも、抱きしめてほしいです」

俺の要望にノルンは微笑んで、強く抱きしめてくれる。

温かくて居心地のいいノルンの腕の中を堪能していると「他にもしてほしいことはありませんか？」と、言ってくれた。

ここ最近、精神崩壊しそうなくらいにいろんなことがあって、心も体も悶々《もんもん》としている。

そんなときにしてほしいことと言われて脳裏をよぎるのは……エロいことだった。

猿のような自分の思考回路に呆れるが、気持ちが昂《たかぶ》っているときには発散するのが一番だ。

「ノルンさんに癒《いや》してもらいたいです」

「癒《いや》し……ですか？」

「はい。ノルンさんにいっぱい抱きしめてもらいたいし、……キスだってしてほしいです」

おめめをうるませ久しぶりにぶりっ子アンジェロで見上げると、ノルンは顔を真っ赤にした。

可愛い表情を見せるノルンに、にんまりと微笑みかけ、頬に触れる。

「キス……たくさんしてくれますか？」

問いかけにノルンは大きくうなずき、薄い唇が重なった。

小鳥のような可愛らしいキスを何度か交わし『これでいいですか？』と確認するように俺を見つめてくる。

俺は『そんなんじゃ足りません。もっと、こんなキスが欲しいです』と、キスで答える。

唇をついばみ、下唇を甘噛みすると、ノルンの体がビクッと揺れた。

その反応にムラッときて、今度はペロリと舐めてやる。

そうすると、ノルンも俺の唇を舐めて……舌先が触れ合って、気づけば自然に絡ませ合っていた。

後頭部に手がまわされ、俺もノルンの頭を抱えこむ。

くちゅくちゅと音を立てて、時間を忘れそうになるくらい深いキスを堪能する。

唇が離れると、上気したノルンの可愛い顔を拝むことができた。

——ノルン、興奮してる。

きっと、俺も同じような顔でノルンを見つめていて……俺たちは熱に浮かされたようにベッドへなだれこんだ。

キスをしながら互いに服を脱がせ合う。

ノルンの膝の上に座って鍛えられた体をじっと見ると、毎度興奮してしまう。

「アンジェロ様、そんなに見つめられると恥ずかしいです……」

「だって、ノルンさんの体すっごく素敵なので……ずっと見ていたいくらいです」

ニンマリと笑いかけると、ノルンはさらに頬を紅潮させる。このウブな感じがノルンのいいところだよなぁ～、なんて考えながら胸筋に触れて鎖骨にキスをする。

「——ッ！　アンジェロ様、それは……」

「ノルンさんにたくさんキスしたいです」

「……わかりました」

ノルンはふるふると震える。

きっと恥ずかしさとむず痒《がゆ》さを必死に耐えてるんだろうなと思うと、口元が綻んだ。

——いつも頑張ってくれるノルンくんに、少しご褒美をあげようかな。

俺はノルンの下半身にそっと手を伸ばし、すでに硬くなったアソコに触れる。

「あっ……」と、ノルンは小さく声をもらすが、俺が視線を向けると唇を噛んで我慢していた。

するすると膝の上から降りて、腹筋にキスをしながら顔をどんどん下げていく。

ノルンの下半身はもうすっかり興奮して、ピンとテントを張っていた。

「……ノルンさん。ここにも、キスしていいですか？」

「あ、……そ、そこは……」

「キス……したいです」

指先で先端をつつきながら上目遣いでおねだりすると、ノルンはきゅっと目をつぶって小さくうなずいた。

俺は目を細め、ゆっくりとノルンのスラックスと下着をずらす。念願のノルンのモノとご対面だ。

キスする前から反り上がっているノルンのモノに、俺は感嘆をもらす。

いつ見ても理想すぎるチンコだよなぁ〜。

最高かよ。

指先でツンと突くと、猛々《たけだけ》しさとは反対にピクリと可愛く震える。その様子が可愛すぎて、先端にチュッとキスをした。

両手で竿を掴み何度も先端にキスしていると、鈴口からぷくりと涙があふれだす。

それをペロリと舐めとる。するとずっと我慢していたノルンが声をもらした。

「ぁ……アンジェロ……さま……」

止められるかと思ったが、ノルンは俺の頭を優しく撫でてくる。

それはつまり、もっと舐めてほしいという合図だ。

ノルンを見上げ、見せつけるように舐めると、彼は困ったように眉をハの字に下げる。

可愛いすぎるその表情に、俺もムラムラを抑えきれず先端を口に含み本格的にフェラをはじめた。

フェラをするのはあまり好きじゃないんだけど……ノルンの気持ちいい顔がもっと見たくて、今日は特別だ。

両手で竿を扱きながら、口に含んだ先端を丁寧に舐める。

鈴口からどんどん先走りがあふれだしてきて、ノルンの味でいっぱいになる。

後頭部を大きな手で優しく撫でられると、『上手ですね』と褒められているようで嬉しい。

――もっと、気持ちよくしてやんなきゃ。

フェラをしてやや酸欠気味の俺は、惚けた頭でノルンが気持ちよくなることだけを考える。

少しずつ扱くスピードを上げて、小さな口で必死に愛撫してやると、ノルンのモノが口の中でグンと大きくなった。

「ア……ンジェロ様……これ以上は……」

最後の理性を振り絞ったような声が聞こえるが、そんな可愛い制止じゃビッチなアンジェロくんは止まりませんよ、ノルンさん。

俺はきゅっとノルンの先端を締めつけてトドメの刺激を加える。小さくうめくノルンの声とともに口の中に熱が放出された。

俺を撫でていたノルンの指先が、グッと俺の頭を押さえつける。

どくんどくん……と、口の中がノルンで満たされていく。

すべては受け止めきれなくて、少しこぼしながら……コクリとその熱を呑みこんだ。

「ア、ア、アンジェロ様……？　もしや、呑みこまれ……」

「はい、ごちそうさまでした」

顔を上げニンマリと笑顔を向けると、ノルンは頭を抱えうつむいた。

そして、少し間をあけて、バッと顔を上げる。

「次は私にご奉仕させてください」

押し倒され、ノルンの長い黒髪がさらりと落ちる。

まだ興奮した様子で頬を赤らめているノルンに微笑みかけ、艶《つや》のある黒髪に触れる。

「ノルンさんは、僕にどんなご奉仕をしてくれるんですか？」

くるくるとノルンの髪を指先に巻きつけながら問いかけた。

「アンジェロ様がしてほしいこと……すべてです」

「ふふ。それは楽しみですね。じゃあ……嫌なこと全部忘れられるくらい、気持ちよくしてほしいです」

「……わかりました」

誘うように腕を伸ばすと、ノルンが俺を優しく抱きしめる。

額や頬に降り注ぐキスがくすぐったくて、クスクスと笑った。

それから軽くキスをして、ノルンの唇が首筋から胸へおりていく。胸の尖りに唇が触れ、ノルンの舌先が先端を包みこむ。

コロコロと転がされると甘く疼《うず》き、たまらずノルンの頭を両腕で抱えこむ。

「ん……ぁ……」

ノルンがチラリと視線を向けてくる。喘《あえ》ぐ俺を見て、嬉しそうに目を細めるとチュッ……と、わざとらしく音を立てて胸を吸った。

「あっ、や……ん……」

ズクズクと疼《うず》く胸。気持ちよくて腰が揺れてしまう。

すると、俺の股の間にノルンの太ももが入りこむ。

——これは、擦《こす》りつけていいですよってことなのか？

乳首を愛撫されて頭がポヤポヤしてきた俺は、ノルンが差し出した太ももに股間を擦《こす》りつける。

ぐちゅぐちゅと胸をしゃぶられ、つまれて……ノルンの指の動きに合わせてゆらゆらと気持ちよく腰を振る。

下着の中はすでに濡れていて、ヌチヌチと音を立てていた。

「アンジェロ様、気持ち……いいですか？」

「はぃ……ひぁ！　あ、きも、ちぃ……」

必死にうなずき、ノルンの太ももを堪能していると、下着の中に手が入ってきた。

ノルンの大きな手が、濡れた俺のモノを包む。

「本当ですね、ぐっしょりと濡れています」

先走りを擦《す》りこむように上下に扱かれ、快楽が増す。ノルンは名残惜しそうに胸から離れると、俺の下衣を脱がしていった。

気持ちよくてピクピク震える俺のモノを微笑ましい目で見てから、下半身に顔を埋《うず》める。

ノルンはためらいなく俺のモノを咥え、アンジェロの小ぶりなモノがノルンの口の中におさまった。あったかくて気持ちよくて、ノルンの黒髪を撫でながらゆるく腰を振る。

亀頭が上顎《うわあご》に擦《こす》れて、すっごく気持ちがいい。

ノルンの舌先が裏筋を刺激してきて、射精感が高まる。

「ん、ぁ……のるん、さん……でる、でちゃう……」

俺の言葉を聞き、ノルンは口の中で俺のモノを締めつける。

それは『さぁ、出してください』と、言われているようで……小さく体を震わせ、ノルンの口の中に吐精した。

ノルンはすべて受け止め、俺と同じようにコクリと呑みこむと嬉しそうに微笑む。

「気持ちよかったですか、アンジェロ様？」

「ひゃい……」

射精後のとろけた頭で答えると、ノルンの指先が俺の後孔を撫でた。

「……もっと、気持ちよくなりたいですか？」

妖艶《ようえん》な笑みを浮かべるノルン。その表情にゾクリとして、期待をこめてうなずく。

「気持ちよく……なりたいです」

後孔は俺の精液とノルンの唾液で濡れており、たやすく指を受け入れる。

ノルンは俺の気持ちいい場所を把握しているようで、指先が迷いもなく前立腺へ伸びた。

しこりを優しく撫でられ、クンッと押され、刺激が加えられるたびに体が跳ねる。

快楽に弱めのアンジェロの体は、お尻の刺激だけで軽くイッてしまう。

「ひぁ、ん……あ、や、——ンン……」

それからも、指先をぐちゃぐちゃと出し入れされ、前立腺をゴリゴリに擦《こす》られ、二度の射精と中イキ一回。

ノルンの慣れた手つきにピンクスライムで発情したときのことを思い出す。

あのときの記憶は曖昧《あいまい》で、気持ちよくしてもらったことしか覚えていなかった。

最後までしてしまったのかも、はぐらかされてしまってわからない。そもそも覚えていなければそんなのはノーカンだ。

それなのにまさか、こんなにも乱されていたのかと興奮してしまう。

さらなる快楽……なんなら最後までやってほしいなと思いながらノルンの与えてくれる快楽を貪《むさぼ》っていると、コロンと体を転がされ、うつ伏せにされる。

なにすんだろう……と、思っていると、腰だけ高く上げられた。

そして後孔にピトリと熱いモノが触れる。

——まさか、挿れてくれんのか!?

期待に満ちた目で振り向くと、ノルンは切羽詰まった顔をしていた。

しかし硬く張った亀頭をいじらしく後孔に擦《こす》りつけるだけで、なかなか入ってこない。

俺の下腹部は早く奥を突いてくれと、キュンキュン疼《うず》いている。

「ノルンさん……なにしてるんですか？」

「アンジェロ様の……ここがとても気持ちいい、など……」

「中は、もっと気持ちいいですよ」

いじらしいノルンの動きに、俺も尻を動かして誘う。ぐいぐいと押しつけてノルンを中に招き入れようとした。

——このままもっと奥に……

ぐぐぐぅ……と、先端を中に押しこんだところで、ノルンの手が俺の尻たぶを掴んだ。

そして欲望のまま突き上げるっ！

……な～んてことは、やはりしてくれない。

「アンジェロ様、交接は愛を交わした者同士がおこなう行為です。これ以上は……いけません」

相変わらず真面目なこと言ってるが、俺の尻に気持ちよさそうにチンコ擦《こす》りつけてんのはどこのどいつだ。と、ツッコミたい気持ちを我慢する。

「……ノルンさんは、僕を愛してくれているんでしょう。じゃあ、いいじゃないですか」

「私だけの気持ちではいけません。一番大切なのは……アンジェロ様のお気持ちです」

——俺の気持ち？

きょとんとした俺を、ノルンは背後から抱きしめる。

「アンジェロ様は、私のことをどう思っていらっしゃいますか？」

低い声が脳に響き、ゾワリと背筋が震える。

どう思ってると言われても。

ノルンに触られるのは好きだし、チンコは理想的だし、顔も……綺麗だなって思う。

俺のこと第一に考えてくれるし、気がきくし、真面目なとこもいいと思う。

つまり……

「……嫌いじゃないです」

出てきた答えに、ノルンはクスッと笑う。

「嫌われていなくて、安心しました。次は、好きだと言ってもらえるように精進します」

そう言ってノルンは俺の腰を上げさせ、後孔ではなく太ももと太ももの間に挿入した。ノルンの猛ったチンコが俺のチンコを擦《こす》り上げ、容赦なくパンパンと打ちつける。

そうしていると、本当に挿れられている感覚になる。

互いの先走りが混ざり、太ももはぐっしょりと濡れてぐちゅぐちゅといやらしい音を立てている。

「ん……ぁ、やぁ、ん……」

「……ッ、アンジェロ様……」

ノルンが覆いかぶさり、俺のうなじを舐めて軽く歯を立てる。

甘噛みされる感覚がたまらず、ふるっと体を震わせて俺は果てた。

そしてノルンも、パンッと突き上げ吐精する。

くたりとベッドに顔を埋《うず》めると、ノルンは俺のうなじや背中をたくさんキスしてきた。

ノルンがくれるキスのひとつひとつに俺を思う気持ちを感じ、くすぐったくて思わず口元が綻ぶ。

それから抱き合ったまま眠りについた。

ノルンの可愛い寝顔を見つめ、気持ちを聞かれたときのことを思い出す。

――嫌いじゃない……か……

自分の出した答えなのに、心がもやりとする。

ノルンの優しさに漬けこむような答えに我ながら呆れるけれど、好きだと認めるのは……怖い。

好きだと自覚して、嬉しいよりも失うことを真っ先に考えてしまうのは、俺の悪い癖だった。

前世は、何度も別れの悲しみを味わった。

その悲しみが嫌で、いつしか人を好きにならないように遊びの付き合いばかりしていた。

ただ体が満たされればそれでいいと、見た目が好みな男をつかまえてはワンナイトを楽しむだけ。

それが互いにとって気楽で、自分にとってもそれが最良で幸せなんだと思っていた。

けれど、ノルンに向けられる真っ直ぐな愛に、それ以上の幸せを感じている自分。

「俺ってずるいよなぁ……」

ノルンに対する想いの答えはわかっているのに……臆病な自分に嫌気がさした。

「ごめんな」

俺は小さく呟くと、眠るノルンの頬を撫で、また温かな胸に顔を埋《うず》めた。

第三章

それから数日が経ち、制約を破ったことで広がった背中の呪いは元の大きさまで縮んでいった。

魔力も元に戻り、今日も俺は前線で元気に働いている。

ノルンとミハルの過保護コンビは俺の魔力が戻ったことに安心し、もうお姫様抱っこされることもなくなった。

そして、今日は久しぶりの薬草採取。

前回はピンクスライムなんていう絶滅危惧種に遭遇し、体液がかかって発情したが、俺は二度も同じ間違いは犯さない。

籠《かご》を背負い、手袋をはめて準備は万端だ。

「アンジェロ様。前回のこともありますので、魔物を見つけても決してひとりで倒そうとしないでくださいね」

「わかっていますよノルンさん。魔物を見つけたらすぐ報告しますから」

朝から何度その注意を受けただろうか。

俺は愛想笑いを浮かべて、ノルンとミハルとともに森の中へ入っていった。

森の中を歩き、いつも薬草を採取している場所へ到着する。

だが薬草はあまり生えておらず、普段よりずっと量が少ない。

他の場所に行っても、同じような状態だった。

いつもなら籠《かご》いっぱいにとれるのだが、今日は半分くらいしかとれていない。

籠《かご》の中を覗き、ミハルに聞いてみる。

「天候が悪くて薬草が育たなかったのでしょうか？」

「いえ。この時期はもともと薬草が育ちづらい時期なんです」

「そうなんですね」

薬草の成長も、気候に左右されるんだろうな。

そう思いながら森の中を進んでいくと、ガサガサと茂みが揺れた。

腰に下げていた短剣に手をかけ、音のするほうへ視線を向けると……お決まりのアイツと出会う。

うにうにと動きながら登場したのはスライムくん。

俺は緊張を解き、短剣から手を離した。

「またお前かよ～。……て、なんか変じゃね？」

一般的なスライムは透明無色だが、目の前にいるスライムは紫と黒が入り混じった色をしていた。

明らかにヤバそうな配色だ。

「……ノルンに報告だ」

安易に手を出せばまたピンクスライムのときのようにヤバいことになると確信し、ノルンとミハルのもとへ走った。

「ノルンさん！　あっちで変な色のスライムを見つけました」

「……変な色、ですか？」

「はい。紫と黒が入り混じったような……」

「「──っ！」」

俺の報告にノルンとミハルの表情が険しくなる。

もしかして、毒系の激ヤバスライムだったのか？

「アンジェロ様、そのスライムに触れてはいませんか？」

「は、はい。なんだか危なそうだったので……」

「よかった……。そのスライムのいた場所に案内してください」

「はい」

ノルンとミハルを連れ、先ほどの場所に向かう。

そこにはまだあのスライムが這いずりまわっていた。

それを見たノルンがスライムに向けて手をかざし、詠唱をはじめる。

スライムぐらいで魔法を使うのか？　と、首を傾げているうちにノルンの風魔法でスライムが宙に浮き、風の刃で粉々に切り刻まれる。

スライムが倒されるとミハルは安堵したようだったが、すぐにまた難しい顔をした。

「ノルン様、僕はすぐガリウスさんにこの件を報告してきます」

「わかりました。私はイーザム様に報告しておきます。さぁ、アンジェロ様もすぐに戻りましょう」

「は、はい」

一体なにがどうなっているんだ？

俺はわけがわからぬまま森を後にした。

キャンプ地へ戻り、ミハルはすぐに集会所へ。

そして、ノルンはイーザム爺《じい》さんのもとへ報告に向かう。

「イーザム様。ご報告があります」

「ん～？　どうしたんじゃ、ノルン」

「……瘴気《しょうき》の魔物が現れました」

「はぁ……今年もついにおでましか。アイツらが出てくると忙しくなるから嫌なんじゃがなぁ……」

薬品棚を整理していたイーザム爺《じい》さんの表情は険しくなり、緊張が走る。

――瘴気《しょうき》の魔物って、確か呪われた魔物だよな。

以前、イーザム爺《じい》さんが話していたことを思い出す。

体液を浴びれば呪いが付与され、噛みつかれれば死の恐れもある危険な魔物。

「ノルンさん。もしかして、さっきのスライムが……」

「はい。瘴気《しょうき》によって穢《けが》された魔物です」

「あれが……」

毒々しい色のスライムを思い出す。もしも俺がノルンの言うこと聞かずあいつに挑んでいたら、全身に呪いを浴びていたかもしれない。想像しただけで背筋が寒くなる。

「瘴気《しょうき》の魔物の件は、ガリウスにも伝えたのか？」

「ガリウスさんへは、ミハルさんが伝達に向かいました」

「わかった。アンジェロ、これから慌ただしくなるぞ、覚悟しておけ」

「はいっ」

イーザム爺《じい》さんの表情はいつになく真剣で、俺の緊張も高まる。

瘴気《しょうき》の魔物――前線にとって最悪な敵との対決がはじまった。


前線は一気に慌ただしさを増していた。

ガリウスさんは傭兵たちを集め、討伐の作戦を立てていた。

そして、治療小屋でもイーザム爺《じい》さんの指揮のもと準備がはじまる。

瘴気《しょうき》の魔物とはじめて対峙する俺とヴィヴィに、イーザム爺《じい》さんがいろいろと説明してくれる。

「聖水は全部小屋に移動しておく。瘴気《しょうき》の魔物の体液を浴びた者の処置は、まず皮膚についた体液の除去。吸収されてしまった呪いは、聖水を使用し浄化せねばならん。聖魔法による浄化も可能じゃが、聖魔法のみでの浄化は魔力消費が激しく効率が悪い。己の魔力量を考えながら動くように」

「「はい」」

爺《じい》さんの話に、俺とヴィヴィの表情は険しくなる。

今までは前世の知識を活用することでなんとかなっていたが、呪いの浄化となると未知の領域だ。

まずはイーザム爺《じい》さんが言った通り処置にあたるのが一番なんだろう。

ヴィヴィに視線を向けると、堅い表情でうつむいていた。

来たときよりもこの環境に慣れたとはいえ、呪われた魔物と対峙するなど、恐怖しかないはずだ。

「ヴィヴィさん、大丈夫ですか？」

「はい、大丈夫です」

ヴィヴィは笑顔を見せるが、その手は小さく震えていた。

「……怖いですよね」

「いえ、そんな……」

「無理しなくていいですよ。僕もすごく怖いですから」

「え……？　アンジェロ様も、怖いのですか？」

「はい。きっと、ここにいる皆が瘴気《しょうき》の魔物のことを怖いと思っています。でも、大切な人や場所を守るために、皆その恐怖と立ち向かっているんです。だから、怖かったらいつでも頼ってください。ヴィヴィさんの周りには、たくさんの味方がいますから」

ニコリと笑いかけると、ヴィヴィの表情が少し柔らかくなる。

『たくさんの味方がいるから大丈夫』

その言葉は、自分自身にも向けたものだった。

大丈夫。きっと、この苦難も皆と一緒なら乗り越えられる、と。

聖水の使用方法や、体液を洗い流すための水の準備など瘴気《しょうき》の魔物に対する準備で治療小屋はいつにも増して忙しかった。

だが、今は忙しいほうがありがたい。

暇があると瘴気《しょうき》の魔物という未知の魔物に対して考えてしまい、不安と恐怖が強くなるばかりだ。

不安を打ち消すように、俺は無我夢中で体を動かしていく。

そんな俺の不安に気づいたのか、ノルンも一緒になって手伝ってくれて、夕暮れ時にはもう準備が完了していた。

一息ついて夕食を食べに行こうとしていると、ノルンが「少し離れます」と、言ってどこかへ行った。

用事を思い出したのか？　と、思いながらミハルと食事をしていると、険しい顔をしたノルンが帰ってくる。

「ノルンさん、用事は済みましたか？」

「はい……。実は先ほど、オレリアン様から連絡がありました」

「オレリアン兄様からですか？」

「はい。アンジェロ様とお話がしたいそうです」

ノルンの口調は重い。なにか悪い知らせでも受けたのだろか？

「わかりました。もう食べ終わるので、兄様に繋いでください」

食事をかきこみ、ノルンとともに部屋に戻る。

ノルンは通信用の魔道具を机に置き、起動する。

「オレリアン様。アンジェロ様をお連れしました」

『ありがとうノルン。アンジェロ、久しいな』

「お久しぶりです、オレリアン兄様」

相変わらず低音イケボのオレリアンの声に懐かしさを感じる。

『急ぎ連絡したのは、アンジェロに伝えておきたい事実が明らかになったからだ』

「僕に伝えたい事実、ですか……」

『あぁ。教会が今まで私たち……いや、この国に住む人々におこなってきた、許すことのできない罪の話だ』

オレリアンの怒りのこもった声が部屋に響き渡る。

俺は、ごくりと生唾を呑んだ。

「オレリアン兄様。詳しく話を聞かせてください」

『……わかった』

オレリアンから語られる、教会が隠していた事実。

それは、俺の想像をはるかに超える大罪だった。

◇◇◇

最愛の弟アンジェロが受けた呪いの真実。

ノルンからその話を伝えられたときは、怒りで胸が締めつけられた。

なぜ、なんの罪もないアンジェロがそんな目に遭わなければならなかったのか……教皇には殺意すら湧いた。

おさまらない怒り。

だが、私がどれだけ怒ろうと、アンジェロの傷が癒《い》えるわけではない。

そして怒りに任せて行動しては、ヨキラスや教会の罪を問えず逃してしまうかもしれない。

私がするべきは、冷静に証拠を集め教会の裏の顔を暴くことだけだ。

アンジェロが呪いを受けてからずっと、私は教会がなにかを隠していると信じ、それを暴くための力をつけるべく動いてきた。そして数年前、教会内部に私の息のかかった者を忍びこませた。

長い年月をかけ調べていた教会の闇が、ついに知らされた。

「オレリアン様、調べていた教会の内部情報が集まりましたので、報告いたします」

「あぁ、わかった」

報告に来た侍女バーネットは常に冷静沈着で、滅多に感情を表に出さない。

だが今日の彼女からは、明確な怒りを感じた。

そして、手渡された報告書を見た私は……その内容に愕然とした。

バーネットは一息つき、冷静な声で報告をはじめる。

「まずは聖水についてです。オレリアン様もご存じの通り、聖水は詳細な製造方法を教会が秘匿《ひとく》し、その権利を独占しています。これは、聖魔法と水魔法をかけ合わせて作られるものでした。聖魔法が使える民を集めて教会内で作っているのですが……その者たちは『フテラのカケラ』と呼ばれ、教会内で自由のない生活を送っています」

「フテラのカケラ……？　監禁され、強制的に聖水を作らされているということか」

「はい、その通りです。そして彼らは、皆アンジェロ様と同じように呪いを受け傷つけられた者たちばかりでした。教会はフテラ様から罰を受けた子どもを保護していると言っていますが、実際は聖水を作らせるためのようです」

ノルンから受けた報告で、アンジェロと同じ境遇の子どもたちが教会に囚われているとは聞いていたが、まさか罪を隠すためではなく、そんなことのためとは……

「……心も体も傷つけられた子どもを、都合のいい道具として利用しているというわけか」

「はい。囚われた子どもたちは、呪いによる精神支配によって教会に逆らえないよう洗脳されているようです」

バーネットの報告に、もしアンジェロもその中のひとりだったらと考えると激しい怒りが湧く。

「次に呪具についての報告です。呪具の保管は教会以外に監視の目はなく、すでにいくつもの呪具が教会の者により使用されています。そして……その呪具は私たちにも使用されていました」

「私、たち？　それはどういうことだ」

「教会は、この国に住むすべての民に呪いをかけていたのです。洗礼式を利用して」

「――なっ⁉」

「洗礼式で授けられていたのは祝福ではありません。魔力の中枢へ小さな呪いを植えつけられていたのです。それにより、我々は魔力量が制限されていました。フテラ様の加護など存在せず、教会は加護と称して呪いを解除し、魔力を解放する。あたかも加護により力を授けられたと私たちに誤認させることで教会の地位を確かなものとし、多額の謝礼を受けとっていたのです」

「それが事実なら……とんでもないことだぞ」

教会による民の魔力の抑制。

自分たちの地位を築きあげるため、そして金儲けのためにそんなことを……

「問題はもうひとつあります。教会は、洗礼式でかけた呪いを解放する際に呪具を利用して呪いを吸収しています。しかし、その呪いをためこんだ呪具は、教会での保管が難しいほど強力なものになります。教会はその呪具を浄化せず……各地の前線に放棄していました。その呪具からあふれだした呪いが土地を汚し、魔物に吸収され、瘴気《しょうき》の魔物が生み出されているのです」

「ハッ、ハハ……なん、なんだそれは……」

教会が瘴気《しょうき》の魔物の原因を作っている。

その事実は、私の予想をはるかに超えていた。

ここまで教会が腐っているとは……

失笑し、天を見つめる。

「……バーネット。今年の洗礼式はすでにはじまっていたな」

「はい。アンジェロ様がいらっしゃる東の前線では、すでに完了しております。現在、呪具の捜索と回収に公爵家の者を手配し向かわせておりますが、見つけ出すのに時間がかかるかと……」

「そうか。まずは前線の状況を把握する。それと、アンジェロの安全の確保に動く。呪具の回収は最優先だ。引き続き頼んだぞ、バーネット」

「承知しました」

報告を終えたバーネットが足早に部屋を去る。

私は通信機を手にとると、ノルンへ連絡を入れた。

教会の現状を伝えると、彼も言葉を失っていた。

「アンジェロにも、この事実を伝えるつもりだ。そして、瘴気《しょうき》の魔物が出現した以上、やはりアンジェロは私のもとで保護しようと思っている」

『……わかりました。私も、アンジェロ様の安全を考えればそれが一番だと思います』

「まぁ、あとはアンジェロ次第なのだがな……」

以前、アンジェロはこの前線を自分にとって大切な場所だと言っていた。

私の説明を聞いたところで素直に従ってくれるだろうか……

◇◇◇

オレリアンの口から語られる教会が隠していた闇は、俺の想像をはるかに超えたものだった。

呪いをかけた子どもたちを監禁して聖水を作らせ、国民には洗礼式で祝福でなく呪いをかけて魔力を制御し、加護を与えると言って多額の寄付と引き換えに呪いを解き、その解いた呪いを今度は各地にばら撒き、瘴気《しょうき》の魔物を生み出している……

嘘のような事実を、俺は呆然と聞き続けた。

『これが教会が裏でおこなっている非道な行為だ。調査を続ければもっと出てくるだろう』

オレリアンの声は怒りに満ちていた。

『アンジェロ、東の前線に瘴気《しょうき》の魔物が現れたと聞いている。このままお前を危険に晒《さら》すわけにはいかない。前線を離れ、私のもとに来てほしい』

「それは……」

オレリアンの提案に、俺は言葉を詰まらせる。

確かに瘴気《しょうき》の魔物は恐ろしい存在だ。

だが、今俺が前線を離れたら、一体どうなるだろうか？

イーザム爺《じい》さんとヴィヴィとミハルだけでは、きっと対応しきれないこともあるだろう。

そもそも、皆を置いて自分だけ逃げ出すなんて……

「兄様。僕は……この前線に残ります」

『理由は？』

「以前も言った通り、前線は大切な場所です。僕は皆とともに戦い、絶対に生き抜いてみせます」

自分自身をも奮《ふる》い立たせるような気持ちで、オレリアンに決心を伝える。

通信機からは大きなため息が聞こえてきた。

『……お前はそう言うと思っていた。だが、アンジェロが想像している以上に瘴気《しょうき》の魔物は危険だ。それに、呪いの恐ろしさはお前自身が身をもって理解しているだろう。大切な人を目の前で失う覚悟はあるのか？』

オレリアンの言葉が重くのしかかる。

それでも、俺は逃げ出して後悔なんてしたくない。

絶対にこの前線を守ってみせる。

「はい。僕はここにいます」

『そう、か……わかった。くれぐれも無茶はするんじゃないぞ。ときには立ち向かわずに逃げるのが正しいこともある。お前が傷つけば、悲しむ者がいることを覚えておいてくれ……』

「わかりました、兄様」

オレリアンの優しさに、胸がぎゅっと締めつけられる。

すると横にいたノルンが俺の手を握りしめ、口を開いた。

「オレリアン様。アンジェロ様が決して傷つくことのないよう、私がおそばで守り抜きます。この命に代えても……」

『あぁ、頼んだぞノルン』

見上げると、ノルンは柔らかく微笑んでくれる。頼もしい彼の右手を、俺はぎゅっと握り返した。

それから俺たちはまず、瘴気《しょうき》の魔物を作り出す原因である呪具をどう回収するかを思案する。

だが、どこに呪具が置かれているのか検討もつかない。

この問題は俺とノルンだけでは到底解決できる問題ではなかった。

オレリアンとも相談した結果、呪具の件に関しては前線の皆にも話すこととなった。

ガリウスさんとイーザム爺《じい》さんを部屋へ招き、オレリアンから呪具と瘴気《しょうき》の魔物の関係について話してもらう。

話を聞くうちに、ふたりの表情はどんどん険しくなっていった。

「おいおいおい、まさか瘴気《しょうき》の魔物が呪具によって生み出されているなんて思いもしなかったぞ」

「そう、じゃな。人為的に作り出された呪いの魔物か……儂《わし》らはどんだけ教会に嫌われておるんかのぉ」

「ガリウスさん、イーザム様。僕たちは呪具を回収できれば、瘴気《しょうき》の魔物の数は減ると考えています。ですが、どこに呪具を置いているか検討もつかなくて……。心当たりがある場所はありますか？」

「そうだなぁ……」

ガリウスは顎《あご》に触れながら考えこみ、イーザム爺《じい》さんも、ふ〜む……と腕組みしている。

しばらく目を閉じていた爺《じい》さんが、ハッと思いついたように目を見開いた。

「森を北に抜けた場所に泉があるんじゃが、そこにある小さな祠《ほこら》にフテラ様が祀《まつ》られていると聞いたことがある。もし、教会が理由をつけて森の中に入るのならば、向かうのはそこかのぉ」

「あぁ、あそこか。確かに、洗礼式にやってきた教会の奴らが森の北側に向かうのは、何度か見たことがあったたな」

「森の北側の泉……。ガリウスさん、その場所にはどれくらいで到着できますか？」

「なにもなければ半日ってところだが、瘴気《しょうき》の魔物がいることも考えれば一日以上はかかるな。しかし、呪具を回収できたとして、その呪具の保管はどうしたらいいんだ？　森や魔物に呪いをかけちまうような物なんだろう？　それを、ここに持ちこんでも大丈夫なのか？」

『呪具は聖水の中に浸し保管する。そうすれば呪いがもれだすことはない。保管と回収の手助けを私のほうでも手配しているのだが、到着するまで時間がかかる。瘴気《しょうき》の魔物の増加を防ぐためには、すぐに行動することが望ましい。もし呪具の回収に手を貸していただけるのならば、回収用の容器だけでもすぐにそちらへ送るよう手配しよう。ガリウス殿、協力していただけないだろうか？』

オレリアンの申し訳なさそうな声に、ガリウスさんとイーザム爺《じい》さんは顔を見合わせニッと笑う。

「オレリアン様、それはむしろこっちが頭下げてお願いする話だぜ。もちろん協力させてもらうぞ」

「うむ。これは儂《わし》ら前線で戦う者の問題でもあるしな。しかし、オレリアン殿の協力なくしては難しいじゃろう。こちらこそよろしく頼む」

こうして、オレリアンと東の前線を守る者たちは手を組み、瘴気《しょうき》の魔物を生み出す呪具の回収へ動き出すことになった。

ガリウスさんはすぐに傭兵たちを招集し、呪具の回収について話をはじめる。

そして、治癒小屋でもイーザム爺《じい》さんが、ヴィヴィとミハルにこれからおこなうことを説明した。

「ガリウスたちの準備ができればすぐに呪具回収に向かうこととなる。そして、そこに治癒士も一名同行することとなった」

皆の表情が険しくなる。

いきなり瘴気《しょうき》の魔物であふれた森の中に向かえなんて言われても、すぐにはうなずけないだろう。

けれど俺は決意し、一歩前へ踏み出した。

「僕が同行します」

声を上げると、皆の視線が集まる。

「おや。儂《わし》が行こうと思っていたんじゃが……」

「イーザム様では、森で魔物に襲われたときに逃げ切れない可能性があります。それはヴィヴィさんも一緒です。ミハルさんでは、怪我をした皆を助ける魔力が足りません。そう考えると、僕が行くのが適任ではないでしょうか。それに……僕にはノルンさんがいてくれますから」

ノルンへ視線を向けると、彼は静かにうなずく。

すると、ミハルが心配した声で言った。

「アンジェロ様だけを行かせるのは心配です。僕も一緒に……」

「ミハルさん、大丈夫です。今回は討伐が目的ではないので、戦闘はなるべく避けますから。それにガリウスさんやノルンさんたちがいるのだから、呪具の回収なんてあっという間に終わらせて、すぐに戻ってきますよ」

微笑みかけると、ミハルは瞳をうるませながらも納得したようにうなずく。

そして今度は、ヴィヴィが俺のそばによってくる。

「では、私たちはアンジェロ様たちが帰ってきたときにすぐ対応できるように準備をしておきます。アンジェロ様……どうかご無事で」

「うん。ありがとう、ヴィヴィ」

ヴィヴィに微笑みかけると、彼女は頼もしい笑顔を向けてくれた。

「儂《わし》もあと四十くらい若ければお前さんに頼ることなく行けたんじゃが……歳はとりたくないのぉ。アンジェロ、お前さんは頑張りすぎるところがあるから、危険だと思ったらまずは命を優先すること。それがこの前線で生き抜くコツじゃ。頼んだぞ」

イーザム爺《じい》さんの言葉に、力強くうなずいた。


こうして俺は呪具を回収するため、ガリウスたちやノルンとともに森の北にある泉へ向かうこととなった。

呪具は洗礼式に使われていたのと同じようなフテラ像だとわかり、オレリアンから呪具を入れる聖水入りの筒が届いた。

準備が終わると明日の出発に向けて、選ばれたメンバーが集会所に集まる。

メンバーはガリウスさん、アドリスさん、ランドルとキアル。そして、俺とノルンだ。

ガリウスさんとアドリスさんは傭兵の中でも古株で、ベテランの傭兵だ。

彼らに比べるとランドルとキアルはまだ若く力も経験も少ないが、森の中でふたりは役に立つのだと説明を受けた。

ランドルは森の中を熟知しており、北の泉にある祠《ほこら》までの案内役を、キアルは魔法を使っての周囲の索敵役を任されているのだ。

机に広げられた地図を見ながら、目指すべき泉の場所を確認する。

「情報を集めたところ、毎年洗礼式の後に、司祭たちが森の北側にある泉の祠《ほこら》へ向かっていることがわかった。呪具を置いていった場所はそこで間違いないだろう」

ガリウスさんの説明に皆が険しい顔でうなずく。

「先頭は俺とランドル、後方はアドリスとノルン。間にキアルとアンジェロを入れて進んでいく。泉までは一日をかけて向かう予定だ。呪具を回収したら、すぐに退却。今回は討伐が目的ではないため、無駄な戦闘は避けるようにしたい。キアルは常に周囲の索敵を頼む。しんどいだろうが、俺たちの命はお前が握っていると思ってくれ」

「わかりました」

キアルは緊張した表情で答えた。

「ノルンは、瘴気《しょうき》の魔物と対峙した経験はあるか？」

「何度か戦ったことはあります」

「なら問題ないな。アンジェロは瘴気《しょうき》の魔物について知らないだろうから説明しておく。瘴気《しょうき》の魔物は、普段現れる魔物よりも凶暴で力も強い。絶対にひとりでは行動するな」

「はい」

ガリウスさんの言葉に、しっかりとうなずく。

それから、森に入る際に使用するリュックや瘴気《しょうき》の魔物専用の防具を受けとり、解散となった。

部屋に戻り、受けとった荷物の中身を確認していく。必要最低限の食料と水、それと聖水。

あとは、自分が必要だと思う物をリュックに詰めこんだ。

なるべく重くならないように考えるが、皆が怪我をしたときのことを想像すると、自然と荷物が多くなっていく。

リュックに荷物を押しこんでいると、ノルンが近寄ってきた。

「アンジェロ様、明日は早いのでもう寝ましょう。不安と思いますが、荷物が多くては行動しづらくなります」

「そう、ですよね。すみません」

「いえ。私たちの心配をしてくださっているのですよね。アンジェロ様のお気持ちはとても嬉しいです。私のカバンは余裕があるので、こちらにも入れてください」

「ありがとうございます、ノルンさん」

ノルンのカバンにも荷物を入れさせてもらって準備を終え、いつもより少し早いく俺たちはベッドに入った。

しかし、今になって不安が襲われ、俺はノルンの胸に頭を擦《す》り寄せた。

すると、ノルンが頭を撫でてくれる。

「眠れないのですか？」

「はい……。なんだか恐ろしくなってきて。でもこの問題を解決すれば、皆が瘴気《しょうき》の魔物に怯《おび》えずに済むんですよね。……頑張らないと」

「アンジェロ様は、いつも誰かのために行動をするのですね」

「僕だけじゃありませんよ。ここにいる皆も同じように、誰かのために戦っていますから、僕だけ怠《なま》けてなんていられないです」

ヘヘッと笑いノルンを見上げると、額にキスがふってくる。

くすぐったい唇の感触に目を細め、ノルンの頬を両手で包んだ。

ゆっくりと顔を近づけ、ノルンの薄い唇に軽く触れるだけのキスをする。

何度かキスをして、ノルンの腕に包まれていると、不安が少し和《やわ》らぐ気がした。

そして、朝が来た。

荷物の最終確認を終え、出発する前にガリウスさんから渡されていたコートに腕を通す。

頑丈な革のコートは重く、動きが制限されるが、魔物の体液の侵入を防げる。瘴気《しょうき》の魔物と戦うときに使用するものなのだと説明を受けた。

ずしりと重いコートを羽織《はお》り、あとは口元を布で覆えば準備は完了だ。

集会所へ向かい、準備を終えた皆と合流する。

同じように革のコートを身にまとった面々を見ると、緊張感が増していく。

「さぁ、行くぞ」

ガリウスさんの号令とともに、俺たちは森の中へ足を踏み入れた。

ガリウスさんとランドルを先頭に獣道を進んでいく。なにか起こる前触れなのか、森の中はえらく静かだった。ザクザクという六人の重い足音だけが響いている。

その静けさが恐ろしく、リュックの紐をぎゅっと握った。

奥に進むにつれ、じょじょに森が深くなっていく。

大木に茂った葉が陽の光を遮《さえぎ》り、昼間なのに薄暗い。

普段は気にもならないのに、今日はやけに不気味に思えた。

いつもは賑《にぎ》やかなランドルとガリウスさんも無言のまま、ピリピリした様子で周囲を警戒しながら歩いている。

経験したことのないほどの緊張と口元を覆う布のせいで、息が上がる。

こんな序盤で皆の足を引っ張ることなんてできないと自分に喝《かつ》を入れ、必死で皆のペースに合わせていく。

歩き出して二時間ほど経ち、ガリウスさんが立ち止まった。

「キアル、このあたりの様子はどうだ？　このまま進んでも大丈夫か？」

「確認します」

キアルが詠唱をはじめると、ふわりと風が通り抜けた。

風魔法を利用して、索敵を開始したのだ。

彼の使う風魔法は、風の流れを感知することで周囲の地形や、近くに動くものがいないかを把握できるらしい。

ただ、集中しなくてはいけないので隙が生まれやすく、索敵の間はキアルを皆で守らなくてはいけない。

ノルンも風魔法の使い手だが、索敵をおこなうにはセンスと繊細さが必要であり、ノルンはどちらも持ち合わせていないと苦笑いしていた。

魔法を展開して数分後、キアルは小さく息を吐き口を開く。

「九時の方向に魔物がいますが、数は多くありません。こちらに気づいている様子もないので、このまま進むには支障がないと思います」

「わかった。では、少し休息して進み続けるぞ」

軽い休息をとったのち、俺たちはまた歩き続けた。

森の奥へ進んでいくと、じとりとした湿った空気がまとわりついてくる。

革のコートを羽織《はお》っていると汗をかきやすく、さらに不快さが増す。

皆に迷惑かけないようにと歩き続けたが、足元の悪い森の中はどんどん体力を奪われる。

少しずつ息が上がり、疲れがたまり、足の上がりが悪くなるのを感じる。

うつむきながらも必死に歩いていると、隣を歩いていたキアルが声をかけてきた。

「アンジェロ様、大丈夫ですか？」

「はい……大丈夫、です」

息が切れるので短めに返事をして、心配をかけないようになんとか笑顔を作る。

すると、キアルは俺が背負っていたリュックを持ってくれた。

「アンジェロ様、本当に辛いときには言ってくださいね。荷物はアンジェロ様の体力が回復するまで俺が持ってますから」

「え、あ……」

「……すみません。ありがとうございます」

リュックを持ってもらわなくても大丈夫……と、言いたいところだが、俺の体力は限界が近づいており、キアルの厚意はとても嬉しかった。

キアルに感謝を述べて歩き出すと、リュックがない分、体が軽かった。

再度気合いを入れ直し、俺たちは前へ進んでいく。

途中、小型の魔獣の群れに囲まれたが、そこは百戦錬磨のガリウスさんやアドリスさんが颯爽《さっそう》と薙《な》ぎ払った。

戦う皆の姿を見ていると、俺もなにかしなくちゃと思うが、戦闘力ゼロの俺は大人しくノルンの背中に隠れていることしかできなかった。

倒された魔獣の屍骸《しがい》は、どれも気味悪く変色していた。

それは俺の背中に刻まれた呪いとよく似ていて、背中の傷がズクリと疼《うず》く。

戦闘が終わり、一段落すると、周囲の安全を確認して休憩をとることになった。

俺は皆に怪我がないか確認してまわり、自分のできることを精一杯していく。

そんな俺を見て、ガリウスさんが声をかけてくる。

「アンジェロ。お前も休んでおかないと、これからしんどくなるぞ」

「大丈夫です！　僕はまだまだ元気ですから。それより、ガリウスさんは怪我はないですか？」

「俺は大丈夫だ。……すまないな、アンジェロ。こんなことに巻きこんじまって」

申し訳なさそうなガリウスさんに、俺は首を横に振る。

「謝らないでください、ガリウスさん。僕にとっても前線は大切な場所です。皆さんと同じようにここを守りたいんです。だから、僕も一緒に戦わせてください」

そう答えると、ガリウスさんは目尻に皺《しわ》を深く刻み、ニッといつもの笑顔を向けてくれた。

その後もキアルの索敵のおかげで魔獣との遭遇は最小限に留められた。出会っても少数なので、ガリウスさんとアドリスさんが手際よく倒していく。

魔獣との遭遇を避けて迂回しながら進み、泉まで残り三分の一というところで野営をすることになった。

陽が落ちて視界が悪くなることもあるが、なによりキアルの疲労が一番の理由だった。

常に魔力を消費していたキアルは疲労困憊《ひろうこんぱい》で、木によりかかるとそのまま座りこむ。

俺は水と携帯食料を手に、キアルに駆け寄った。

「キアルさん、お水飲めますか？」

「ありがとう、ございます」

キアルは水を受けとると、一気に流しこみ、フゥ……と大きく息を吐く。

「ダッチさんが作ってくれた携帯食料です。食べられそうなものはありますか？　温かなものがよければ、作ってきますよ」

「じゃあ……温かいものをお願いできますか？」

「わかりました！　少し待っていてくださいね！」

アドリスさんが起こしてくれた火元へ向かい、小さな鍋に水を入れる。ダッチさんからもらったスープの素と乾燥野菜のチップを入れて煮こめば、野菜スープの完成だ。

追加で硬めのパンも入れてふやかしながらキアルのもとへ運ぶ。

お椀《わん》に注がれたスープを見るとキアルは口元を綻ばせ、美味しそうに食べてくれた。

それから、皆にもスープを渡していった。

食事が終わると、ランドルが周辺の木に紐を括《くく》りつけていく。

紐には木の板がついており、魔物や獣が近づいて紐に触れれば音が鳴る仕掛けだ。

これがあるだけで見張り役の負担がぐんと減るらしく、ランドルは珍しくアドリスさんに褒められていた。

キアルは食事の後、気絶したように眠っていた。見張りは、俺とキアルを除いた四人で順番にまわしていくことになった。

ガリウスさんに「お前も早く休め」と言われたが……気分が昂《たかぶ》って、眠れそうになかった。

普段は気にならない木々のざわめきや風の音、それに遠くから聞こえる獣たちの鳴き声のようなものが、恐ろしくて仕方がなかった。

こんな状況では眠ることなんてできず、俺は剣の手入れをするノルンの隣に座る。

「ノルンさん……」

「アンジェロ様、どうなさいましたか？　もしかして、眠れませんか？」

「はい、すみませんが、隣にいてもいいですか？」

「もちろんです。こんな状況では、眠ることのほうが難しいですから」

「ノルンさんも眠れないんですか？　あ、もしかして僕がいるから……？」

優しいノルンはきっと、俺が眠りにつくまで面倒を見ようとするだろう。逆に迷惑をかけてしまうと思い立ち上がろうとすると、手を掴まれた。

「アンジェロ様、私のことは気になさらないでください。眠れないといいますか、こういった場では眠らないように訓練してきました。こうやって座っているだけで休息できているので、心配しないでください」

ノルンは柔らかく微笑むと、手入れが終わった剣を鞘へ戻し、眠れない俺の相手をしてくれる。

パチパチと火が燃える様子を一緒に見ていると、じょじょに心が落ち着いてきた。

ノルンが隣にいると思うと、それだけで安心する。

ホッとしていると、左手を握られた。

見上げると、ノルンがいつになく真剣な表情をしていた。

「アンジェロ様。私はどんなときであろうとも、騎士として貴方をずっと守り続けます。貴方がなにも恐れる必要がないように、そして微笑みを絶やすことがないように。この右腕と剣に誓って」

ノルンは恥ずかしげもなく歯の浮くような言葉を述べると、俺の手の甲をとり、誓いのキスをした。

言われた俺のほうが頬を熱くしてしまい、ノルンの誓いにコクコクとうなずく。

真っ暗な森の中でノルンがくれた言葉は、俺の心を温かくしてくれた。

夜が明け、静かな森にも朝日が差しこんでくる。

俺はいつのまにか眠っていたらしく、気がつけばリュックを枕に寝転がっていた。

ノルンたちはすでに出発の準備と朝食の支度をしていた。

声をかけ、朝食作りに加わっていると、昨日よりは顔色のいいキアルが起きてくる。

「キアルさん、おはようございます。調子はどうですか？」

「おはようございます。しっかり眠れたのでもう大丈夫です！」

「安心しました。さぁ、ご飯を食べて、あと少し頑張りましょうね」

そして皆がそろったところで朝食を済ませ、また森の奥へ向かう。

休んだとはいえ、疲労は残っている。けれどこの道のりもあと少しだ。

奥に進んでいくにつれ、さらに薄暗くなる森。

禍々《まがまが》しさも増し、じっとりとした暑さを感じるはずなのに、寒気を覚えた。

緊張でひりつく空気に息が苦しくなっていく。

俺と同じように感じているのか、皆一様に表情が険しい。

突然、先頭を歩くランドルが立ち止まった。

「ガリウスさん、もうすぐ泉に到着します」

「わかった。キアル、泉の周りの様子はどうだ？　いけそうか？」

「はい。周囲に魔獣はいないようです」

「では、呪具の回収を優先し動くぞ」

「「はい」」

森の茂みをかき分け、いよいよ泉へ到着し……その様子を目にした俺たちは、一瞬にして恐怖に凍りついた。

赤黒い、異様な色をした泉が広がっている。

奥には小さな祠《ほこら》が見えた。だがそこに置かれた真っ白なはずのフテラ像は、おぞましい黒紫に変色している。

「……あれが呪具か」

「その、ようですね……」

慈愛の微笑みと言われるフテラの表情もあまりの異様さに崩れて見える。まるで俺たちのことを嘲笑う悪魔のようだ。

泉へ近づこうと一歩足を踏み出すが、泉の周りはぬかるみ、歩きづらくなっていた。

泥に足をとられないように慎重に進まなくてはいけない。それなのに気ばかりが急いて、足にまとわりつく泥に苛立つ。

わずかな距離が遠い。

だが、あと少し。

あと少しで呪具を回収することができる。

その時、索敵していたキアルがハッとして大声を上げる。

「後方から多数の魔獣が来ます！」

「「――!!」」

皆が腰に下げていた剣に手をかけ、後方に振り向く。

茂みの奥が騒がしく揺れ、赤黒い瞳が無数に俺たちを覗きこんだ。

そして雄叫びとともに四つ足の魔獣たちが姿を現した。

どの魔獣も気味悪く変色しており、呪いの影響を受けているのがわかる。

「チッ……最後の最後でおでましか。アドリス、ノルン、ランドル！　まずはコイツらを始末するぞ！」

ガリウスさんのかけ声とともにノルンが風魔法を放ち、数頭の魔獣が宙を舞う。

そしてガリウスさんとアドリスさんとランドルが、息の合った動きで魔獣にトドメをさしていく。

キアルは敵がどこからやってくるか指示を飛ばし、皆を援護する。

皆が戦う中、俺はなにもできずに立ち尽くしていた。

なにもしないことが今の俺にできる最善なんだということはわかっている。

わかってはいるけれど、ただ見ていることしかできないなんて……

リュックのヒモをぎゅっと握り、俺は皆の邪魔にならないように一歩後ろへ下がった。

しかし、皆がどれだけ魔獣を倒しても、森の奥から次から次へと新たな魔獣が現れる。

激しい戦いが続き、少しずつ皆の顔に疲労が見えはじめた。

このまま戦況が長引けば、俺たちが圧倒的に不利になるのは目に見えている。

——目的を果たせば退却できる。今、それができるのは……俺だけだ。

すぅっと息を吸いこみ、腹の奥に気合いを入れて恐怖心を打ち消すと、戦っている皆に向かって叫んだ。

「僕が、呪具を回収してきます！」

俺は全速力で走った。

ぬかるみに足をとられながら必死に足を前に踏み出す。

祠《ほこら》が近づくにつれ、空気すら重く感じて息苦しさが増すが、そんなこと気にしてなどいられない。

泥だらけになりながら進み続け、フテラ像の形をした呪具が手に届くところまでやってくる。

手を伸ばし、呪具を手にした俺はホッと安堵し、笑顔で振り向く。

「呪具を回収しました！」

そう声を上げたと同時に、けたたましい咆哮《ほうこう》が俺の背後に響いた。

鼓膜が破れそうな轟音に息が止まり、恐る恐る背後を振り返る。

そこにいたのは、大型の四つ足の魔獣だった。

ノルンたちが戦っている魔獣よりもふたまわりほど大きく、目は血走り、大きな口からは鋭い歯がのぞく。体を覆う毛はところどころ抜け落ち、変色した皮膚は腐っているかのようだった。

あまりにも異様で気味の悪い姿に体が硬直し、うまく息ができない。

至近距離で受ける魔獣の威嚇《いかく》に、立っていられずヘタリと座りこむ。

ぐるりと大きな目玉が俺をとらえると、笑みを浮かべるように口が開き、生臭い息が漂った。

そして、魔獣は俺の喉元めがけてその鋭い牙で襲いかかってくる。

――あ、殺される……

そう思っても恐怖で体は動かず、俺は魔獣をただ見つめることしかできなかった。

数秒の出来事が、スローモーションのようにゆっくりと流れていく。

嬉々《きき》とした魔獣の醜《みにく》い顔が近づき、喉元まであと少しというところで、ふわりと風が吹いた。

「アンジェロ様ッッッ！」

誰かが魔獣と俺の間に入りこみ、俺を強く抱きしめた。

一瞬の出来事に、なにが起こったのか一瞬わからなかった。

この香りは……ノルン？

見上げると、ノルンの優しい瞳と目が合う。

ノルンが助けてくれたんだと思い安堵するが、あの魔獣はどこに消えたのだろう。

視線を動かすと、ポタリポタリと地面に雫が滴り落ちていた。

その雫は地面を真っ赤に染めている。

恐る恐る目でたどると、魔獣の牙がノルンの右腕に深々と食いこんでいた。

「……ノルン、さん？」

困惑した顔で見つめる俺を見て、ノルンは微笑みを浮かべる。

そして俺から手を離し、魔獣と対峙した。

右腕に持っていた剣を左手に持ち替え、魔獣の胴体を貫く。

絶命した魔獣は、ノルンの腕にくらいついたままドサリと音を立てて地面に崩れ落ちた。

ノルンは一瞬顔を苦痛に歪《ゆが》めて魔獣の牙を腕から抜くと、すぐに俺のもとへやってくる。

「アンジェロ様、お怪我はありませんか？」

「僕、は、大……丈夫……。でも、ノルンさん……腕、が……」

右腕から滴り落ちる血を見て、俺は動揺した。

瘴気《しょうき》の魔物に傷つけられれば、命に関わるかもしれないとイーザム爺《じい》さんは言っていた。

――ノルンに呪いが……ノルンがこのままじゃ、死……

どうしようと混乱しながらも、まずは止血しなくてはと思い、抱きかかえていた呪具を投げ捨ててリュックを開く。

止血用のヒモをとり出して、傷口の上部をぐっと締めた。

あとは血を洗い流して、消毒して、それから……それから……

パニックになった俺がリュックの中をあさっていると、ノルンが左手で俺の肩に触れる。

「アンジェロ様。私なら大丈夫です」

「で、でも、傷が！　呪いが！」

「これくらいたいした傷ではありません。だから、心配しないでください。さぁ……早く撤退しましょう」

そう言ってノルンは俺に微笑みかけた。

それから投げ捨てた呪具を回収し、座りこんだまま動けない俺を左腕で抱きかかえ、皆と合流する。

泉の周りには魔獣の死骸がいくつも転がり、壮絶な光景が広がっていた。

魔獣の数はかなり減ったようだが、まだ不利な状況は続いていた。

「ガリウス団長、アンジェロ様が呪具を回収しました。撤退を！」

「わかった！　ランドル、閃光玉使え！」

「了解っす！」

ランドルが投げた閃光玉の眩《まぶ》しい光に、泉にいた魔獣たちは悲鳴のような鳴き声を上げた。

その隙に、俺たちは全力で逃げていく。

肩に担がれたまま逃げている間、頭の中はノルンの腕の傷でいっぱいだった。

――早く治療しないと……早く、早く、早く……

しばらく走り続け、ガリウスさんの合図で皆の足が止まる。キアルがあたりを索敵し大丈夫だとうなずく。

俺はなんとか立ち上がり、すぐにノルンの右腕を確認する。

「ノルンさん、腕の傷を見せてください！　早く！」

コートを脱がせると、シャツが真っ赤に染まっていた。血が完全には止まっていない。

シャツを裂き、直接止血をしようとして……手が止まった。

ノルンの前腕の皮膚が、呪われた魔獣たちと同じような黒紫色に変色している。

「……こいつはヤバイな」

俺の頭上で、ガリウスさんがポツリと呟く。

その言葉に不安が一気に襲い、心臓がバクバクと跳ねる。

俺は止まった手を再度動かし、止血と消毒をはじめる。

「大……丈夫です。僕が治します。絶対に……」

「アンジェロ……」

皆の憐《あわ》れむような視線を無視して、俺は全力の治癒魔法をノルンの腕に流しこんだ。

傷自体は綺麗にふさがっていくが……呪いによって変色した皮膚に大きな変化はない。

それでも、諦めきれずに治癒魔法を流し続ける。

「アンジェロ様、傷は癒《い》えました。もう、治癒魔法を止めてください」

「ダメです。呪いがまだ解けていません。そうだ、聖水……聖水をかければ、少しは効果があるかもしれないです」

リュックから聖水をとり出し、ノルンの腕にふりかけた。

劇的な変化はないものの、少し色が薄くなった気がする。

「聖水をもっとかけましょう。そうすれば、きっとよくなります。大丈夫です、僕が絶対に……絶対に治してみせます」

ノルンに精一杯の笑顔を向ける。

絶対に治す。ノルンを死なせたりなんかしない。

異世界転生漫画や小説では、こんなときには必ず奇跡が起きる。俺もきっとチートな能力をもってるはずだ。

だから、俺が死ぬほど頑張ればきっと治る。

きっと……きっと……

しかし、いくら聖水をかけ、治癒魔法をかけ続けても……呪いが消えることはなかった。

自分の魔力がもう限界なことはわかっていた。それでも続けようとする俺の手を、ノルンの左手が止める。

「……アンジェロ様、もうおやめください」

「ダメです。呪いを消さないと……」

「それなら、イーザム様やミハルさんたちに協力してもらいましょう。このままでは、アンジェロ様が倒れてしまいます」

「僕なんかどうなってもいいんです！　僕のせいで……ノルンさんの腕が……」

「この傷は、私が至らなかったために受けたものです。アンジェロ様のせいではありません」

「でも、僕がひとりで行動しなければ……僕が無茶なことしたから……」

押し寄せる後悔。胸が締めつけられ、泣きそうになるのを我慢すると、声が震える。

泣いたってノルンの呪いが解けるわけじゃない。

俺に泣く資格なんてないのに……

ノルンの右腕に再度魔力をこめようと手をかざすと、体が宙に浮く。なにが起こったのかと思ったら、ガリウスさんに担がれていた。

「アンジェロ、お前はこの前線を守るために最善の行動をした。お前が動かなかったら呪具を回収できず、下手すりゃ全滅してただろう。ノルンの傷はお前だけの責任じゃない。俺たち全員の責任だ。だから、さっさと帰って爺《じい》さんに治療してもらうぞ。いいな？」

「でも……でも……」

「これは命令だ。ノルン、歩けるか？」

「はい、大丈夫です。アンジェロ様、帰ってイーザム様に相談しましょう」

「……わかりました」

小さくうなずき、俺たちは帰路を急ぐ。

皆、戦いで疲れているはずなのに、俺やノルンを気遣い優しく声をかけてくれる。

その言葉に、呪いのことで頭がいっぱいだった俺も少し冷静になる。

あのまま我儘を言っていたら、もっと皆に迷惑をかけていただろう。申し訳ないと思いながら、今はイーザム爺《じい》さんのもとへ早くたどりつくことだけを考えた。

夜通し歩き続け、キャンプ地にたどりついたのは翌日の朝だった。

疲労困憊《ひろうこんぱい》だが、そんなことは言っていられない。

ノルンを連れてすぐに治癒小屋へ向かい、イーザム爺《じい》さんを探す。

「イーザム様！」

「ん？　おぉーアンジェロ！　無事に帰ってきたか！」

「無事……では、ないんです」

「……なに？　どうした？」

「ノルンさんが、魔獣に噛まれ……呪いを受けました。僕を庇ったせいで……」

「そう、か……。まずはノルンを奥の部屋へ。ヴィヴィ、治療を開始するぞ。ミハルは消毒液と大量のガーゼと包帯。それと、そこいらの元気な傭兵を五、六人連れてこい」

イーザム爺《じい》さんの指示が飛び、ミハルとヴィヴィが動き出す。

俺も手伝いに奥の部屋へ向かおうとしたが、イーザム爺《じい》さんに止められた。

「お前さんは来るな」

「え、なぜですか？」

「……今からおこなう治療に、お前さんが耐えられないからじゃ」

「耐え、られない……？　それって、どういうことですか？」

「儂《わし》はノルンの命を救うことを優先し治療をする。そのために……腕を落とすこともやむをえないと思っておる」

――腕を……落とす……

その言葉が俺にずしりとのしかかる。イーザム爺《じい》さんはポンと俺の肩を叩いた。

「お前さんは優秀じゃが、こういった状況は経験したことがないじゃろう。命を守るための選択を、この戦場では儂《わし》たち治癒士がしなければならない。……覚悟ができたら、来てもよい」

そう言って、イーザム爺《じい》さんは奥の部屋へ入っていった。

俺は現状についていけず、部屋の前で立ち尽くす。

――ノルンが右腕を失うかもしれない。俺を守ったがために……

早く部屋に入って治療の手伝いをするべきだ。わかっているのに、怖くて一歩が踏み出せない。

俺は……俺は……一体どうしたら……

「アンジェロ様！」

背後から声をかけられ振り向くと、ミハルが両手いっぱいに包帯やガーゼを抱えていた。

そして、俺をまっすぐに見つめる。

「ミハル、さん……」

「アンジェロ様、一緒にノルンさんを助けましょう」

「でも……僕は……」

「……戦場で戦う人々は、大切なモノを守るために、常になにかを失う覚悟をもっています。ノルンさんも、騎士としてその覚悟をもって戦ったはずです。僕たちはそんな人たちの誇りや決意、想いを守るために、この場所で戦わなくてはいけません。だから……目をそらしちゃいけないんです」

ミハルの言葉が、胸に深々と突き刺さる。

俺だって覚悟を決めて、治癒士としてこの戦場で戦い抜くと決意したはずなのに……なにやってんだ。

ノルンは今もひとりで呪いと戦っている。

今、俺ができることは……

「ミハルさん……ありがとうございます。僕も一緒にノルンさんを助けます！」

「はい！」

ミハルの言葉に背中を押され、俺は大切な人を守るための戦場へ一歩を踏み出した。

奥の部屋へ入ると、ノルンが着ていたコートを脱ぎ、噛まれた右腕を出しているところだった。

ノルンの右腕を見て、俺は目を見開く。

「うそ……、なんで、呪いが、広がって……」

昨晩見たときには肘下までだった皮膚の変色が、今では肘上まで広がっていた。

ノルンの表情も険しく、疲労が目に見えてわかる。

イーザム爺《じい》さんはノルンの腕をとり、眉間に皺《しわ》を寄せた。

「瘴気《しょうき》の魔物は相手の『死』を望み攻撃する。つまり、課せられた制約は『死』じゃ。それゆえ、生きている限り呪いが広がり続ける。ヴィヴィ、今から全力で治癒魔法を流しこむんじゃ。呪いの範囲を縮めるぞ」

「は、はい！」

「僕もやります！」

「アンジェロ、お前さんはいい。すでに限界が来ておるじゃろう。それ以上魔力を使えば倒れるのは目に見えておる」

言い返したかったが、イーザム爺《じい》さんの言う通り俺はもう限界だった。

でも、ノルンを助けられるのなら何度倒れたって構わないのに……

悔しさに拳を握りしめていると、小さな手が俺の拳を優しく包む。

頼もしい顔つきのヴィヴィが、俺を見ていた。

「アンジェロ様。私が全力でこの呪いを抑えてみせます。ですので、無理はしないでください」

「ヴィヴィさん……」

恐れることもなく呪いに向き合うヴィヴィ。俺はしっかりうなずいて、皆のサポートにまわった。

ノルンはどんどん顔色が悪くなっていき、座っていられないのか寝台に横たわる。

生汗をかき、呼吸が荒い。一刻も早い治療が必要だった。

ヴィヴィがノルンの右手に触れ、全力で魔力を流しこんでいく。

治癒魔法に反応して輝くノルンの腕。

呪いが少しずつ少しずつ手の先へ下がっていくと、イーザム爺《じい》さんの指示が飛ぶ。

「ミハル、アンジェロ、聖水をかけて浄化を助けるぞ」

「「はい」」

ふたりで聖水をかけていくと、呪いはじょじょに下がっていき、肘下までに縮まった。

その様子に希望が湧き上がってくる。

「ノルンさん。少しずつよくなっていますよ。絶対に、治してみせますから！」

「……はい。ありがとう、ございます。皆さん」

額に大粒の汗を浮かべるノルン。

濡れたタオルで顔を拭き、俺は自分ができることを精一杯していった。

腕を見つめ、呪いが後退していく様子に少し安堵する。

――大丈夫だ。このままいけば、ノルンの呪いも解けるかもしれない。

しかし、俺の淡い期待はイーザム爺《じい》さんの言葉によってすぐに打ち消された。

「……これが限界かのぉ」

ノルンの腕を見つめ、ボソリとイーザム爺《じい》さんが呟いた。

「限、界……？　呪いは少しずつ浄化されています！　まだ、諦めるには早いです！」

「アンジェロ……もう、ヴィヴィは魔力がわずかじゃ。それに、聖水も……」

ヴィヴィは肩で息をしながら必死に治癒魔法を続けている。誰が見ても限界は近い。

準備していた聖水は、すべて使い果たしていた。

たまらず俺は前に出てノルンの右手に触れる。

「ヴィヴィさんの代わりに僕が治癒魔法を流します。オレリアン兄様が追加の聖水を送ったと言っていました！　きっと、もうすぐ到着するはずです！　だから、まだ……諦めないでください。ノルンさんは、騎士なんです。騎士にとって右腕は、とても大切なものです……だから、だから……」

騎士としての自分を誇らしく語るノルンの笑顔が浮かぶ。

俺を守ると誓いを立て、抱きしめてくれた強くたくましい腕。

どんなときだって俺を守り抜いてくれた。

だから、今度は俺がノルンを助ける番なんだ。

治癒魔法をかけようとノルンの右腕に触れる。

弱々しい光が灯り……そして、すぐに消えた。

まだできると自分に言い聞かせても、魔力が戻ることはなかった。

——なんで……なんで俺はなにもできないんだよ……

必死になって、どうすればいいか考える。

どうしたら呪いを解くことができるのか。

考えても考えても答えは見つからず、気持ちは焦るばかり。

悔しくて、悔しくて……ぐっと奥歯を噛みしめていると、俺の手にノルンの大きな手が触れた。

「……アンジェロ様、もういいんです」

「いいって……腕を、諦めるん……ですか？」

「……はい」

一番苦しんでいるはずのノルンが、俺を安心させようと微笑んでいる。

その表情に、俺の胸は張り裂けそうになり、口をつぐんだ。

ノルンは視線を俺からイーザム爺《じい》さんに向けた。

「イーザム、様……私の腕を、切り落として……ください」

「……わかった。では、準備にとりかかるぞ」

イーザム爺《じい》さんの冷静な声が聞こえるが、俺はその場から動けないでいた。

ノルンの四肢を傭兵たちが押さえつけ、口に布を噛ませる。

魔力を使い切ったヴィヴィは傭兵に支えられて部屋を出ていき、ミハルは険しい顔でイーザム爺《じい》さんの補助につく。

「ノルン……いくぞ」

ノルンがうなずくと、斧が振り上げられた。

鈍い音が響き、ノルンの叫び声が部屋を埋め尽くす。

目の前の光景にあふれだした涙は止められず、滲《にじ》む視界が真っ赤に染まる。

嗚咽《おえつ》をもらしながら、俺はただその場でうずくまることしかできなかった……

痛みに耐え抜いたノルンは気を失ったように眠りにつき、処置を終えると重傷部屋のベッドに寝かされた。

静かに眠るノルンのそばに寄り添い、異変がないかじっと観察を続ける。

右肘は分厚い包帯に覆われ、そこを見るたびに鮮明にあの場面が蘇《よみがえ》り、俺の胸を抉《えぐ》った。

忘れてしまいたい光景だった。だが、俺が忘れることなど到底許されない。

俺の命と引き換えに、彼は右腕を失ったのだから。

ノルンの額に浮かぶ汗を拭いていると部屋のドアが開き、イーザム爺《じい》さんがやってくる。

「アンジェロ、お前も少し休め。戻ってきてから休んでおらんじゃろ」

「僕なら大丈夫です」

「しかし……」

「ノルンさんのそばにいてあげたいんです」

「気持ちはわかるが、ノルンが目を覚ましたときにそんな疲れた顔をしていたら心配するじゃろう。余っているベッドで少しだけでも横になっておれ。ノルンが目を覚ましたら声をかけてやるから」

「ですが……」

「しのごの言うんじゃない。爺《じい》さんの言うことは聞いておくもんじゃぞ」

「……はい。申し訳ありません、イーザム様」

イーザム爺《じい》さんに肩を叩かれると緊張していた気持ちが少しゆるみ、涙がこみあげてくる。

「お前さんにもノルンにも、辛い選択をさせてしまったな……」

「いえ、あのまま腕を落とさなければ、ノルンさんの命は呪いに蝕《むしば》まれていたかもしれません。あのときは、冷静な判断ができず……申し訳ありませんでした」

「気にするな。ノルンのことを思うからこその言葉だと、儂《わし》とてわかっておる。騎士にとって腕を失うことは、死よりも辛いという者もいる。しかし、ノルンは騎士であることよりも大切なものがあったから、腕を落とすことを選んだんじゃ」

「大切な……ものですか……」

「ノルンの目が覚めたら話を聞いてやるがよい。ほれ、ノルンが落ち着いているうちに、はよ眠れ」

「はい……」

イーザム爺《じい》さんに背中を押され、空いたベッドに横になる。

すぐには眠れず、ノルンの様子を伺いながら体を休めた。

――ノルンは俺を恨んでいるだろうか……

そんな考えが脳裏をよぎり、嫌われてしまったらと考えると、悲しみが押し寄せる。

不安な気持ちのまま目を閉じると、疲れきった体がベッドに沈みこむ感覚とともに俺も深い眠りについた。

目を覚ましたときには朝になっており、イーザム爺《じい》さんの代わりにミハルがいた。

ノルンへ視線を向けると、まだ眠ったままだった。

体を起こすと、ミハルが声をかけてくる。

「アンジェロ様、お体の調子はどうですか？」

「休ませていただいたので、もう大丈夫です。ノルンさんは……？」

「まだ眠ったままです。熱は下がり、体に呪いは現れていません。イーザム様も、呪いについてはもう心配する必要はないだろうとおっしゃっていました」

「よかった」

ミハルの言葉にホッと胸を撫で下ろし、俺もノルンのもとへ近寄る。

穏やかなノルンの寝顔を見ると、心が少しだけ落ち着いた。

「アンジェロ様、昨日からなにも食べていないのではないですか？　ダッチさんから朝食にマフィンをもらっています。今日のマフィンはチーズとベーコンが入っていて、とても美味しいですよ」

ミハルは机に朝食を並べ、手招きしてくれる。

お腹はあまり減っていないが、俺のことを心配してくれる皆の優しさを無駄にはできない。

マフィンを一口食べると、香ばしいチーズとベーコンの香りが口いっぱいに広がった。

「すごく、美味しいです」

「それはよかったです」

疲れた心と体に染みこむ、美味しい食事とミハルの笑顔。

じんわりと心が温かくなると、目頭まで熱くなる。昨日から泣いてばかりの、泣き虫な自分が嫌になる。

そんな情けない俺に、ミハルは優しく声をかけてくれる。

「アンジェロ様、ノルン様は必ずよくなりますから」

「でも、失った腕はどうすることもできません。ノルンさんにどんな顔をして謝ればいいか……」

「ノルン様は、アンジェロ様に謝ってほしいなんてきっと思っていませんよ。目が覚めたときにアンジェロ様がいつもの笑顔を向けてくれることを望むはずです。ノルン様は、アンジェロ様の笑顔を守るために騎士としてそばにいるのですから」

ノルンが腕を落とす前に見せてくれた笑顔を思い出す。

あのときノルンは、俺を悲ませたくなくて微笑んでくれたのだろうか。

ずっと、俺のために……

「そう……ですね。僕が悲しい顔をしていたら、ノルンさんも悲しくなってしまいますよね。……よし、ノルンさんが目覚めたときになんでもしてあげられるように頑張ります！」

こぼれ落ちそうな涙を笑顔に変えると、ミハルがぎゅっと抱きしめてくれた。

「僕もアンジェロ様を支えます。だから、いつでも頼ってくださいね」

「はい、ありがとうございます、ミハルさん」

頼もしいミハルに感謝をしながら、俺もぎゅっとミハルを抱きしめた。

ノルンが目を覚ましたのは、腕を落として二日目の朝だった。

ゆっくりと瞼《まぶた》が持ち上がり、ヘーゼルグリーンの瞳と目が合うと、思わず彼の名を叫んでいた。

「ノルンさん！　あぁ……よかった……」

「……アンジェロ、様」

掠れた声が俺の名を呼び、嬉しさがこみあげる。

「お水を飲みますか？」

「はい、お願いします」

ノルンの乾いた唇に水差しを当てると、コクリと水を飲みこむ。

穏やかな姿にホッとしていると、ノルンがゆっくりと右腕を動かしはじめた。

分厚い包帯で覆われた右腕をじっと見つめる姿に、胸がじくじくと痛む。

「……腕は、痛みますか？」

「いえ、痛みはありません。ただ、不思議な感じです。アンジェロ様、包帯をとって腕を見ても大丈夫でしょうか？」

「……はい」

包帯をとり、切断面を覆っていたガーゼを外すと、切断された右腕が現れる。

切断面はイーザム爺《じい》さんの治癒魔法のおかげで綺麗に閉じている。

ノルンは数十秒ほど腕を見つめたあと、俺に視線を向けた。

「アンジェロ様は、お怪我はありませんでしたか？」

「え……？　僕は、どこも……」

「それならよかったです」

いつものように柔らかな微笑みを浮かべるノルン。

だが、その笑顔に俺は困惑する。

「……ノルンさんは、僕を庇ったせいで、腕を失ってしまったんですよ？　僕は怒りをぶつけられても仕方ないことをしたのに……。なぜ、ノルンさんはそんなに優しいんですか……」

ノルンの前では泣かないと決めていたのに、気がつくとポロポロと頬に涙が伝っていた。

ノルンは、そんな俺の涙を左手で拭う。

「私はあのとき、自分にとって最善の行動をとりました。私にとって一番大切なものは、この腕ではなくアンジェロ様です。アンジェロ様のお命が守れたのであれば、私に後悔はありません」

「でも、でも……ノルンさんにとって騎士という仕事は、幼い頃からの憧れで、誇りだって言っていたじゃないですか。僕は、ノルンさんの希望や未来を……奪って、しまったんですよ……！」

震える声で続けていると、ノルンがそっと手を握った。

彼は真っ直ぐに俺を見つめると、真剣な顔で語りかけてくる。

「私は騎士としてアンジェロ様に、この右腕と剣を捧げました。誓いを立てた片腕はなくなってしまいましたが、腕はもう一本あります。ですから……もう一度誓わせてください。どんなときであろうと、騎士として貴方をずっと守り続けると。そして、愛する貴方が二度と悲しまないように、その笑顔を守り続けることを……」

ノルンの言葉に、涙が止まらない。

俺はノルンの手を両手で包みこみ、彼の瞳を真っ直ぐに見つめた。

「僕にも……誓わせてください。貴方に守られるだけでなく、僕も貴方を守ります。だから……ずっとそばにいてくださいい、ノルンさん」

「はい、アンジェロ様。私は永遠に貴方様のおそばにいます」

互いの手の甲にキスをして誓いを立てる。またぶわりと涙がこみあげてきた。

そんな俺をノルンは優しくなだめ、笑顔をくれる。

その笑顔に俺はまた救われた。

目覚めたノルンは体に異常がないことを確認すると、次の日からリハビリに励んでいた。

片腕がなくなったため、微妙にずれた体のバランスを調整しながら体を動かし、慣れない左手での日常生活を送る。

とっさに出した右手が空を切り、悔しそうな表情を一瞬見せることもある。

そんなノルンのために俺ができることは、変わらない態度でそばにいて見守ること。

過度な励ましや気遣いは、逆に気をつかわせるだけだ。

だけどノルン自身が気づかない小さな変化やよくなった点はフィードバックして、自信に繋げてもらう。

ノルンの努力する姿をしっかり俺の目に焼きつけ、ノルンが不安にならないように支えることが、今の俺にできる精一杯だ。

腕を失ってから十日経ち、ノルンは日常の生活なら問題なく過ごせるようになった。

今日も洗濯に付き合ってくれている。

ふたりで川へ続く道を歩いていると、ノルンが声をかけてきた。

「アンジェロ様、申し上げにくいのですが……お願いしたいことがあります」

「はい、どうしたんですか？」

「私の隣を歩くときは、左側を歩いてほしいのです。なにかあったとき、すぐにアンジェロ様を守れるように」

申し訳なさそうにお願いをしてくるノルン。

右側を歩いていた俺は、ノルンを見上げる。

「それなら、僕はノルンさんの右側を歩きます。僕がノルンさんを守りますから」

ニッと笑って力こぶポーズを見せると、ノルンは眉を下げる。

「アンジェロ様には、心配をかけてばかりですね……」

「そんなことはありませんよ」

気にしないでと微笑むと、ノルンも柔らかな表情へ変わる。

――ノルンを守りたい。

それは、俺の本心だ。

ノルンに対する想いは日に日に大きくなり、俺の心の中はもうほとんどノルンに占領されている。

もっと俺を頼ってほしいだとか、大切にしたいだとか、ずっと寄り添っていたいだとか……

まぁ、はっきり言って俺はノルンに惚れてしまったんだと思う。

今にして思えば、ノルンに対する好意はもっと前から持っていたんだろう。

ただ、それを認めるのが怖くて、ずっと目をそらしてきただけだ。

前世では人に裏切られることを恐れて、それなら一夜限りの関係が楽だと心にフタをしていた。

でも、ノルンが与えてくれる真っ直ぐでとんでもなく深く大きな愛情に、俺は今どっぷりと浸っている。

温かくて居心地のいい、ノルンの隣。

けれど、好きな人の隣に立つ自信が今の俺にはなくて……気持ちは伝えられないままだ。

今はノルンの笑顔を見られれば、それだけで幸せだった。

一日の仕事が終わり、部屋に帰ると、ふたりの時間がはじまる。

もそもそと着替えを済ませ、ベッドに腰かけてお茶をする。

互いの知らない今日のなんてことない出来事を話して、笑い合って過ごす温かな時間。

寝る時間になると灯りを消して、ふたりでベッドに潜りこむ。

ぎゅっと俺を包みこむノルンの腕の中は、以前と変わらず心地よくて安心する。

胸に額を擦《す》り寄せると、つむじに柔らかなキスが降った。

顔を上げると、ノルンの涼やかな瞳が月の光で煌《きら》めいていた。

「アンジェロ様、おやすみのキスをしてもよろしいですか？」

「はい」

小さくうなずくと、ノルンの薄い唇が重なる。

好きな人からのキスに、心臓はバクバクと速さを増した。

もっとキスしたいと思う自分の欲が行動に出てしまい、離れていくノルンの唇を追いかけて俺からもキスをする。

二度目のキスは、一度目よりも長く深かった。

ついばみながらキスをすると、呼吸が少し荒くなり、頬も熱い。

ポワポワした気分のままノルンの瞳を見つめると、彼も興奮しているのか、熱のこもった瞳で俺を見ていた。

――大好き。

言葉にできない想いをのせて、俺はまた唇を重ねた。

目が覚めると、ベッドには俺ひとりだけだった。

朝日が昇るには、まだ早い時間。

起き上がり、部屋の窓から外を見ると、ノルンの姿があった。

左手に剣を持ち、まだまだ納得いかないという顔で剣を振っている。

腕を失ってから、ノルンはさらに修練をするようになった。

騎士としての自分の誇りをとりもどすために。

そして、俺を守るために。

その姿をしばらく眺めた後、喉を潤せるように水を用意しておき、戻ってきたノルンに声をかけ水とタオルを渡す。

「お疲れ様でした」

「ありがとうございます、アンジェロ様」

朝から向けられる愛くるしいノルンの笑顔に、胸がきゅんとした。

その後は、朝の支度をして出ていく前に俺がノルンの髪を結《ゆ》う。

ノルンの長い髪を櫛《くし》で梳《と》き、きゅっと結ぶ。

綺麗に結べて満足していると、ノルンが申し訳なさそうに口を開いた。

「ありがとうございます。しかし、長いままだとアンジェロ様にお手間をとらせてしまいますね。この際なので、切ってしまおうかと思うのですが……」

「それはダメです！　ノルンさんの髪の毛を結ぶのが手間だなんて一度も思ったことはありません。ノルンさんの長くて綺麗な黒髪に触れられるのは、とても嬉しいことなんですよ。あ、あと……ノルンさんに渡したいものがあるんです」

「私にですか？」

ポケットからとり出したのは、一本の紐。

この紐はミカとエイラと一緒に作った飾り紐で、結った髪の根本に結びつければ完成だ。

前線で戦う家族や大切な人の無事と健康を願いながら編まれる飾り紐。

ミカとエイラが作っているのを見て作り方を教えてもらい、昨日完成した。

淡い水色とくすんだ緑色の紐を結って作った飾り紐には、ノルンの無病息災・厄除け・長寿祈願など、俺の願いをこれでもかと詰めこんだ。

ノルンは結びつけられた飾り紐を鏡で見ると、優しく笑ってくれた。

「とても素敵な飾り紐ですね」

「はい。ミカちゃんたちに教えてもらったんです。願いをこめた飾り紐は、送った相手を守ってくれるって」

綺麗な黒髪に触れながら想いを伝えると、ノルンは頬を赤くする。

「ありがとうございます、アンジェロ様。大切にします」

「はい」

ノルンが歩くたびに小さく揺れる飾り紐は、きっと俺の願いを叶えてくれるだろう。


治癒小屋での診療がひと段落ついた午後。

ノルンはガリウスさんに呼ばれ、集会所へ行ってしまった。

時間ができた俺は、休憩室へ向かう。

休憩室にはヴィヴィが王都から持ってきてくれた医学書や魔法に関する本がズラリと並んでいる。

時間を見つけては本に目を通し、自分に足りない魔法の知識を習得していく。

もちろん自分のためでもあるが、俺はまだノルンの失った右腕のことを諦めていない。

魔法のあるこの世界なら、ノルンの腕を治す方法もきっとどこかにあるはずだ。

夢中になって本を読んでいるとコンコンとドアをノックする音がして、ヴィヴィが顔を覗かせる。

「やはりここにいらっしゃいましたね」

「あ、すみません。患者さんですか？」

「いえ、アンジェロ様に会いに来ただけです」

ヴィヴィはヘヘッと笑い、俺の隣の椅子に腰かける。

「今はなんの本を読んでいらっしゃるのですか？」

「昔の自伝です。いろいろな治療方法が書かれているので」

「古いものをお読みになっているんですね。この方の自伝は堅苦しくなくて、とても楽しく読めるんですよね」

今、読んでいるのは百年前に書かれた有名な治癒士の自伝だ。

治療方法や治癒魔法を試し、その成果を綴《つづ》った本は、治癒士の歴史と言ってもいい。

ペラペラと本をめくっていると、気になる単語を見つけた。

仕事で指を失った男性に施した治療記録。そこに書かれた『再生魔法』という言葉。

だが、その説明は他のものと比べると短く、治療はできなかったという記録で終わっていた。

「再生、魔法？　ヴィヴィさん、再生魔法というのは、体の欠損を再生できる魔法ですか⁉」

「えっと……はい、そう聞いたことはあります」

「聞いた？　実際に使ったところを見たことはないんですか？」

「私は見たことがありません。とても難しく難解な魔法だと噂話程度に……。もしかしたら、イーザム様なら知っているかもしれません」

ヴィヴィの言葉を聞いて、俺は弾かれるように小走りでイーザム爺《じい》さんのもとへ向かった。

「イーザム様！」

イーザム爺《じい》さんの部屋のドアを勢いよく開ける。

ソファーに寝転がり、昼下がりの温かな日差しを浴びて気持ちよさそうに居眠りしていた爺《じい》さんは、ビクンッと体を揺らした。

「な、なんじゃ！　緊急事態か⁉」

「はい！　緊急事態です！」

イーザム爺《じい》さんに近づき、持ってきた本を見せる。

「ここに書いてある『再生魔法』について、なにかご存じありませんか？」

本の記載を示すと、イーザム爺《じい》さんは目を細めた。

「再生魔法か……」

「ご存じなのですか⁉」

イーザム爺《じい》さんは小さくうなずく。

興奮する俺とは対照的に、イーザム爺《じい》さんの表情は険しい。

「存在自体はな……。じゃが再生魔法は、誰も成功させたことがない奇跡の魔法じゃ」

「奇跡の魔法……？」

「あぁ、そう言われるくらいの、至難の業なのじゃ」

イーザム爺《じい》さんは、よっこらしょと体を起こすと、持ってきた本に目を通す。

「この本を書いた者と同じように儂《わし》も再生魔法に挑んだことがある。そして、この者と同じように失敗に終わった」

「……どうして失敗してしまったのですか？」

「そうじゃなぁ、まず、再生魔法には膨大な魔力が必要じゃ。治す部位が大きければ大きいほど、必要な魔力の量も多くなる。そして、一番重要なのは『知識』じゃ。人間の構造をどれだけ知っているかじゃが……過去に何人もの英邁《えいまい》な者たちが挑んだが、成功することはなかった。見た目は再生できたとしても、すぐに腐敗してしまったり、動かない肉の塊が体についただけだったりと、とてもじゃないが成功したとは言えないものばかりだったんじゃ」

パタンと本を閉じると、イーザム爺《じい》さんはため息を吐く。

再生魔法の難しさは理解した。

けれど、同時に俺の中に小さな希望が生まれていた。

この世界は魔法があるせいか、医学的な知識は前世の世界ほど進んでいない。人体の構造や仕組みについて、経験豊富な治癒士であってもあまり詳しくないことがほとんどだ。

だが俺にはその知識がある。前世での俺の知識が魔法と合わされば、再生魔法を成功させられる可能性は他の人たちよりも高いはずだ。

以前、ミハルの足の古傷を治したときのことを思い出す。

誰もが治療は無理だと言っていた古傷を治したあのときのように、人体の構造などを想像しながら再生魔法を使えば、ノルンの右腕を治せるかもしれない。

問題は、魔力だ。その治療を可能とするほどの膨大な魔力が、俺に備わっているだろうか……。

「イーザム様、もし今の僕が再生魔法を使用するなら、魔力は足りますか？」

「……ノルンの右腕を再生させるつもりか？」

「はい」

真っ直ぐにイーザム爺《じい》さんを見つめ、俺が本気であることを伝える。

「今のお前さんでは、数センチ再生できるくらいかのぉ……」

「数センチ……。では、傷ついた魔力管を完全に治癒できれば、どうでしょうか」

「そうじゃな……なんとかいけるかもしれん」

「っ！　イーザム様、魔力管の治療をお願いします」

イーザム爺《じい》さんの手をとり懇願《こんがん》する。

了承してくれるまで手を離すもんかと強く握っていると、爺《じい》さんはしぶしぶうなずいてくれた。

「はぁ……。こりゃ、ダメだと言っても諦めそうにないな。魔力管の治療は深部になればなるほど痛みを伴う。以前よりも強い痛みじゃ。正気を失ってもおかしくないほどじゃろう。そんな姿をノルンが見れば止められるぞ」

「……ノルンさんには、このことは隠して治療をしようと思っています。イーザム様にはご迷惑をかけると思いますが……どうかお願いします」

「大切な者を救いたいと思う気持ちは、痛いほどわかる。その力を持っていればなおさらな……。協力はしてやる。だが、魔力管が治っても、再生魔法が成功するのは限りなくゼロに等しいと思うこと。一度失敗してダメなら諦めろ」

「なぜ、一度きりなのですか？」

「再生に失敗した腕が不完全だった場合、再度切り落とすことになる。そんなことをノルンに何度もさせたいか？」

「……すみません。そこまで考えていませんでした……」

失敗したら、またノルンの腕を切り落とす。

そのことを考えつかなかった自分を反省すると同時に、失敗することが許されないプレッシャーがのしかかる。

「再生魔法を使うときには、ノルンにも失敗したときの対処法を必ず伝える。そして、ノルンが拒否すれば無理強いはするな。いいな？」

「はい」

強い意志を持ってうなずくと、イーザム爺《じい》さんはいつものようにポンと俺の頭を撫でた。

「儂《わし》もできる限りのことは協力してやる。じゃから、あまり無理はするなよ」

「ありがとうございます、イーザム様。では、明日から治療をお願いしますね」

「わかったわかった」

ノルンの腕を治す希望が見えた嬉しさから思わずイーザム爺《じい》さんに抱きつくと、鬱陶しがられてしまった。

やっと見つけた希望の光を掴むべく、さっそく翌日から魔力管の治療をはじめたが……イーザム爺《じい》さんの言った通り、治療は壮絶なものだった。

イーザム爺《じい》さんの治癒魔法が鋭い刃物と化し、治してもらっているはずなのに体の中を抉《えぐ》られるような感覚。

熱い刃が何度となく俺の体を貫いていく。

治療だとわかっていても、次々に襲ってくる痛みに悲鳴を上げて逃げ出したい気持ちになる。

以前はノルンがいて、俺が痛みに耐えられるように抱きしめて、優しい言葉をかけてくれた。

——ノルンさん……

ノルンの代わりに抱きしめていたクッションが、涙とあぶら汗でじっとりと濡れている。

「あぐ……ぅ……ぐ……——っ、く、ぁ……」

無意識にノルンを求める弱い自分。

けれど、この痛みよりも辛く大きな代償を払ったノルンのことを考えると、泣いてなんかいられなかった。

気合い……気合いだ……

目に涙をためながら、俺は必死に痛みに耐えていった。

イーザム爺《じい》さんとの秘密の治療は連日続いた。

毎回俺が気絶する手前で止めてくれるイーザム爺《じい》さんのおかげで、ノルンにはなんとかバレずに治療が行えている。

治療の効果は、日々の診療でも出てきていた。

治癒魔法をかけられる人数は倍になり、魔力量でいうとヴィヴィにも近づいてきたのではないかと思えるほどだ。

少しずつだがノルンの腕を治せる希望が見えると同時に、もし失敗してしまったらという不安もよぎる。

中途半端な再生魔法では、ノルンを苦しめるだけだ。

やるからには完全でなければならない。

そして、今日も俺は悶絶必死の治療を受けにイーザム爺《じい》さんのもとへ向かった。

何度やっても慣れない治療の痛み。昨日から治療は魔力管の中枢に入ったようで、それは凄絶な痛みだった。

以前の痛みが針を刺された程度に思えるほどで、焼けた鉄の棒を傷口に押し当てられるような悶絶級の痛みに、何度か目の前が真っ白になった。

イーザム爺《じい》さんに励まされながらなんとか気を保ち、治療が終わる頃には声を出さないように噛みしめていたせいか顎《あご》も痛んだ。

治療を終え、ふらふらしたままノルンが戻ってくる前に治療小屋へ戻る。

たどりついてすぐに、ノルンも治療小屋へ戻ってきた。

「ノルンさん、お帰りなさい」

「ただいま戻りました」

ノルンはガリウスさんから、新人の傭兵たちの指導を任されるようになっていた。

ここ最近、午前中は傭兵たちの指導に赴《おもむ》き、午後からは治療小屋の手伝いをしてくれている。

片腕を失っても、魔法を使った戦闘ではいまだにノルンに敵うものはいない。

「午前中、なにか変わったことはありませんでしたか？」

「特にありませんでしたよ」

「そうですか。……ですが、ここ最近、アンジェロ様の元気がないように感じます。あまり無理はなさらないでくださいね」

「はい、無理せず頑張ります」

笑顔を向けると、ノルンも優しく微笑んでくれる。

ノルンの笑顔を見るだけで、今まで疼《うず》いていた背中の痛みが和《やわ》らいでいく。

この笑顔を守れるなら、俺はどんな辛いことも耐えられる気がした。

魔力管の治療を続けると同時に、知識も身につけるべく、今世の医学書を読みあさっていく。

成功する可能性を少しでも上げるために、俺はできることをなんでもやっていった。

すべては、ノルンのためだ。

魔力管の治療をはじめて二週間が経った。

いつものように治癒魔法をかけてもらうが、背中に走る激痛はなく、思わず首を傾げる。

「イーザム様、いつでも治療を開始していただいて大丈夫ですよ」

「もう治療は開始しとる。アンジェロ、痛みを感じないのか？」

「……はい」

「そうか。アンジェロ……おめでとう。魔力管は無事に完治したぞ」

「え!?　本当ですか！　うわぁぁ……ありがとうございます、イーザム様ぁぁ！」

嬉しさのあまり半裸のままイーザム爺《じい》さんに抱きつくと「破廉恥なやつめ！」と叱られた。

平謝りをして、それから自分の手を見つめ、ぎゅっと握る。

――これで、ノルンの腕を治すことができるかもしれない。

そう思うと、まだ成功したわけでもないのに心は少し浮き立った。

浮かれる俺に、イーザム爺《じい》さんが問いかけてくる。

「それで、いつ再生魔法を試すつもりじゃ？」

「できれば早いほうがいいと考えています。まずは、ノルンさんに話をしてみようと思います」

「うむ。ふたりでしっかりと話し合うといい。どんな答えにしろ、サポートはしてやるからの～」

イーザム爺《じい》さんの言葉に後押しされ、その晩ノルンに再生魔法の話をすることにした。

そして就寝前。

「ノルンさん」

意を決して名前を呼ぶと、ノルンはどうしたんだと心配そうな表情を浮かべる。

ベッドに腰かけ、深呼吸をしてノルンを真っ直ぐ見つめる。

「落ち着いて聞いてくださいね。……僕はあれからずっと、ノルンさんの右腕を治療する方法がないか探していました」

「治療？　それはどういう意味でしょうか？　今のところ右腕に痛みはありませんが」

「ノルンさんは、『再生魔法』をご存じですか？」

「いえ……」

「再生魔法とは、失われた体の一部を再生し、とりもどすことができる魔法です」

「失った体を、とりもどす……まるで、神の奇跡のような話ですね」

ノルンは俺の説明に、右腕を見つめる。

「はい。それこそ奇跡に等しいと言われるほど、高度な魔法だそうです。今まで成功した例は……ありません。もし失敗すれば再生した部分が腐り落ちる可能性もあり、再度腕を切り落とす必要もあるかもしれないものです。でも……もし、ノルンさんが失った右腕をとりもどしたいと願うなら、僕は全力でノルンさんの願いを叶えたいと思っています。ノルンさんは、どうしたいですか？」

ノルンは黙りこみ、じっと右腕を見つめる。

そして、重々しく口を開いた。

「可能性があるのなら……失った右腕をとりもどしたいです」

「失敗する可能性が高いとしてもですか？」

「……はい。右腕を犠牲にしてアンジェロ様を守れたことについては、後悔は微塵もありません。ですが、右腕をとりもどせる方法があるのなら試してみたいです。この右腕が戻れば、今よりも強く、アンジェロ様をお守りできるのですから」

こんなときでも、俺のためのこととして答えてくれるノルン。

俺は途切れた右腕に触れ、真っ直ぐに彼を見つめる。

「必ずノルンさんの腕を治してみせます」

決意をこめて誓うと、ノルンは目尻を下げ俺の額にキスをくれた。

「アンジェロ様の強く美しい姿には、いつ見ても心惹かれます。私は、そんなあなたを想うことができて本当に幸せです」

歯の浮くような言葉と柔らかなノルンの微笑みに、頬が熱を持つ。

恥ずかしさをごまかすように抱きつくと、ノルンは優しく俺を包みこんでくれた。

腕を治すことができたら、俺も素直にノルンの気持ちに答えたい。

ノルンのことを好きだと思えて幸せだってことを……


そして、ノルンの腕を治療する日がやってきた。

治療小屋の奥の部屋には、イーザム爺《じい》さん、ミハル、ヴィヴィが手伝いに来てくれた。

ノルンには診察台に横になってもらい、右腕の包帯を解く。

表情に不安は見られず、ノルンが俺を信頼してくれているのがわかる。

逆に治療する側の俺のほうが落ち着かず、不安で鼓動が早くなる。

そわそわしているのが顔に出ているのか、イーザム爺《じい》さんがそっと肩に手を置いた。

「アンジェロ、なにかあっても儂《わし》らがおる。安心して治療に専念せい」

「はい、ありがとうございます」

イーザム爺《じい》さんに気合いを入れられ、ミハルとヴィヴィからも励ましの言葉をもらった。

もう一度ノルンの姿を見つめ、小さく息を吐き集中する。

――大丈夫。できる……俺なら絶対にできる……！

不安を打ち消すように心の中で呟き、覚悟を決める。

「ノルンさん、今から治療を開始します」

「よろしくお願いします、アンジェロ様」

ノルンに微笑みかけ、その右腕に視線を向ける。

途切れた腕の先端に触れ、ゆっくりと魔力を流しはじめる。

ノルンの腕が再生されていくのをイメージしていくと、魔力を流しこむ感覚から、ノルンの体に魔力が吸いこまれていく感覚へ変わる。

魔力の流れの変化に戸惑いながらも、ノルンの体が求めるままに治癒魔法を流しこむ。

すると、切断面が盛り上がりはじめ、ゆっくりと再生がはじまった。

肉芽が盛り上がり、少しずつ少しずつ以前の姿をとりもどしていくノルンの腕。

再生が途切れないように絶えず魔力を流しながら腕の構造をイメージしていく。

皮膚や骨、筋肉に神経、血管にリンパ管にと、前世の知識と今世の知識が頭の中を駆け巡る。

ノルンの腕をとりもどすために頭をフル回転させながら魔法をかけ続けると、それは形となってあらわれる。

腕は手首あたりまで再生され、今のところ見た目は問題なさそうだ。

ノルンは目を閉じ、じっと治癒に耐えてくれていた。

「ノルンさん、痛みはありませんか？」

「はい、大丈夫です」

声をかけると目を開き、優しい顔を見せてくれる。

ノルンに微笑みかけ、もうひと頑張りと治癒魔法を続ける。

集中を切らさないように、ノルンの腕だけを見つめた。

そして、確かにあったはずの彼の腕を頭に思い描く。

俺を抱きしめてくれる、強くたくましい腕はどんな形をしていた？

俺を優しく撫でてくれる手のひらは？

辛いときに涙を拭ってくれた指先は？

ノルンとの思い出とともに全力で魔法を流しこんでいく。

煌《きら》めきを放ちながら腕が再生され、ついに手のひら、指が現れた。

その様子に、周りにいた三人が声を上げる。

「なんてこった……」

「すごい……」

イーザム爺《じい》さんが驚きの声を上げ、ミハルとヴィヴィが息を呑む。

――あと……少し……、もう少しだ……

魔力を流す腕に、ぐっと力と思いをこめていく。

魔法を使い続けるのは、思った以上に気力と体力を使う。

集中力を切らさないよう必死に息を吸いこみ、最後の力を振り絞った。

残すは指先だけというところで体力も魔力も限界を迎え、視界がかすんだ。

ふらりと体が揺れ、ノルンの腕から手が離れそうになる。

そのとき、背中を支えてくれる温もりに気づく。

「アンジェロ、もう少しじゃ、踏ん張れ！」

「アンジェロ様！　もう少しです！」

「頑張って、アンジェロ様！」

三人の声と背中に感じる温もりに後押しされて、ぐっと歯を食いしばった。

空っぽの体から必死になって魔力を絞りだし、治れ……治れ……と魔力の代わりに俺の願いを流しこんでいく。

そして……ノルンの腕は元の姿をとりもどした。

再生された腕を見て、皆が歓喜の声を上げる。

俺はノルンの腕を呆然と見つめ、そっと腕に触れた。

血の通った肌色、温かみのある皮膚。

——成功……したんだ……

そう思うと、緊張の糸がプツリと切れる。

——あ、ダメ……まだ、ちゃんと動くのを、確認して……いない、のに……

もう体を保っていられず朦朧《もうろう》とする意識。

グラリと大きく体が傾くと同時に、懐かしい温もりが俺を包んだ。
「アンジェロ様ッッ！」
ノルンの瞳が、優しく俺を見つめている。
俺を抱き寄せているのは、ノルンの右腕だ。
――あぁ……よかった……うご、い……た。
あたたかでたくましく、優しいノルンのうで。
俺の大好きな……うで……
ノルンに微笑みかけ、温かい右腕にそっと触れる。
安心した俺は、ノルンに抱きしめられたまま瞼《まぶた》を閉じた。

優しい指先が何度も髪に触れ、くすぐったい感触に小さく身じろぎをする。

低く心地のいい声が、俺の名を呼んでいる。

その声に導かれるように瞼《まぶた》を持ち上げると、ヘーゼルグリーンの瞳が心配そうに揺れていた。

「ノルン、さん」

「アンジェロ様……あぁ、よかった……」

ノルンは安堵の表情を浮かべて、横たわる俺の頬を撫でていた。

その指先に視線を向けると、ハッと先ほどまでの記憶が蘇《よみがえ》る。

「うで、うでは、どう……ですか？」

「問題なく動いていますよ。感覚も以前と変わりありません。……こうやって、またアンジェロ様に触れることができるとは思いもしませんでした」

愛おしそうに右手で俺に触れるノルン。

気持ちのいい指先に安堵した俺は、猫のように顔を擦《す》り寄せる。

頬を撫でる指先は男らしく骨張ってはいるが、皮膚は以前よりも柔らかだった。

ノルンの右手に触れると、本当に成功したんだと実感が湧いてくる。

「……よかったぁ、成功して」

「イーザム様からこれまでの経緯を聞きました。私の腕を治すために、アンジェロ様が血の滲《にじ》む思いをしながら魔力管の治療に耐えたのだと。それ以外にも、私に心配をかけまいと陰ながら努力していたとミハルさんやヴィヴィ様に教えていただきました。本当にありがとうございます……アンジェロ様」

ノルンの瞳がゆらゆらと揺れる。

彼が泣くのを見るのは、アンジェロの過去を話したとき以来だ。

涙を浮かべて微笑むノルンのことが、愛おしすぎてたまらない。

ノルンの顔に手を伸ばし、頬に触れると、小さな雫が頬をすべり落ちた。

――よかった……。ノルンを助けることができて、本当によかった。

涙を流しながら「すみません」とはにかむノルンを見て、こみあげてくる想い。

出会った頃は、ド真面目で冗談も言わない仏頂面がムカついて、一緒にいるだけでも嫌だった。

けれど一緒にいるうちに誠実さや努力家なところが見えてきて、自分に非があるとわかればすぐに謝ってくるような可愛いところも知った。

俺が無茶をすれば付き合ってくれて、俺がピンチになったら必ず助けに来てくれる。

俺に笑顔をくれて、俺のために泣いてくれて、俺のために命をかけてくれる人。

俺の大好きな人。

もう、気持ちを抑えることなんてできなくて、好きがこぼれ落ちる。

「ノルンさん……好きです」

「え……いま、な、んと？」

ノルンはこわばった表情で、信じられないと目を見開いた。

一世一代の俺の告白を台無しにするような表情に、思わず笑ってしまう。

ノルンらしいといえばノルンらしい。

――仕方ないな。もう一回伝えてやろう。

「ノルンさんのことが好きです。愛する貴方の笑顔をとりもどすことができて、僕はとても幸せです」

いつもノルンが向けてくれる愛情と同じように、自分の気持ちを真っ直ぐに伝える。

嘘偽りのない俺の気持ちを理解しようとしているのか、ノルンは何度も瞬いた。

綺麗な顔が、ちょっぴりマヌケに見えて可愛らしくて、少し意地悪したくなって愛の言葉を何度も囁《ささや》く。

「大好きです、ノルンさん。大好き……」

呆けたようなノルンの両頬を包んで笑いかけると、ぶわりと顔が赤く染まる。

ノルンは唇を震わせながら返事をくれた。

「あの……その……この、気持ちをどう伝えるべきか……。幸せな夢でも見ているようです……」

「夢なんかじゃありませんよ」

「そう、ですね。嬉しいです、嬉しすぎて、言葉で表すのは不可能なようです。……アンジェロ様」

俺がエヘヘッと笑いかけると、今度はノルンの手が俺の頬を包み、顔が近づいてくる。

額と頬に口づけされて、また見つめ合う。

「愛しています。アンジェロ様のすべてを愛し、必ず幸せにしてみせます。今度こそ、貴方を何者にも傷つけさせません。そして、アンジェロ様の笑顔をずっと守り続けます」

「僕もノルンさんのすべてを愛しています。貴方が辛く悲しくならないようにずっとそばにいて、僕も貴方を守ります」

誓いのような堅苦しい愛の言葉がおかしくて、顔を見合わせて思わず笑った。

「愛しています、アンジェロ様」

「はい、僕もです」

愛を囁《ささや》き互いに見つめ合い唇を重ね合う。

甘くくすぐったいキスに、心の中は幸福感でいっぱいになり自然と笑みがこぼれる。

ふたりで笑い合いながら、抱き合い、キスをして、俺たちの心は深く深く結びついた。

そうしてめでたく相思相愛となった俺たちの日常は……そこまで大きな変化はなかった。

ずいぶん前から狭いベットにふたりでくっついて眠っているし、キスはすでにルーティンに組みこまれているし……つまり俺たちは、もうずっと恋人として生活していたんだなと気づく。

毎日、包容力抜群の腕で一晩中抱きしめてもらい、鍛えられた胸筋に顔を埋《うず》めて英気を養う。

目覚めたら腕の中からコソコソと抜け出して、一番にノルンの寝顔を見つめる。

気持ちよさそうに眠る頬をツンツンとつつくと瞼《まぶた》がゆっくりと上がって、ノルンが寝ぼけ眼で俺を見る。

朝日の光が混じったヘーゼルグリーンの瞳はいつ見ても綺麗で、胸がキュンキュンしてしまう。

「おはようございます」

「……おはようございます、アンジェロ様」

軽い挨拶をするとノルンの腕が伸びてきて、俺の体はまたたくましい胸に包まれる。

クスクスと笑いながら抱き合っていると、柔らかな唇が額や頬に降り注ぐ。

そして、最後はもちろん唇にも。

今日も甘い甘いキスから俺たちの一日ははじまった。

支度を済ませ、治療小屋へ到着すると、治療を受けにきたのかわからない元気な傭兵たちに囲まれる。

ノルンの欠損した腕が戻ったことで、前線での俺の評価は爆上がりだった。

『前線に舞い降りた奇跡の天使』なんて言葉が飛び交い、言われるこっちは恥ずかしすぎて逆に仕事がやりにくい。

しかし、俺以上に人気を集めたのはノルンだった。

再生された右腕を見せてくれと集まる屈強な男たち。

巨体がぐるりとノルンを囲み、右腕に集まる熱視線。ベタベタと触られまくり、質問攻めにあうノルンの顔は思いっきり引き攣《つ》っていた。

ある意味羨ましい光景を横目に、今日も仕事に精を出す。

魔力管が完全に治ったことで、治療のスピードはぐんと早くなり、大人数の負傷者も難なくさばけるようになった。

ヴィヴィとミハルも俺に負けじと頑張ってくれている。

イーザム爺《じい》さんは、若者が頑張る姿を椅子に腰かけて眺めては「これでようやく儂《わし》も楽ができるようになったわい」と、いつもの調子だ。

治療小屋での仕事が終わると、ノルンとともにとある場所へ向かった。

そこには、俺たちが命をかけて回収したフテラ像の呪具が保管されている。

保管場所は、ガリウスさんなど一部の者しか知らない。俺とノルンもそのうちのひとりだ。

幾重にも巻かれたチェーンを外し、重い箱の蓋を開けると、専用の容器に保管された呪具が姿を現す。

この専用の保管容器はオレリアンが送ってくれたもので、回収したフテラ像は、定期的に聖水を入れ替えて浄化を続けている。

入れ替えの際には、必ず俺が付き添うことにしている。

もし呪いが悪さしても、すぐに俺の魔力で浄化するためだ。

厳重に保管された、呪われたフテラ像。

聖水の入れ替えのときはいつも緊張し、問題なく終わると、安堵の息がもれる。

聖水で満たされた透明な容器の中に浮かぶフテラ像は、浄化が進んでいるのか少しずつ色が変わってきている。

オレリアンによれば、フテラ像自体が呪具なのではなく、像の中に元となる呪具が埋めこまれているのだとか。

教会は、神として崇めているフテラの像をこんなことに利用して、心が痛まないのだろうか。

いや、ヨキラスのあの凶行を思えば、教会の奴らがそんなこと思いはしないのは明白だ。

実際にアンジェロ《オレ》も、このフテラ像と変わりはないのだから……

悲しげに微笑むフテラ像と、自分や利用され傷つけられた教会の子どもたちの姿が重なる。

「アンジェロ様、さぁ戻りましょう」

「……はい」

ノルンに促され、フテラ像を再び箱に入れて封をする。

暗闇の中で身動きのとれないその姿は、教会に囚われた子どもたちを思い出させた。

あっという間に一日が終わり、また夜がやってくる。

ダッチさんの美味しい食事で腹を満たすと呪われたフテラ像を見たあとの憂鬱《ゆううつ》な気分も少しは晴れたが、まだ癒《いや》しが足りない。

着替えを済ませた俺は、タッとノルンに駆け寄り無言で抱きつく。

俺の気分が落ちているのを感じたのか、ノルンは頭を優しく撫で、ひょいと俺の体を抱えた。

突然のお姫様抱っこに驚く間もなくベッドへ連れていかれる。

そして俺を優しく寝かせると、ノルンはたくさんのキスを降らせた。

くすぐったくて気持ちのいい感触に、甘い吐息がもれる。

ノルンは俺の反応を見ながら口づけを顔から首筋へずらし、着替えたばかりのシャツのボタンをひとつずつ外していく。

ボタンをすべて外され胸がはだけると、ノルンの唇が鎖骨から胸へおりる。

軽くリップ音を立てながら胸にキスをされ、最後に胸の尖りをチュッと吸われた。

甘い刺激にピクンッと体が震え、俺のやる気スイッチはすっかりオンになっていた。

「ノルンさん、もっと胸にキスしてほしいです」

「……わかりました」

ノルンの頭を撫でながらお願いすると、彼は目を細め了承してくれた。

ちゅうっと何度も吸われ、空いたほうの胸も指で相手をする。

気持ちよくて、甘ったるい声がもれた。

俺の反応を見て、じょじょに激しくなる胸への愛撫。

キス以外にも舌で先端を潰すように愛撫し、ときおり甘噛みする。

緩急つけた刺激に下半身もずくずくと疼《うず》きはじめた。

「ぁ……んっ……」

ノルンの柔らかな髪に手を埋《うず》める。艶《つや》やかな黒髪に指先を絡めてすくいあげ、長く伸びた髪にキスをする。

何度かキスをしていると、ノルンが構ってほしそうにこちらを見てくる。誘うように微笑みかけると、野獣のような口づけに襲われた。

絡め合った舌を食べられ、俺もやり返す。

酸欠になるくらいに深くキスを続けると、俺の下半身が構ってくれと主張するように硬くなる。

相手をしてもらいたくてノルンの太ももに擦《こす》りつけると、ノルンは嬉しそうにクスッと微笑み、骨張った指先が俺のモノに触れる。

形を確かめるように撫でられるが、布ごしの愛撫なんて物足りない。

「直接さわってほしいです……」

「すみません、配慮が足りませんでした」

配慮って……

ノルンらしい返しにクスクスと笑った。

「いっぱいノルンさんに触ってほしいです。体中どこもかしこも……」

目尻を下げて懇願《こんがん》すると、ノルンは甘い甘いキスで返事をくれる。

下衣を脱がされ、すでに涎《よだれ》を垂らした先端を指の腹で優しく撫でられる。指先はくるくると円を描き、ぬちぬちと濡れた音が聞こえる。

もっと触れてほしくて情けなく腰を振ると、ノルンの大きな手のひらが俺のモノを包みこんだ。

「あっ、ん……きもちぃ……」

俺の先走りでぬるぬるになった手のひらで上下に扱かれると、すぐにぴゅくりと出してしまう。

こんなに早漏なのはご無沙汰なせいだと心の中で言い訳しながら、今度は俺がノルンの下半身に手を伸ばす。

大好きな俺が可愛らしく喘《あえ》いでいたのだから、もちろんノルンも興奮していて……準備は万端のようだ。

ズボン越しに触る俺をいじらしく感じたのか、ノルンは自ら下衣を下げ、俺の手を自分のモノへ誘導した。

興奮してぎらつく瞳に、下腹部がきゅんきゅん疼《うず》く。

こんなにも硬くて大きいのを挿れてもらえたら、どんな感じなんだろうか。

――早く欲しい……

想像しただけで興奮してきた。鼻息荒くノルンのモノに触れていると、彼も察したのか俺の後孔に触れてくる。

傷つけないようにゆっくりと入りこむ、ノルンの指。

勤勉で真面目なノルンは俺のイイトコロをちゃ～んと覚えていて、すぐに前立腺を撫でてくれる。

撫でられるたびにピクンピクンと反応し、腰が揺れた。

指を増やされ、ノルンのモノを受け入れるために広げられていく。

「ん、っ……あっ………」

やられてばかりではダメだと、俺も負けじとノルンのモノを両手で包み、愛撫する。

扱きながら鈴口を指先でぐっと押すと、ノルンのモノがクンッと反応した。

先端からはタラリと雫が垂れ、ノルンは顔を上気させて困ったように眉を下げる。

「アンジェロ様……」

物欲しげな視線と声。

ノルンが望んでいるものは、俺もずっと望んでいたものだ。

「中も、ノルンさんでいっぱいにしてほしいです」

「よろしいの、ですか？」

「心だけじゃなくて、体もノルンさんと繋がりたいです……」

俺の答えに、ノルンはとろけたように顔を綻ばせ、キスをくれる。

「愛しています、アンジェロ様……」

「僕も愛しています、ノルンさん」

熱いモノが触れ、ゆっくりと俺の中へ入ってくる。

あれだけ広げてもらったのに、予想以上の大きさに中はすでにぎちぎちだ。

「アンジェロ様、苦しいですよね……。ゆっくり進めていきますから……」

「く、んっ……ぁ……ンンッ……ん、く、ぁ……」

「は、ぃ……」

優しい言葉をかけてくれるが、ノルンも余裕がなさそうだ。

何度もキスをして、時間をかけてノルンとひとつになる。

気持ちいいと嬉しいが混ざり合い、幸せがあふれだす。

「ノルンさん、気持ちいい……です」

「はい……私も、すごく気持ちがいいです」

そう言ってふたりで微笑みを交わし、指先を絡める。

体のすべてが触れ合っている状態のまま、ゆっくりとノルンの腰が動き出す。

動きに合わせて、互いの甘い声が混じり合った。

「ん、ぁ……ん、んっ……」

「痛くは、ありませんか？」

「大丈夫、です」

自信なさげで初々しいノルンの様子に、胸はキュンキュンに高鳴る。

前世では経験豊富な俺がリードしてやんなきゃなと、変な使命感が湧き上がってきた。

「ノルンさんの、硬くて大きくて……すごく気持ちいいです。もっと、ノルンさんを感じたいです」

不安を減らしてあげたくて、ノルンの瞳を見つめて微笑みかける。

ノルンは真顔でぐっと唇を噛むと、厚い体を押しつけて荒々しく口づけてきた。

口の中を貪《むさぼ》る熱烈なキスが終わると腰を掴まれ、ノルンの猛ったモノがグンッと奥を突き上げる。

突き上げられた瞬間、痺《しび》れるような感覚に腰が浮いた。

「ひぁっ！　あ、ん、ノルンしゃ……あっ！」

「はっ、はっ……アンジェロ、さま……愛しています……アンジェロさま、アンジェロさま……」

ノルンは夢中になって腰を動かしている。

前立腺を亀頭で潰され、ビクッと大きく体がしなる。足先が丸まり、軽く中イキした。

ノルンに与えられる快楽がたまらない。

「すごい、です。アンジェロ様の中が……私を離さない……」

「あ、そこ……こすったら……ら、め……」

「ここ、ですか？」

確認するように再度突き上げられると「ひぁぅっ！」と声がもれて、今度は射精してしまう。

パタパタと自分の腹に精液を撒き散らすと、ノルンは指先ですくいとってペロリと舐めた。

そして着ていたシャツを脱ぎ捨てる。

俺を見下ろす欲情した視線に、ゾクリとした。

「アンジェロ様、とても可愛らしいです。もっと、私で乱れてほしい……。もっと、声を聞かせてください。そして、私だけのものに……」

「へぁ？　ンッ、あ！　のる、んさ……んんっっ！」

予想していた初々しくも甘々なエッチから一転、ノルンは本能のまま腰を打ちつける。

抱きしめ……いや、抱き潰されるくらいの熱い抱擁《ほうよう》。動くたびにぐっちゅぐちゅと卑猥《ひわい》な音を立てる接合部。

激しすぎるノルンの愛情表情をどうにか受け止める。

耳を舐められ、ノルンの荒く興奮した呼吸が耳を犯す。首筋を甘噛みされ、歯を立てられるたびにゾワリと体が震え、中をきゅっと締めてしまう。

絶え間なく押し寄せる快楽の波。

奥まで到達したノルンは、もっと中に入れてくれと腰を押しつける。

腹の中はもうノルンでいっぱいで、俺は苦しさからハクハクと必死に酸素をとりこむ。

もはや発情した動物のように喘《あえ》ぎ、ノルンの背中に爪を立てることしかできない。

俺の体を夢中で貪《むさぼ》るノルン。

野獣な感じも嫌いじゃないけれど……今はもっと目を合わせて、愛を確かめたい。

「ひ、ぁ……ンッ、あ、ぁぁぁ……のる、ん……のるん……」

ノルンの名を呼び続けると、ようやく目が合った。

互いに必死な顔。汗や体液で湿った体。

息も上がり、エッチというよりも激しい運動でもしてんのかって状態だ。

「ノルン、さん……すき……。キス、して……ください……」

暴走ぎみのノルンを止める魔法の言葉を放つと、彼はポンと顔を赤くして優しくキスをくれる。

「アンジェロさま、私も好きです……」

「はい。エッチ、きもちいぃですね……、僕の中、ノルンさんでいっぱいで……嬉しいです」

俺の奥でノルンのモノがピクピクと反応する。

可愛い俺のノルンの頬を撫でて、俺からもたくさんキスをする。

キスをしながらもゆるゆるとノルンは抽送を再開し、ノルンのモノで最奥にもキスされる。

「ひぁ、おく……んっ……」

「アンジェロ様、ここもいいですか？」

「ふ、ぁ……い、いです……おくまで、ノルンさん……ほしぃ……」

「……わかりました。私でアンジェロ様の中を満たします」

ノルンの亀頭が、ぐりぐりと俺の奥をこじあける。くぷりと先端が入りこむと、目の前がチカチカと白く煌《きら》めいた。

中はきゅぅぅと痙攣《けいれん》し、ノルンは眉間に皺《しわ》を寄せて大きく息を吐く。

「アンジェロ様……」

「あ、ん、……ぁ……の、るん……」

強く抱きしめられ、最奥でノルンの熱が吐き出された。

その熱は、体の中から俺を満たしてくれる。

ドクンドクンと脈打つ感覚に、俺も一緒に果てた。

力尽きた俺は呼吸することしかできず、ノルンの腕の中でぐったりと横たわる。

ノルンはそんな俺を労《ねぎら》うように頭を撫でて、頬や首筋にキスをくれた。

くすぐったい感触に、疲れているのに顔が綻んでしまう。

今まで感じたことのないほどの幸福感。

愛し合うって、こういうことなのか……と、重い腕を動かしノルンの髪に触れる。

「アンジェロ様、大丈夫ですか？　途中、我を忘れて無理をさせてしまいました。申し訳ありません……」

心配そうに俺の体を気にしてくれるノルン。

初エッチのピロートークなのに真面目な反省会がはじまりそうなので、キスで口をふさいだ。

「たくさん気持ちよくしてくれて、嬉しかったですよ、ノルンさん。今、僕は幸せでいっぱいです。だから、謝るのはなしです」

「申し訳……あ、すみません」

「ハハ、もう謝ってますよ」

相変わらずなノルンに、思わず笑った。

ノルンは恥ずかしげに顔を赤らめる。

「私も……とても気持ちよかったです。そして、アンジェロ様以上に幸せを感じています」

「よかったです。こうやって、大好きな人と一緒にいられて、ひとつになれることは……本当に幸せなんだって、はじめて知りました。ノルンさん、僕を好きになってくれて、僕のそばにいてくれて、ありがとうございます」

俺の言葉にノルンは唇を噛み、強く強く俺を抱きしめる。

そして深い口づけを何度も交わし、俺たちはまた愛を確か合あった。

朝日が差しこみ、自然と目が覚める。

ノルンの腕から抜け出し、ん～っと背伸びをして大きく深呼吸。

爽やかな朝の空気を吸いこむと、寝ぼけた頭も冴える。

ベッドには上半身裸のノルンがまだ眠っていて、可愛らしい寝顔を見せていた。

俺はノルンのシャツを着せられているのだが、サイズはもちろんブカブカだ。

まぁ、ワンピースのような感じで着られるし、下半身スッポンポンの俺にはちょうどいい。

お茶の準備をしながら、昨晩のノルンと熱い抱擁《ほうよう》を思い出す。

これからは、あ～んな気持ちのいいセックスを堪能できるのかと想像すると顔がにやけてしまう。

ぐふふとゲスい笑みを浮かべていると手元のポットに影がさし、背後からぎゅっと抱きつかれた。

「あ、おはようございます、ノルンさん」

「おはようございます、アンジェロ様」

寝ぼけ眼で目をとろんとした目つきのノルンは、いつもより幼く見える。

「お茶、飲みますか？　もうすぐお湯が沸くので」

「はい、いただきます。あの……アンジェロ様。その……体は大丈夫ですか？　昨晩は……とても無理をさせてしまったので……」

昨日のことを思い出したのか、頬を赤く染めるノルン。

ノルンの上半身には、ところどころ小さな傷が残っている。

それは俺がつけた爪痕だったり噛み跡だったりして、昨晩どれだけ激しい夜を送ったのか一目瞭然だ。

だが、若きアンジェロの体はあれだけ激しい夜を過ごしたにもかかわらずこうしてお茶を淹れられるくらいには元気だ。

若いって素晴らしい。マジで。

「僕なら大丈夫ですよ。昨晩は、ノルンさんにたくさん愛してもらって、とても幸せでしたから」

エヘヘと照れ笑いしてぎゅっと抱きつくと、ぎゅうぎゅうに抱き返してくれる。

たくましい腕に包まれて、鍛えられた筋肉が俺に癒《いや》しをくれる。

くすぐったいほどに優しい指先で頭を撫でられると、気持ちよくてもっとノルンが欲しいとおねだりしそうになる。

はぁ……もう、ほんとに大好き！

朝から筋肉を堪能し、いちゃこらしながら過ぎていく甘い時間。

これからはずっとずっと、こんな日々が続くのかと思うと幸せで胸がいっぱいだった。

……だが、神様はそう簡単に平穏な生活させるつもりはないらしい。

数日後、ノルンのもとに不機嫌な声でオレリアンから知らせが入った。

内容は、俺が『光を与えし者』に選ばれたというものだった。

「光を与えし者……ですか？」

『あぁ、今しがた教会より知らせがあったんだ。アンジェロがフテラ様の力を分け与えられ、奇跡を成し遂げたと……。アンジェロ、この話は事実なのか？　本当に奇跡を……再生魔法を成功させたのか？』

半信半疑のオレリアンの声。

信じられないのも無理はない。

再生魔法は今まで誰も成功することのなかった奇跡の魔法。

その奇跡をついこの前まで魔法が使えなかった、公爵家の落ちこぼれと言われていた俺が成功させたなんて、信じられないよな。

それにしても、『光を与えし者』とは、なんなのだろうか？

アンジェロの曖昧《あいまい》な記憶をたどると、幼い頃の記憶が蘇《よみがえ》る。

アンジェロが洗礼式を受ける前の年。

王都での洗礼式の締めくくりに、大聖堂では天光祭が開かれる。

そこでは、大きな功績を残した治癒士をフテラに見立て『光を与えし者』として洗礼式の最後を盛り立てるのだ。

大聖堂の壇上で、真っ白なローブをまとい女神フテラとなった人物が、教皇に力を授けるシーンは、幼いアンジェロの目にとても幻想的で美しいものに映った。

隣にいたアンジェロの母と一緒になって、壇上に立つ人物に羨望の眼差しを向け、憧れさえも抱いていた。

現実とはかけ離れた教会の美しい思い出にゾクリと背が引き攣《つ》りながら、俺はオレリアンの問いに答える。

「……はい。ノルンさんが戦いで腕を失い、僕が再生魔法を施しました。そして腕は再生され、今のところ問題なく動いています」

『――なっ！　……そうか。教会がまたアンジェロを虐げるために偽りを述べているのかと思ったが……事実だったか。よく成功させたと褒めてやりたいが……そうなると逃げ道はない、か……』

オレリアンの重苦しい声に、俺は隣にいるノルンの顔を見上げた。

話を聞いていたノルンは眉間に皺《しわ》を寄せ、険しい顔で口を開く。

「オレリアン様。教会からの使者は、すでにこちらへ向かっているのですね」

『そうだろうな。今回の再生魔法の成功については、ノルンから報告を入れたのだろうか？』

「いえ、私からはなにも。ヨキラス教皇様には、定期報告のみで、特段変わりはないと伝えておりました」

『……前線にはノルン以外にも教会と繋がりのある者が潜んでいるのだろう。それほどまでに執着しているとなると……アンジェロを手に入れるためなら、教会はどんな手も使ってくるだろうな』

ヨキラスの気味の悪い顔が浮かび、ノルンの手を握る。

俺を安心させるように、ノルンは優しく握り返してくれた。

『アンジェロ。今ならノルンとともに前線を離れることも可能だ。隣国まで逃げ切れば、教会もすぐには追ってこられないだろう。教会に捕まれば、フテラ様として祭り上げられ、いいように使われるだけだ。私は……そんなお前の姿を見たくはない』

「兄様……」

オレリアンの言葉を噛みしめる。

このままノルンとともに逃げることは、俺にとって一番幸せな道なのだろう。

けれど……本当にそれでいいのか？

逃げることは簡単だ。けれど、ずっと教会の影に怯《おび》え続けなければならない。

なにより、教会によって幸せを奪われ、消えてしまいたいと願うほどに傷つけられたアンジェロ。

いまだに教会に囚われた子どもたちと、マリア。

――……このままで、いいはずなんてない。

俺は意を決して、オレリアンに問いかける。

「オレリアン兄様。もし僕が教会に立ち向かうと言ったら、力を貸してくれますか？」

俺の問いかけに、オレリアンは沈黙する。

そして、隣にいたノルンも戸惑いを隠せないでいた。

『アンジェロ。これ以上、お前が傷つくことはない。無理をするな』

「けれど、僕が逃げてしまえば、また同じことが繰り返されます。これ以上、僕のような子を増やしたくないのです」

『それなら私でも対応できる。今持っている情報を公にすれば教会側も今までのようには動くことはできないだろう』

「……理由はそれだけではありません。僕は、僕自身で教会に……ヨキラス教皇様に打ち勝ちたいんです。貴方がした仕打ちなんかに、僕は負けないと」

胸の奥が熱くなり、心のどこかに隠れているアンジェロが俺の言葉に反応しているのがわかる。

その熱さは、俺の気持ちと同調しているように感じる。

――アンジェロ。お前もヨキラスをぶん殴りたいんだよな。

拳を握りしめ、俺とアンジェロの意志を伝えた。

次に口を開いたのは、ノルンだった。

「アンジェロ様が立ち向かうというのなら、私もともに戦います。しかし、この戦いにはオレリアン様のお力添えが必要不可欠です。オレリアン様、無理なお願いだとはわかっています。それでも、アンジェロ様とともに戦ってはいただけませんか?」

『…………』

俺とノルンからの問いにオレリアンは間を空けて、大きなため息とともに答えた。

『…………お前たちの気持ちはわかった。だが、ヨキラス教皇はそう簡単に打ち負かすことのできる相手ではないぞ? なんの策もなしに敵の懐《ふところ》に飛びこませるわけにはいかない』

「……策ならあります。成功するかはわかりませんが……」

『ほぅ。その策とはなんなんだ?』

「僕にかけられた呪いを、闇魔法を使って返すんです」

『……闇魔法による呪い返しか。だが呪具による呪いは強い。返すことができる闇魔法の使い手は少ないだろう。それに、闇魔法士は教会によって管理されている。誰か心当たりはいるのか?』

「ひとりだけ……います」

『それは誰なんだ?』

「……マリアです」

『マリア、か。お前を裏切った王子の恋人のことを言っているのか?』

「はい」

『……アンジェロ、それは無謀だ。マリアは、ヨキラス教皇についているんだぞ。呪いを返す話などすればヨキラス教皇にすぐに伝わり、今度こそ捕われてしまう』

「マリアは、妹を人質にとられているだけなんです。だから、僕がマリアの心を縛る鎖を断ち切ります。そして、ともにヨキラス教皇に立ち向かいます」

魔道具越しに、何度目かの重いため息が聞こえてくる。

マリアとアンジェロの関係を知らないオレリアンにとって、俺の言葉は夢物語に等しいのだろう。けれど、アンジェロの過去を見た俺にはわかる。

マリアとアンジェロは仲違いしてしまったが、それもすべて『呪い』のせいだ。

呪いなどなければ、ふたりはきっと親友に……それ以上の関係にすらなっていたかもしれない。

それに、マリアの妹リリアを救い、教会に縛られているマリアを救い出すのはアンジェロの願いでもある。

『……厳しい戦いになるぞ、アンジェロ。お前自身が傷つくリスクもあるんだ。それでも、その意志を貫き通したいのか？』

「はい」

『もう、なにを言っても止めることはできそうにないな……。私も最大限の協力をしよう。教会に戻れば、ノルンの任が解かれる可能性もある。教会に向かう際には、信頼のできる従者を送りこもう。その者は頭もよく切れる、困ったときには頼るといい。こちらでもヨキラス教皇と教会の動きを監視しておく。なにかあれば従者を通して連絡を入れる。だが、お前の身が危険に晒《さら》されるとわかったときは、素直に従者の命に従い逃げるように。いいな？』

「はい！　ありがとうございます、兄様」

オレリアンに感謝を述べ、ノルンを見る。微笑んではいるが、同時に心配の色も浮かんでいた。

「ノルンさん、大丈夫です。必ずヨキラス教皇に罪を認めさせてみせます」

「はい。私もアンジェロ様に危険が及ばぬよう最善を尽くします」

互いに手を握りしめ、俺たちは最大の敵であるヨキラスと教会に立ち向かう決意をした。


それから数日後。ノルンのもとに教会から連絡が入った。

明朝、教会の馬車が俺を迎えにくると伝えられ、ついにやってきたかと緊張感が増す。

迎えが来てからでは、皆に挨拶する時間はなさそうだったので、事前に前線を離れることを伝えることにした。

ガリウスさんには、少し前に事情は話していたので「無理をするなよ」と優しい言葉をかけられた。傭兵の皆は、絶対に帰ってきてくださいねと口々に言ってくれた。

そして、ミハルとヴィヴィは困惑した顔で状況を受け入れていた。

俺がいない間を任せたよと伝えると、ふたりは頼もしく返事をしてくれた。

そして次の日。不穏な雲行きの中、前線に白を基調とした立派な馬車が到着した。

フテラ教のシンボルでもある三日月の装飾がところどころに施された馬車から、純白のローブに身を包んだ司祭が降りてくる。

司祭は俺を目にした途端に深々と会釈《えしゃく》して、気味の悪い笑顔を向けた。

「アンジェロ・ベルシュタイン様。フテラ様のお力の解放お疲れ様でございました。さぁ、私どもとともに教会へ帰りましょう」

「……はい」

差し出された手をとる前に振り返り、見送りに来てくれた皆を見つめる。

「アンジェロ様、前線の者たちに別れの挨拶をなさいますか？　この者たちの顔を見るのも今日で最後になるでしょうから」

司祭の言葉に内心苛立ちつつも、前線の皆に向かってお辞儀をする。

見送りに来てくれたミハルやヴィヴィ、それにガリウスさんたち傭兵の皆の表情はやはり暗い。

イーザム爺《じい》さんは「永遠の別れでないのなら見送りなど行かん。王都からの土産話を楽しみにしておるぞ～」と、いつもの感じだった。

皆に心配をかけないように、いつものアンジェロスマイルを振りまく。

「僕はこの前線に必ず戻ってきます。それまで皆様、どうかお元気で……」

司祭の手を無視して、反対側から差し出されたノルンの手をとり、俺は馬車へ乗りこんだ。

はじめて前線に来たときとは違い、教会の立派な馬車は揺れが少なく、座面にはふかふかのクッションまでついていた。

尻が割れそうなくらいに痛んだあのときのことを思い出すと差は歴然だ。

道中、司祭は終始俺に対してご機嫌とりをしてきた。

イケおじでもないおっさんの猫撫で声など興味もなく、愛想だけよくして聞き流す。

適当に相槌をうっていると、ノルンが口を開いた。

「司祭様。アンジェロ様は長旅でお疲れのご様子です。お話は教会に戻ったときにいたしましょう」

「そ、そうですね！　アンジェロ様、申し訳ございません」

「いえ、お気になさらないでください」

ノルンのナイスなフォローのおかげで、静かな時間が訪れる。

教会につくまでの間、ヨキラスのことやマリアのことで頭の中はいっぱいだった。

もし作戦が失敗すればアンジェロの罪はより重いものになり、教会に囚われてもう二度と自由を得ることはなくなるだろう。

うまく逃げ出せたとしても、常に教会や追手のことを考えながら生活するなど、考えただけでも憂鬱《ゆううつ》だ。

不安から小さくため息をもらすと、そっと左手が握られる。

温かく大きな手の主は、言葉にせずとも「安心してください」と俺を勇気づけてくれる。

それに答えるように、俺もぎゅっと手を握り返した。

馬車はついに懐かしの王都へ到着した。

賑《にぎ》わう街中を通り抜け、アンジェロにとってトラウマの場所でもある大聖堂にたどりつく。

教会の権力を表すかのように大きな建物を見上げていると、中から多くの人が出てきた。

ノルンにエスコートされて馬車を降りると、司祭たちが列をなして俺を歓迎している。

「アンジェロ様、ご苦労様でした」

「お力の解放おめでとうございます」

通り過ぎていく皆の口から出る労《ねぎら》いの言葉と『力の解放』というわけのわからない単語。

そして、俺に向けられる羨望の眼差し。

――気持ち悪い。

アンジェロを蔑《さげす》み、罪人として咎《とが》めてきたやつらが、手のひらを返したように称賛している。

だが、その瞳に映るのはアンジェロではなく『フテラの力を手に入れた者』だ。

異様な空気にうつむきながら大聖堂の中へ足を踏み入れると、この世で一番再会したくない人物が笑みを浮かべこちらにやってくる。

「アンジェロ様。長旅ご苦労様です。フテラ様から受けとったお力を解放されたと聞きました。立ち話もなんですので、さぁこちらへ」

白銀の長髪をなびかせ、嬉しそうに手を差し出すヨキラス。

その笑みは、アンジェロの背中に刃を向けたときと同じものだった。

震える手で、ヨキラスの冷えた手をとる。

指先を親指で撫でられ、全身に鳥肌が立った。思わずムッとした視線を向けると、ヨキラスは微笑ましいものを見るように慈愛の視線を向けてきた。

ヨキラスに手を引かれ通されたのは、書斎のような部屋だった。

壁一面が本に埋め尽くされ、本の背に書かれたタイトルにはフテラの文字ばかりが並ぶ。

ノルンとともに部屋に入ると、ソファーに座らせられた。

「お疲れなのは存じているのですが、天光祭が三日後に迫っております。今後の予定と、『光を与えし者』の役割についてご説明したいと思いまして」

ヨキラスは紅茶を淹れながら、琥珀《こはく》色の瞳を細めて柔らかく微笑む。

「それと……ノルンの再生された腕の確認もしておきたいと思っていたのです。ノルン、右腕を見せてくれるかい？」

「……はい」

ノルンが右腕を見せるとヨキラスは頬を赤く染め、うっとりとした顔で右腕に触れる。

「これはこれは、完璧な再生。まさしくフテラ様の起こした奇跡と同じだ！　なんと素晴らしい」

恍惚《こうこつ》とした表情が俺に向けられ、気味の悪さに背筋がゾワリと粟立つ。

ご機嫌なヨキラスはそれから饒舌《じょうぜつ》になり、天光祭での予定などを話しはじめた。

「アンジェロ様には、天光祭の最後を締めくくる儀式にてフテラ様の役を務めていただきます。ただ、今回はこれまでとは違い命の光を授ける儀式の他に、誓約の儀式も追加されます」

「誓約……ですか？」

『光を与えし者』は命の光と言われる炎を蝋燭《ろうそく》に灯し、教皇に渡すだけの役目だと聞いていた。

ノルンから聞いた話とは違う内容に眉をひそめる。

「はい。今までは紛い者たちによるかりそめの儀式でしたが、今回は違います。フテラ様の力を解放されたアンジェロ様には、誓約の儀をもって教皇である私と深い契りを交わしていただくのです」

ヨキラスは熱のこもった視線をぶつけ、そっと俺の手をとった。

それはまるで、俺にプロポーズでもしているかのようで吐き気がする。

なんとか笑みを浮かべてはみるが、顔が引き攣《つ》ってうまく笑えない。

「明日は当日に着ていただく礼服を合わせていただきます。天光祭は私たちにとって特別な日となるでしょう」

そう言うとヨキラスは俺の指先に唇を落とし、怪しげな笑みを浮かべた。

それから、天光祭の詳細が書かれた冊子を渡される。

「では、アンジェロ様。また明日お迎えに参ります」

「……はい」

幸せそうなヨキラスに愛想笑いを浮かべて部屋を出る。

バタンと扉が閉まると、どっと疲れが襲ってきた。

ヨキラスと同じ空間にいるだけで、全身が拒否反応を示す。

唇を落とされた指先を見つめていると、ノルンが俺の手をとりハンカチで拭いた。

「ノルンさん？」

「……あとで綺麗に消毒しましょう」

ムスッとした顔で、ゴシゴシと俺の指を拭くノルンが可愛くて、思わず笑みがこぼれた。

「あとでノルンさんに綺麗にしてもらいたいです」

耳元でそう囁《ささや》くと、ノルンは頬を赤く染めた。

ふたりでちょっぴりいちゃついていると、付き添いの司教がひとりの女性を連れてやってくる。

連れこられた女性は、見覚えのある人だった。

綺麗な白銀の髪をひとつに結び、真っ直ぐに伸びた背筋。切れ長の瞳はなにもかも見透すような、厳《おごそ》かなオーラをまとった女性。

その女性はベルシュタイン家の侍女服を着ていた。

――この人は……確か、オレリアンの秘書兼侍女のバーネットさんだったっけ。

「お久しぶりです、アンジェロ様。オレリアン様の命により、今日からアンジェロ様の身のまわりのお世話をさせていただきます、バーネットです」

透き通るような美声だった。挨拶する姿すら美しい。

しかし、バーネットの隣にいた司教は不満げな顔で口を開く。

「オレリアン様には、私たち司教がアンジェロ様のお世話をすると申し出たのですが……フテラ様の力を授かった大切なお身体を世話する重要な役目を務めるには、それなりの者がよろしいかと。アンジェロ様、よろしければ従者を送り返すことも可能ですよ」

ニタニタとゴマをするような司教の笑顔。

オレリアン兄様が信頼する美女と得体の知れない中年男、どちらをそばに置いておきたいかなんて決まっているだろう。

それに、下心が見え見えなんだよ。

心の中で中指を立てて、司教にニコリと微笑む。

「司教様、お心遣いありがとうございます。ですか、バーネットはベルシュタイン家が最も信頼する従者。長年、兄のもとに仕え、幼い頃は僕の世話もしてくれた心許せる人です。僕はバーネットをそばに置いておきたいのですが、いけませんか？」

「……アンジェロ様がそうおっしゃるのなら、私たちはそれに従うまでです」

司教はしぶしぶと頭を下げながらも、去り際にバーネットを睨《にら》みつける。

性格の悪さ丸出しの態度に呆れていると、バーネットが深々と頭を下げる。

「アンジェロ様、お気遣いありがとうございます」

「いえ、気にしないでください」

バーネットは先ほどより少し柔らかい表情で、俺たちが滞在する部屋へ案内してくれる。

教会内はだだっ広く入り組んでいて、初見では絶対に迷う構造だ。

しかし、バーネットは迷いなく進んでいくので、逆に心配になる。

「あの、バーネットさん。つかぬことを伺うのですが、教会に来たのは今日がはじめてですよね？　教会の方に案内を頼まなくて大丈夫ですか？」

「はい、実際に来たのは今日がはじめてですが、教会内部の設計図や通路に関しては細部まで頭に入れておりますので、ご安心ください。さぁ、アンジェロ様。こちらが滞在するお部屋です」

あっという間に部屋に到着してしまった。

さすがオレリアンの秘書兼侍女というべきか。

驚きを隠せないまま部屋に入ると、豪華なインテリアがお出迎えしてくれる。

装飾やカーテン、シャンデリアなど……ここは高級ホテルか？　と、ツッコミたくなる。

教会といえば質素で厳《おごそ》かなイメージだが、この部屋だけなんだか異質に感じた。

隣にいたノルンも、この部屋を見て眉間に皺《しわ》を寄せている。

「すごい部屋、ですね」

「居心地が悪いようでしたら、別の部屋をご用意していただきますが、どうなさいますか？」

「あ、いや……このままで大丈夫です」

バーネットは高級インテリアにも驚く様子はなく、荷物を片づけたりお茶を淹れたりと、テキパキ自分の仕事をこなしていく。

俺とノルンは家具に触れたら壊してしまいそうで、ふたりしてソファーに座り身を寄せ合う。

俺たちには前線の小さな部屋くらいがちょうどいいようだ。

バーネットは俺とノルンにお茶を出すと、カバンからソフトボール大の玉のようなものをとり出した。

「アンジェロ様、ノルン様。申し訳ありませんが、部屋の中が少々眩《まぶ》しくなります」

「え？　あ、はい」

なにをするのだろうと思っていると、バーネットは玉に手をかざしジッと見つめる。

すると玉が輝き出し、部屋の中を隅々まで照らす。

しばらくすると光は消え、バーネットは小さく息を吐いた。

「どうやら盗聴用の魔道具は仕掛けられていないようです」

今の一連の動作で、そんなことを調べていたのか。

バーネットは玉を片づけると、驚く俺に真面目な顔で話しかけてくる。

「では、アンジェロ様、ノルン様。天光祭までのスケジュールを確認していきたいと思います」

「は、はい！」

「明日は午前中にヨキラス教皇様と天光祭の衣装合わせがございます。午後からは天光祭でアンジェロ様の供人《ともびと》となる者を選出する予定です」

「供人《ともびと》……？」

首を小さく傾げると、バーネットが丁寧に説明してくれる。

「供人《ともびと》とは名の通り『光を与えし者』の供をする者。つまり式典で炎を渡す役目などを担う従者として、ともに祭壇に上がるのです。供人《ともびと》に選ばれることは、とても名誉なこととされています。その選出は『光を与えし者』が直接おこなえるため、事前に決まっていることが多いです。ですが、今回アンジェロ様はまだ供人《ともびと》を決めておりません。供人《ともびと》になりたいと、司教の親族や貴族から多数の手が上がっております」

――ともに祭壇に上がる人を選べる、か……

ヨキラスと教会の悪事を暴くには、大勢の人々に見せつける必要がある。

天光祭の、誰もが見入る式典の真っ只中に、俺にかけられた呪いをヨキラスに返せれば――

つまり、俺が選ぶ供人《ともびと》はたったひとり。

「僕が供人《ともびと》にマリアを選べばいいんですね」

「その通りでございます。しかし、その本人が拒否する可能性もあります。アンジェロ様とマリア様は仲違いした状態です。いかがいたしましょうか?」

さっそく、大きな問題にぶち当たるが……その件についてはは策がないわけではない。

「バーネットさん。ひとつ相談があります」

「はい。なんなりと」

俺はバーネットに相談を持ちかけた。

内容を説明すると、彼女は少し考えてから小さくうなずく。

「わかりました。そちらの件に関しては、私から司教に手をまわしておきます」

「すみません、よろしくお願いします」

「お気になさらないでください。アンジェロ様が復讐を遂げるためのお手伝いをと、オレリアン様にお任せいただいておりますので」

そう言って微笑むバーネット。

はじめて見たバーネットの笑顔は、とんでもなく悪い顔だった。

明日の予定が決まった後は、教会の晩餐会に招待された。

真っ白な修道服を着せられ、会場となるホールへ向かうとヨキラスが笑顔でお出迎え。

集まった司教や大司教たちは、俺を羨望の眼差しで見つめてくる。

ヨキラスの隣に座らせられると、地獄の晩餐会がスタートする。

司教ひとりひとりが自己紹介とともに、自分がどれだけフテラ教に貢献してきたか語りはじめる。

苦笑いを浮かべながら一時間もの自己紹介を受け流すと、ヨキラスが我が物顔で俺の手をとり、立ち上がった。

「今年の天光祭はフテラ様の祝福を受けたアンジェロ様が大役を果たされる。アンジェロ様から授けられる光は、フテラ教を、私たちをより素晴らしい場所へ導いてくださるだろう」

ヨキラスは黄金色の瞳を爛々《らんらん》と輝かせて俺を見つめ、肩を抱き寄せる。

触れられるだけでも全身鳥肌ものなのに、抱き寄せてくるなんて不愉快極まりない。

グッと奥歯を噛みしめ、なんとか笑顔を作り出す。

司教たちは恍惚《こうこつ》とした表情で拍手をしており、隣には上機嫌のヨキラス。

吐き気がする空気にうんざりしていると、ふわりと柔らかな風が俺の頬を撫でた。

その風が俺の体を優しく包みこむ。鼻をくすぐる大好きな香りは、ノルンのものだった。

少し離れた場所で護衛をしてくれているノルンへ視線を向けると、不機嫌オーラ全開でヨキラスを睨《にら》みつけていた。

そして俺と目が合うと、パッと花が咲いたように微笑みを向けてくれる。

――くそ……可愛すぎる。今すぐ抱き潰されたい。

ノルンの香りに包まれ少し気分がよくなったので、彼に向かって小さく微笑みを返した。

ヨキラスが乾杯の挨拶をして、ようやく晩餐会の料理が運ばれてくる。

贅《ぜい》を尽くした料理が並ぶ。前世でもこんな豪華な料理は食べたことなどないほどだ。

一口で食べきれてしまう柔らかいステーキ肉を口にすると、確かに美味しかった。

けれど、前線で食べていたダッチさんの料理のほうが断然うまい。

たるんだ初老の親父どもに囲まれ、隣には憎い敵がニタニタと嬉しそうに見てくる状況も食事を不味くしている原因だ。

――あぁ……、早く前線に戻って筋肉に囲まれたい。

あまり周りを見ないように薄目で食事をし、なんとか晩餐会を耐え凌ぐ。

ヨキラスの締めの言葉で晩餐会がお開きとなり、ようやく解放……かと思えば、司教たちがわらわらと群がってくる。

「アンジェロ様！　天光祭の供人《ともびと》にはぜひ私めの娘を！」

「いえいえ、私の息子を！」

司教たちは必死な形相で俺に詰め寄り、自分の親族を供人《ともびと》にと勧めてくる。

「いや……その……僕は供人《ともびと》にする人を決めていて……」

「なんですと⁉　一体どこの誰なのですか⁉」

「私の息子ならきっとその方よりも、もっと立派に役目を務めてみせます！　一度、会ってはいただけないでしょうか？」

もう決めていると言ったのに食い下がる司教たち。

どうしたものかと悩んでいると、背後からドスのきいたノルンの声が響き渡る。

「司教様方、アンジェロ様はお疲れのご様子です。お部屋へ戻らせていただけますでしょうか？」

背後からビリビリと感じる威圧感。

司教たちも一瞬たじろいだものの、しつこく声を上げる。

「ま、まだ私たちとの話が終わっていない！　さぁアンジェロ様、お話の続きを……」

司教のひとりが俺の手をとろうと手を伸ばしてくると、ノルンが俺を抱き寄せた。

「アンジェロ様、長旅でおみ足もお疲れでしょう」

「ノルン？　あ、わっ……！」

そう言って、ノルンは俺を軽々とお姫様抱っこしてくる。

なんとも大胆な行動だが……しつこいコイツらには、これくらいしないとダメだろうな。

ノルンの対応に俺ものっかることにする。

「ありがとう、ノルン。僕も足が痛くて困ってたんだ」

ノルンの頬を撫で、ゆっくりと太い首に腕をまわす。

「司教様方、先ほど申し上げた通り、供人《ともびと》はもう決めております。僕の意志は変わりませんので、お話はこれで。さぁ、ノルン。部屋に帰ろう」

司教たちは呆気にとられた顔をして、去っていく俺たちを見つめる。

ホールから出て、足早に部屋へ戻り中に入ると我慢していた笑いがこみあげてくる。

「フフッ、最後の司教たちの顔ったら……驚いたまま口を開けてましたね。ノルンさん、助けてくれてありがとうございました」

「いえ……。できることなら、もっと早くアンジェロ様をあの場から連れ去ってしまいたかった」

ノルンはそう言って、俺の体をぎゅっと抱き寄せる。

「よく我慢してくれましたね。ノルンさんがいてくれたから、僕もあの場を耐えることができました」

ノルンの頭をいい子いい子と撫でてやると、嬉しそうに目を細めキスをくれる。

抱きかかえられたままベッドへ向かい、寝かされると、ノルンからキスの嵐が。

キスされる場所は、ヨキラスが触れたところばかりだった。ノルンが上書きしてくれている。

「アンジェロ様、手をお借りしてもよろしいですか？」

「えぇ、お願いします」

ヨキラスに唇をつけられた手を差し出すと、ノルンはキスをして、指を一本ずつ丁寧に舐める。

リップ音と舌先から聞こえる艶《なま》めかしい音が、なんとも卑猥《ひわい》だ。

綺麗に舐め終えると、ノルンは少し満足げな顔をしてまた抱きついてくる。

こうして、波乱に満ちた王都凱旋一日目が終わりを告げた。

明日もヨキラスと顔を合わせると思うと憂鬱《ゆううつ》だが、アイツが余裕な顔をしていられるのも今のうちだ。

柔らかな朝の日差しが顔を照らし、寝ぼけた頭でノルンの体を抱きしめようと手を伸ばすが、虚しく宙を切る。

ん？　と、思い目を開けると、見慣れない風景。

ふたりでぎゅうぎゅうに押しこめられた狭いベッドとは違い大人三人は余裕で眠れそうなベッドで、ひとり眠りについたことを思い出す。

護衛としてついているノルンも、さすがに夜まで一緒というわけにはいかず、昨晩は久しぶりにひとりで眠った。

ふかふかのベッドで眠り、旅の疲れやヨキラスとの再会で削《けず》りとられた精神の疲労はいくらかマシになったが、やはりノルンが隣にいないと物足りない。

そんなことを考えながら着替えをしていると、ドアがノックされバーネットがやってきた。

「おはようございます、アンジェロ様。朝食をお持ちしました」

「ありがとう」

机には朝から豪勢な食事が並び、バーネットが温かな紅茶を淹れてくれる。

ふわりと鼻をくすぐる香りは、よくオレリアンが送ってくれている紅茶のものだった。

口元を綻ばせると、バーネットが微笑む。

「オレリアン様より、アンジェロ様の疲れたお心が少しでも安らぐようにと、このお茶を預かりました」

「ありがとう、バーネット」

紅茶を一口に飲みこむと、体の中から温かくなる。

オレリアンの心遣いにホッコリしながら、今日一日を乗り切るためにガツガツと朝食を貪《むさぼ》った。

食事を終えたタイミングでドアがノックされ、甘ったるいヨキラスの声が俺の名を呼ぶ。

「アンジェロ様、おはようございます」

「……おはようございます」

ご機嫌顔のヨキラスは、挨拶もそこそこに数名の従者を引き連れ部屋の中へ入ってくる。

「今日は天光祭の衣装合わせです。さぁ、天光祭まで時間がありませんので、さっそく袖《そで》を通してみてください」

隣室に連れていかれると、従者が持ってきた衣装が並んでいた。

着せ替え人形のように、式典用の服や教会での正装に袖《そで》を通していく。

そして最後にヨキラスが純白の服を手に、こちらへやってくる。

「アンジェロ様、これで最後です。こちらは天光祭の最後に着ていただくお召し物になります」

ヨキラスじきじきに俺の着替えを手伝うと言って、服を脱がされる。

冷たい指先が肌に触れると、鳥肌が立った。

シャツとズボンを脱ぎ下着一枚の姿になると、ヨキラスがそっと背中を撫でてくる。

「傷は綺麗に治ったようですね」

「……はい。前線の凄腕の治癒士に治していただきました」

「ふふ。そうですか。ですが、この呪いまでは解けなかったようですね」

ヨキラスが呪いをかけられた部分に触れる。

触れられた瞬間、刃物を突きつけられた記憶が蘇《よみがえ》り、息が止まる。

恐怖でうまく呼吸ができないでいると、ヨキラスが背後から抱きついてきた。

「アンジェロ様のお背中に他の誰かが触れたと思うと……少し不快ですね。ですが、この呪いを解くことができるのは私だけですよ」

ヨキラスの下衆な笑い声が耳元に響く。

助けを求めて周りを見るが、部屋にいたはずの従者たちはいつの間にか姿を消していた。

「さぁ、アンジェロ様。袖《そで》を通してみてください」

ヨキラスに言われるがまま、小さく震えながらも服に袖《そで》を通す。

柔らかで肌触りのいい布地が首から足元まで包みこむが、まるでヨキラスに抱きしめられているようで気持ちが悪い。

光沢を放つ穢《けが》れなき純白。

首元から背中にかけては美しい花の刺繍が入った薄いレース生地になっており、さらに呪いを見せつけるように背中の部分が開いている。

「サイズも私の見立て通りで問題ありませんでしたね。さぁ、最後にこれを……」

そう言って頭につけられたのは、レースのベール。

……これじゃまるでウェディングドレスでも着せられたようだ。

「あぁ、やはりアンジェロ様は美しい……」

恍惚《こうこつ》とした顔でヨキラスが俺の頬を撫で、背後にまわる。

背中にかかったベールを上げ、そっと呪いに触れた。

「当日は、互いに誓いを立てた後、私がこの呪いを解き、アンジェロ様の翼を解放いたします」

「呪いを解けば、僕が真実を話すかもしれませんよ」

呪いの制約により、背中にズクッと重苦しい痛みが走る。

痛みで震える肩にヨキラスの唇が落ち、琥珀《こはく》色の瞳が俺の顔を覗きこんでくる。

「安心してください、アンジェロ様。誓いを立てたあとは、貴方様が私のそばから離れることはありません。ですので、私たちの秘密はふたりだけのものですよ……永遠に」

愛撫するように背中に触れられ、吐き気が強くなる。

グッと歯を食いしばり、ヨキラスから与えられる苦痛にひたすら耐えた。

短い時間のはずが地獄のように長く感じた衣装合わせが終わった頃には、生気をすべて吸いとられた気分だった。

着替えを済ませ、ヘロヘロの体で部屋へ戻ると、不安そうな顔のノルンがバーネットとともに待っていた。

「ノルン、しゃん……」

まわらない口で名を呼ぶと、ノルンが駆け寄ってくる。

ノルンの胸元で深呼吸して胸筋に額を擦《こす》りつけると、疲れ切った心が癒《いや》される。

「アンジェロ様！　教皇様となにかあったのですか？」

「……まぁ、いろいろと」

「いろいろ……ですか……」

ノルンの表情がかげり、まとう雰囲気が一気に不穏なものへ変わった。

俺を抱き寄せる腕に力が入る。

このまま嫉妬に燃えたノルンにぐっちゃぐちゃに抱き潰されて嫌な気分を払拭したいところだが……バーネットの咳払いで現実に引き戻された。

「アンジェロ様、もうすぐマリア様との面会のお時間です」

「はい、わかりました」

「それとご依頼を受けた件に関してですが、準備は整っております」

「ありがとうございます。では、まずはそちらへ向かいましょう」

「はい」

心地よいノルンの腕の中から抜け出し、再度気合いを入れ直す。

バーネットに案内され、ノルンとともに教会の暗い暗い地下道を進んでいく。

他者を拒む重厚な扉を開くと、ランプの光で照らされた仄暗い長い廊下が伸びている。

アンジェロが見せてくれた過去を思い出し、ぐっと拳を握りしめた。

廊下に響き渡るのは三人の足音だけ。

重々しい雰囲気に、ノルンが小さく口を開く。

「バーネット殿、ここは一体……」

「ここは、教会の闇が隠された場所です」

「闇……ですか。そんな場所に私たちが訪れたとヨキラス教皇様に知られれば、捕らえられてしまうのでは……」

「ノルン様、ご安心ください。アンジェロ様がこの場所に訪れることは事前に大司教様より許可を得ております」

「大司教様からですか⁉」

「はい。アンジェロ様が第二のフテラ様を選ぶためにお力を貸してほしいとお願いしたのです。今後第二のフテラ様が覚醒した際には、大司教様にお任せするという条件で、ご承諾いただけました。アンジェロ様を手に入れた教皇様が羨ましくて仕方がないようですね。なので、ここに私たちが訪れることは、ヨキラス教皇様は知りません」

呆れたように冷めた笑顔を見せるバーネット。

バーネットに頼んだ依頼は、『リリアを連れだすこと』。

マリアにとってリリアの存在は鎖だ。

まずはリリアを助けなければ、マリアは心を開いてくれないだろう。

「さぁ、アンジェロ様。到着いたしました」

「ありがとう、バーネット」

バーネットが手をかざし、扉を開錠する呪文を唱える。

分厚い鉄の扉が軋《きし》みながら開くと、以前と変わらぬ風景が広がる。

部屋の隅に並べられたベッド。

その上にうずくまり、物音で顔を上げる少年少女たち。

異様な光景にノルンが息を呑む。

「ここ、は……」

「フテラ様になれなかった子どもたちを保護……いえ、監禁している場所です」

「——ッ!?」

子どもたちは声を上げるでもなく、ただ無言で俺たちを見つめている。

その瞳には、以前と変わらず光がない。

俺たちを見つめる視線の中に緋色の光を見つけ、俺はそちらに向かって声をかける。

「……リリア」

名前を呼ぶと、部屋の奥のベッドに腰かけた少女がのそりと立ち上がり、こちらにやってくる。

痩せ細った体では立っているだけで精一杯のようで、足どりが重い。

闇と同化するような暗く藍色の髪、澱《よど》んだ緋色の瞳。

マリアと同じ髪と瞳の色だが、まるで別物だった。

まだ幼さの残る子どもがこんな状態にさせられている現実に殺意が湧く。

体をかがめ、リリアに視線を合わせて優しく微笑みかける。

「はじめまして、リリア。僕はアンジェロ。君のお姉さん、マリアの友達だ」

「…………マリ……ア？」

小さく首を傾げるリリア。

『リリアは私のことも忘れている』

マリアの言葉を思い出し、ぐっと奥歯を噛みしめる。

「そうだよ。リリアのお姉さんは、マリアって名前だったろう？　君と同じ綺麗な藍色の髪に、燃えるように輝く緋色の瞳。そして……笑った顔がとても優しい人だよ」

アンジェロがマリアに対して感じていたことをリリアに語りかけながら、優しく頭を撫でる。

彼女は少し間を空けて「……おねぇ……ちゃん」と呟いた。

「リリア。今からマリアのところまで、一緒に来てくれるかな？」

「……はい」

「ありがとう。ノルンさん、すみませんが、リリアのことを運んでいただけませんか？」

「わかりました」

ノルンが手を出すと、リリアは大人しくその手を掴む。

初対面の俺たちの指示に、反抗することも意見することもない従順で大人しいリリア。

それは今までもそんな生活を送ってきたことを意味していた。

リリアを連れだし部屋の扉を閉める前に、一度振り返る。

じっと俺を見つめ続ける無数の視線。

明るい未来も希望も、すべてヨキラスと教会によって打ち砕かれた子どもたち。

「……必ず、君たちを助けだすから。だから、信じて待っていて」

そう言葉を残し、俺たちはマリアのもとへ向かった。

リリアにはフードのついた上着を羽織《はお》って顔を隠してもらい、今は大人しくノルンの腕の中におさまってくれている。

バーネットの案内で人気のない通路を歩いていき、古びた扉のついた部屋へたどりつく。

扉を開くと、緋色の瞳と目が合った。

「……マリア」

「お久しぶりですね、アンジェロ様」

以前会ったときよりも痩せて、どことなく元気がない。

他人行儀な態度だが視線は鋭く、警戒しているように感じる。

「久しぶり。今日は来てくれてありがとう。実はマリアに話したいことがあって……」

「アンジェロ様の噂は聞きました。フテラ様の力を解放したそうですね。おめでとうございます」

『おめでとう』という言葉とは裏腹に彼女の表情は暗く、瞳には苦しみと嫉妬が入り混じっていた。

リリアと違って呪いの影響が薄いアンジェロを妬んでしまったマリア。

そのアンジェロがフテラの力を解放したなんて聞いたら、こんな顔にもなるよな……

「僕はフテラ様の力なんて解放していないよ。これは僕の力だ」

「…………嘘よ。だって、ヨキラス教皇様から認められたんですよね？　再生魔法が成功したのは、呪いを克服して得たフテラ様の加護だって！」

「違う……違うよマリア。フテラ様の加護なんて存在しない。僕は、僕たちはずっと教会に……ヨキラス教皇に騙《だま》さ、――ッ！」

教会の真実の姿を話そうとすると、背中の呪いが発動する。相変わらずエグいくらいの痛み。

苦痛に耐える俺の体を、ノルンが支えてくれた。

「アンジェロ様、私から真実をお伝えしましょうか……？」

「いえ、大、丈夫です。これは僕が……伝えなくてはいけないんです」

マリアへ視線を向けると、彼女は俺の様子に戸惑いを見せていた。

痛みに歯を食いしばり、一歩ずつマリアのほうへ近づいていく。

「ねぇ、マリア。僕の話を聞いてほしい。僕や……リリアが、教会になにをされたかを」

「され、た？　教会が？　教会は、私たちを救ってくれているんですよ？」

混乱した様子のマリアを安心させるように微笑みかけ、真っ直ぐに彼女を見据える。

「マリア。落ち着いて聞いてほしい。これから話すことは信じられないかもしれないけれど、すべて事実なんだ。僕やリリア……フテラ様から呪いを受けたと言われた子どもたちは、皆教会……から、のろ……いを……かけられ、たんだ」

真実を伝えようとすると、呪いがそれを拒むように抵抗してくる。

脳天を突き抜ける痛みに、奥歯を噛みしめて耐え続ける。

俺の様子と言葉にマリアは動揺し、距離をとるように後ずさった。

そんなマリアの手を掴み、俺は話を続ける。

「僕、たちは……教会に利用されて、フテラ様を作り出す材料として……無理矢理……傷、つけられて、――っ！　真実を、はな、せ……ないように……呪いを、かけられた……！」

必死に言葉をしぼりだし、マリアに真実を告げる。

何度も何度も背中にナイフを突き立てられるような痛みに、立っているのが辛い。

でも……こんなところで倒れてる暇なんて俺にはない。

必死の形相の俺に、マリアは小さく首を振る。

「嘘……嘘……嘘、嘘、嘘よ！　そんなの信じられるわけない！　だって、だって、それが真実なら……あの子は……リリアは、なんの罪もないのに呪いをかけられたって言うの⁉」

「……そうだよ。僕もリリアも、この教会に囚われている子どもたちも、なんの罪もない。……リリア、こっちに来てくれるかな？」

ノルンの背後からリリアが顔を出す。

顔を隠していたフードをとると、マリアが「リリア！」と声を上げて駆け寄った。

抱きしめられたリリアは不思議そうな顔をして、俺を見つめている。

リリアに大丈夫だよと笑顔を見せ、ふたりに近寄る。

「僕の話は信じられないかもしれない。でもリリアも同じことを言ったら……信じてくれる？」

「……え？　どういう、こと？」

「僕がリリアの呪いを解く」

「アンジェロ……なにを、言ってるの？　そんなの、無理よ……」

「前の僕なら無理だったかもしれない。だけど、今の僕ならできる」

マリアに抱きしめられたリリアの背中に、そっと手を添える。

リリアは反射的に体をこわばらせ、マリアにしがみついた。

マリアは状況がうまく呑みこめておらず、戸惑いながら俺を見つめている。

俺はできる限り優しく微笑むと、リリアの背中に視線を向けた。

ノルンが呪いを受けたときにはうまくできなかったが、再生魔法を成功させた今の俺の魔力量なら、きっと呪いの浄化も可能なはずだ。

ふぅ……と小さく息を吐き、リリアの背中に魔力を流しこんでいく。

ゆっくりと優しく、呪いを包みこむように魔力を流していくと、ほわりとリリアの背中が光りはじめた。

マリアは大きく目を見開いてその光を見つめ、リリアの体を強く抱きしめる。

魔力の流れがリリアの体に吸いこまれていく感覚に変わると、強く眩《まばゆ》い光に変わっていく。

求められるまま、魔力をどんどん注ぎ込む。

――痛みを与えずに、呪いだけを浄化する……

自分が受けた痛みをリリアに与えないように願いをこめると、光が部屋の中を明るく照らしだす。

リリアは目をきゅっとつむってはいるが、表情を見る限り、強い痛みは伴っていないようだ。

それから眩《まばゆ》い光は少しずつ少しずつ小さくなっていき、最後には蛍のようなわずかな光になって、静かに消えた。

その光を見届けた俺は、そっとリリアの背中から手を離す。

「マリア、リリア。もう……大丈夫だよ」

「大……丈夫って、どういうことなの……？」

「もう、ふたりを縛る呪いはなくなったんだ」

マリアは信じられないといった顔でリリアの背中に目をやる。

そして刻まれていたはずの呪いがないことを確認すると、顔をくしゃくしゃにして泣き出した。

「うそ……呪いがなく、なってる。リ、リア。よかった……もう、呪いはなくなったんだよ。よかったね……本当に……よかった……」

マリアの抱擁《ほうよう》と涙に、光を失っていたリリアの瞳が煌《きら》めきはじめ、無表情だった顔に色が戻る。

リリアは細い腕をマリアの背中にまわすと、震える声で姉の名を呼んだ。

「マリア、おねぇちゃん」

「リリア……りりあ、りりぁ……」

マリアの瞳からぶわりと涙があふれだす。

ふたりの緋色の瞳からポロポロと煌《きら》めく涙がこぼれ落ちるのを見ると、安心して気がゆるんだ。

ぐらりと視界が揺れたのと同時に、すっとたくましい腕がふらつく体を支えてくれる。

見上げると、ノルンが微笑んでいた。

「アンジェロ様、お疲れ様でした」

「ありがとうございます。無事に成功してよかったです」

ヘヘッと笑顔を見せると、ノルンも優しく微笑んでくれる。

なんとか無事に呪いを浄化できたが、魔力のほとんどを吸いとられてしまった。

さすが教会お墨付きの呪いだな。

そう思っていると、マリアとリリアが涙を拭い、こちらに頭を下げてくる。

「アンジェロ様。この度は、リリアの呪いを解いていただきありがとうございました。そして、これまで数々の無礼な態度をとってしまったことを謝罪させてください。本当に申し訳ありませんでした」

マリアが深々と頭を下げ、リリアも同じように頭を下げる。

「ふたりとも顔を上げて。僕は、できることをしたまでだよ。それに今までのことは、リリアを救うために仕方がなかったんだって、わかっているから」

「ですが、私はアンジェロ様を何度も傷つけて……」

「マリア。もしも僕が同じ立場で、兄様の命がかかっていたら、マリアと同じことをしたと思う。だから、あまり自分を責めないで。今はリリアの呪いが解けたことを喜ぼう」

「アンジェロ様……」

目尻を赤くしたマリアに微笑みかけると、昔のような優しい笑顔を見せてくれた。

その笑顔に、胸が熱く締めつけられる。

アンジェロが望んでいた、マリアを救いたいという願い。

胸の熱さは、マリアを救うことができたアンジェロの喜びのように感じた。

喜びに満ちた雰囲気に、バーネットの凛とした声が響く。

「アンジェロ様、お疲れのところ申し訳ありません。お時間がございませんので、マリア様に用件をお話ししましょう。その前に……マリア様。アンジェロ様がお伝えになった真実について、リリア様に確認なさいますか？」

バーネットの言葉に、マリアは小さく首を振った。

「いいえ、もう必要ありません。私は、アンジェロ様の言葉を信じます」

マリアの真っ直ぐな答えに、俺はホッと胸を撫で下ろす。

「信じてくれてありがとう、マリア。今日、君をここに呼んだのはリリアの呪いを解くことと、もうひとつ。頼みごとがあったからなんだ」

「頼みごとですか？　私にできることなら、もちろんなんだってします！」

「ありがとう。じゃあ、まずはその敬語をやめてほしいかな。前のように話をしよう」

「でも……」

「マリア。君は僕にとって大切な友人なんだ。だから、敬語はなしだよ」

「……うん。それで、頼みごとって一体なんなの？」

「実は、マリアには僕の供人《ともびと》になってもらいたいんだ」

「供人《ともびと》に？　もちろん構わないわ！」

「よかった。……それと、もうひとつ。僕の受けた呪いをマリアの力でヨキラス教皇に返したい。教会が今まで僕やリリアや子どもたちにどれだけひどいことをしてきたか、暴きたいんだ」

俺の言葉に、マリアは目を見開く。

「わ、私が……アンジェロの呪いを返すの？　そんなこと、私の力じゃ……」

「大丈夫。マリアならできるよ」

「でも、失敗したら傷つくのはアンジェロなのよ……？」

「僕なら大丈夫だよ。それに、マリアがずっと魔法の勉強を頑張っていたのを僕は知ってる。だから、一緒に戦ってほしいんだ」

マリアの手をとり、思いを伝える。

不安そうに伏せたマリアの視線の先には、リリアがいた。

彼女は俺とマリアを見上げると、俺たちの手に、小さな手を重ねる。

「おねぇちゃん。リリアも頑張るから、悪い人をやっつけて」

「リリア……」

リリアの言葉に後押しされたマリアは、大きく息を吸う。

「わかったわ。アンジェロ、私も一緒に戦う」

「ありがとう、マリア」

「ううん。感謝するのは私のほうよ。私は貴方にはたくさんひどい言葉をぶつけて、嘘までついて追い詰めた。それなのにリリアを救ってくれたこと、本当に感謝しているわ。それに、リリアを苦しめた教会に報いを受けさせることができるのなら、私も全力で立ち向かいたい」

マリアは俺の手を強く強く握りしめる。

俺を見つめる緋色の瞳は、燃えるような強い光を放っていた。

マリアを説得し終えた後、リリアをもといた地下の部屋へ送り届ける。

マリアはリリアを地下に戻すことをためらったが、彼女がこのまま姿を消せばさすがのヨキラスも俺たちのことを勘繰るかもしれない。

心配そうなマリアにリリアが微笑みかける。

「おねえちゃん、私なら大丈夫だよ。それにね、あそこにいる子たちを置いて、私ひとりだけ逃げるなんてできないよ」

「でも……もしも、貴方になにかあったら……」

「私は信じてるよ。おねえちゃんとアンジェロ様が、私たちを助けてくれるって」

リリアはそう言って俺を見上げた。俺も、肯定するようにうなずく。

この戦いは、アンジェロとヨキラスだけのものではない。

マリアやリリア、そして囚われた子どもたち。

俺はたくさんの人々の運命を背負っているんだ。

リリアが部屋に入ると、バーネットが袋を渡す。

袋の中にはパンや焼き菓子といった携帯食料と水が入っていた。

「この食事と飲み物には、浄化された体の負担の変化を和《やわ》らげる効果があるものです。天光祭が無事に終わるまでは、そちらの食料をお召し上がりください」

「わかりました。ありがとうございます、バーネットさん」

リリアは受けとった袋を大事そうに抱きしめた。

それからマリアとも別れた後、浄化された体の負担を和《やわ》らげるものとはどんなものなのかバーネットにたずねてみた。しかし返ってきた答えは予想外のものだった。

「あの食料に、特別なものは入っておりません。実は、教会から子どもたちに提供されている食事には洗脳の際に使用する混ぜ物が含まれていたのです。浄化されたとはいえ、リリア様がその影響を受けないとは言い切れませんから」

「混ぜ物、ですか……」

「はい。教会は、子どもたちが逆らわぬように徹底的に管理しているようですね」

呪いで支配された子どもたちが決して逆らわないように、食事にまで混ぜ物をして心と体を縛っていたなんて。

閉じこめられた子どもたちを思い出すと、はらわたが煮えくり返る。

そんな気持ちのままひとりで部屋に戻ると、疲れがどっと押し寄せた。

ベッドに倒れこんで今日の出来事や地下に囚われた子どもたちの姿を思い返していると、苛立ちが抑えられず年甲斐もなく枕に拳を打ちつけた。

深すぎる教会の闇。

というか、極悪人すぎるだろアイツら。

拳を打ちつけた枕を今度は抱きしめて、顔を埋《うず》める。

今は、気持ちを落ち着けてくれるノルンもそばにいない。

「……ノルン」

思わずノルンの名を呼んでしまう。

俺はいつからこんなにも寂しん坊になったんだと情けなくなったが、寂しいのだから仕方ない。

ぎゅっと枕を抱き寄せて、教会で過ごす憂鬱《ゆううつ》な二日目が終わった。


そして、天光祭前日の朝を迎えた。

ビッグイベントに向けて、教会内はいつにも増して騒がしい。

各地方からも司教たちが到着しはじめ、俺のもとには面会の希望が次々と舞いこんでいた。

しかしそこは気の利くバーネットが「アンジェロ様は天光祭の準備でお忙しいため、一切面会はいたしません」と、すべて跳ね除ける。

冷ややかな笑顔ではっきりと断られた者たちは、一様に肩を落として出ていった。

そんな慌ただしい雰囲気の中、いつもと変わらぬ様子のヨキラスが機嫌よく部屋を訪れる。

「アンジェロ様、おはようございます。いよいよ明日は天光祭ですが、ご調子はいかがですか？」

「……変わりないです」

「それはよかった。慣れぬ場所で体調を崩されていないか心配でしたが、顔色もよさそうですね」

ヨキラスは我が物顔で俺に近づき、頬を撫でてくる。

一瞬にして全身に鳥肌が立ち、体が硬直した。

ムッとした顔でヨキラスを睨《にら》みつけると、彼は気にする様子もなく微笑んでくる。

「今日は天光祭の予行をと思っております。さぁ、参りましょう」

半ば強引にヨキラスに手をとられ、俺は大聖堂へ連れていかれる。

見上げるほどに高い天井、そして壁にはフテラをモチーフにしたレリーフが飾られている。

厳《おごそ》かな雰囲気に包まれた大聖堂。

真っ白い絨毯が敷き詰められ祭壇までの道を、ヨキラスにエスコートされながら進んでいく。

「当日はこの道を供人《ともびと》とともに進んでいただき、私は祭壇でアンジェロ様をお待ちしております」

祭壇へ続く階段をのぼり終えると、ヨキラスは俺の両手をとった。

「この場で私たちは誓い合い、フテラ様からの祝福を授かります。そして、永遠の契りを交わすのです。明日はきっと素晴らしい日となるでしょう」

――……F××K。

ジト目でヨキラスを見上げると、俺のことなどお構いなしに恍惚《こうこつ》とした表情で微笑んでいた。

その顔に苛立って、反抗的な口調で問いかける。

「……もし、僕が誓わないと言ったらどうするのですか？」

俺の言葉にヨキラスは笑みを深くする。

「そのような選択肢はありません」

ヨキラスは指先を絡め、俺の耳元でそっと囁《ささや》く。

「私がアンジェロ様をどれだけ思っているかは、貴方様自身が一番知っているではありませんか。私の与えた試練を乗り越え、成長していく貴方をずっと見守ってきたのですよ？　……私は、どのような手を使ってでも貴方を離しはしません」

ゾクリと背中に悪寒が走り、洗礼式の記憶が蘇《よみがえ》る。

今すぐこの場から逃げ出したい。体がヨキラスを拒絶する。

こんな奴に屈したくなどないのに、アンジェロの心と体はいまだにヨキラスを恐れている。

――アンジェロ、大丈夫だ。俺がついてる。お前はもうひとりで耐えなくていいんだ。

心の中でアンジェロに言葉をかけ、ヨキラスを真っ直ぐに見上げた。

「……僕は貴方のものではありません」

負けてたまるかと言葉を放つ。ヨキラスの瞳はニンマリと弧を描いた。

「ふふふ。心も立派に成長されたのですね。とても喜ばしいことです」

他人事のように微笑むヨキラス。

最初から言葉の通じる奴ではないと思っていたが、ここまでイカれているとは。

怒りで恐怖を押さえこみ、俺は握られたヨキラスの手を払い除ける。

「明日の天光祭、フテラ様が僕たちにどのような運命をお与えになるか楽しみです」

「そうですね。きっと、私たちにとって素晴らしい未来を授けてくれるでしょう」

「では、また明日」

「えぇ。よき日にいたしましょう……アンジェロ様」

まとわりつくような視線を振り払い、ヨキラスを置いて聖堂をあとにした。

外に出た瞬間、ようやく呼吸が楽になる。

早くこの場から離れたくて、逃げるように部屋へ戻る。

ヨキラスになど負けないとどれだけ思っても、畏怖する心が消えてはくれない。

こんなことで、俺はアイツに勝てるのか？

もしも、明日失敗したら俺はどうなる？

マリアやリリアは？

囚われた子どもたちや、教会によって縛られた国民たちは……？

背中の呪いが嘲笑うように疼《うず》きだし、アンジェロの悲痛な泣き声が頭の中に響く。

割れるように頭が痛み、思わずしゃがみこむ。

のしかかる重圧と恐怖に押しつぶされそうになったとき……俺の名を呼ぶ声が聞こえた。

「アンジェロ様！　どうなされたのですか⁉」

「ノルン……さん……」

ノルンの声に顔を上げる。

愛しい人の顔を見ると安堵の気持ちでいっぱいになり、両手を出して助けを求める。

ノルンはただごとではないと思ったのか、すぐに俺の手をとって抱き上げてくれた。

ノルンの温もりと嗅ぎなれた香りに包まれると安心してしまい、目からポロポロと涙がこぼれた。

「……ヨキラス様となにかあったのですか？」

「違う、んです……。俺が…………僕が……弱いから……」

心の中がぐちゃぐちゃになり、わけがわからなくなる。

涙は止まらず、嗚咽《おえつ》混じりの泣き声が静かな部屋に響く。

ノルンはなにも言わず、ただただ俺の背中を優しく撫でては、こぼれ落ちる涙を拭ってくれる。

しばらくノルンの腕の中で泣き続けると、ようやく気持ちが落ち着いてきた。

「すみません……」

「私は構いません。……今日は、このままアンジェロ様のおそばにいてもよろしいでしょうか？」

「え……？　いいんですか？」

パッと顔を上げると、柔らかく微笑んだノルンに頬を撫でられる。

「はい。アンジェロ様の命令だと言えば、誰も文句を言う者はいないでしょう」

ノルンの優しさが嬉しくて、大人げもなくむぎゅっと抱きついた。そんな理由でノルンと一緒にいることを許されるのなら、初日からそう言えばよかったと少し後悔する。

「あと少しです。アンジェロ様、ともに頑張りましょう」

「はい」

ノルンに励まされて、その後の予定はなんとか笑顔で乗り切った。

前夜の晩餐会にと司教たちからお誘いを受けたが、ノルンとバーネットさんの鉄壁のガードのおかげで無事断れた。

軽く夕食を済ませて、ノルンとともに部屋へ戻ると、二日ぶりにふたりきりの時間が訪れた。

完全にノルン不足になっていた俺は、部屋につくなりノルンの隣にぴったりとくっついた。

ノルンがお茶を淹れてくれているときだって、幼い子どものように服の裾《すそ》をつかんで離さない。

そんな甘えん坊の俺に文句も言わずにいてくれるノルンが好きすぎて……辛い。

眠る前にふたりでハーブティーを飲みながらほっこりしていると、ノルンが部屋の隅に置いてある服をじっと見つめていた。

それは、天光祭のフィナーレで着るヨキラスご自慢の衣装。

美しいが、それを見るたびにヨキラスがチラつくので部屋の隅っこへ移動しておいた。が、やはり目立つ。

「気になりますか？」

「そう、ですね。とても美しく目を引く衣装です」

「……確かに、美しいですよね」

艶《つや》やかで光沢のある純白の生地。美しい刺繍が施された衣装は、ヨキラスの俺に対する地獄のように深く重い愛情の証だ。

明日あれを着ると考えるだけで、憂鬱《ゆううつ》な気分になる。

ノルンはじっと衣装を見つめ、ポツリと言葉をこぼす。

「穢《けが》れを知らぬ白は教会の象徴です。……内部はこれだけ穢《けが》れているというのに」

悔しそうに顔を歪《ゆが》めるノルン。

明日、俺はこの服を身にまとい、フテラの化身となる。

穢《けが》れを知らぬ白、か。

俺は立ち上がり、着ていた服を脱ぎ捨てる。

「アンジェロ様!?」

ノルンの驚いた声に「ちょっと待っていてください」と軽く返事をして、あの衣装に袖《そで》を通した。

なめらかな生地が体を包み、ヨキラスのにおいが鼻につく。

衣装を着て、くるりとノルンを振り返る。

「どうですか？」

「……とてもお似合いです」

「ありがとうございます。この衣装は、ヨキラス様が僕のために想いをこめて作ったものなんだそうです」

俺の言葉に、ノルンの眉間にぐっと皺《しわ》が寄った。

滲《にじ》み出る嫉妬心が可愛くて、なんだか意地悪したくなる。

「僕に似合うようにとデザインを考え、こんなものまで作って……」

ヨキラスが用意したベールをつけてノルンのもとへ向かう。

見上げると、ノルンは嫉妬で歪んだ表情を隠すようにくっと下唇を噛んでいる。

可愛いなんて言ったら怒られるだろうなと思いながら、そっと頬に触れた。

「ねぇ、ノルンさん。僕を穢《けが》してくれませんか？」

『穢《けが》す』なんて言葉を使ったせいか、ノルンはぎょっとした顔をして俺を見つめてくる。

俺はなんとも可愛らしい反応を見せるノルンの胸元にダイブした。

「この服を着ていると、僕のすべてがヨキラス教皇に支配されたように感じてしまうんです。穢《けが》れを知らぬ清らかなフテラの化身として、教会が作り上げた偶像として僕は民衆の前に晒《さら》される。本当の僕は、綺麗なものでもないのに……」

俺の言葉にノルンは小さく首を振る。

「アンジェロ様は清らかでとても綺麗です」

ノルンの指先がベールに触れた。薄いベールで隠れた俺の顔を見下ろす。

「本当にそう思っているのはノルンさんだけですよ。だから、ノルンさんに穢《けが》してほしいんです。

この服をまとったまま、ノルンさんに抱かれたい……」

半分本音で、半分は不埒《ふらち》な下半身の願い。

ぎゅっとノルンの服を掴み、懇願《こんがん》するように見上げると、薄い唇が落ちてくる。

「アンジェロ様がお望みならば……」

ノルンの瞳がギラリと光り、口づけが深くなる。

抱きしめられたまま深い口づけを交わし、絡み合う舌が卑猥《ひわい》な音を奏でる。

ヨキラスに対する嫉妬心を帯びた瞳。

いつもより少し乱暴な口づけがたまらない。

――今日は意地悪されちゃいそう……

なんて考えると、期待でズクリと下半身が疼《うず》く。

すり……と、腰をノルンの太ももにすり寄せると、ふっと笑われた。

「これでは大切なお召し物が汚れてしまいますよ。汚れないよう裾《すそ》を上げていただけますか？」

「……はい」

言われた通り、膝下まである服を胸元までたぐると、ノルンは膝を突いて俺の下履きを下げ、すでに熱をもったモノへ触れる。

「……ぁ」

小さく声がもれると、ノルンは見せつけるように俺のモノを舐めはじめた。

挑発するように舐められ弄《もてあそ》ばれると、服の裾《すそ》を握っていた手が快楽でじょじょに下がっていく。

「アンジェロ様、しっかり持っていてくださいね。教皇様がせっかく用意してくださった衣装を、汚してしまいますよ」

そんなことを言いつつ、唾液と先走りでぐっしょりと濡れた先端をノルンの指先が意地悪く刺激する。

たまらず下唇を噛み、ノルンに文句を言う。

「いじわるです……」

「私はアンジェロ様に意地悪などいたしませんよ。気持ちいいの間違いではありませんか？　こんなに濡らして……」

そう言ってノルンは先端にちゅっと吸いつく。

それが意地悪なんだ……と、口にする前に再度快楽の渦に呑みこまれる。

ノルンの温かい咥内に包まれるのが気持ちよくて無意識に腰を振り、ドクッと熱を発する。

短く息をしながらノルンに視線を向けると、喉元が上下に動くのが見えた。

呑ませてしまった罪悪感と高揚感でボーっとしていると、壁に手を突くように命じられて、大人しく従う。

ノルンがどんな体位を望んでいるのか理解し、尻を突き出した。

「アンジェロ様は誘うのが本当にお上手ですね」

尻を撫でられ、節くれた指が俺の中をかき混ぜる。

「ひ、ぁ……ん、ん……」

『いい子だ』と、褒めるように指先で撫でられ、中を広げられる。

ぐちゅりと中をかき混ぜながら、ノルンは背にかかったベールを払い退け、背中に触れた。

「……明日、教皇様がこの背中に触れると思うと、口にしてはいけない言葉が出てしまいそうです」

ノルンは呪いの部分を避けながら俺の背中を撫で、うなじに唇を這わせる。

嫉妬混じりの吐息が耳にかかり、ノルンの指を締めつけてしまった。

「アンジェロ様、そろそろ、よろしいですか？」

「ひゃ……ぃ……」

指が抜かれ、ヒクヒクと疼《うず》く後孔にノルンの猛りが押しつけられる。

俺の返事を聞くと同時に突き入れてきて、焦らすことなく奥へ進む。

「ふ、ぁ！　ん……ぁ……あ、――アッッ！」

優しいとは言い難い、いつもより激しめの行為。

強く腰を打ちつけられるたびに、たまらず声がもれた。

ノルンは俺の腰を掴み、ぐちゅぐちゅと奥を突き上げる。

「ノ、ルン……しゃ、ん……ん、ぁ、あ、ふぁ……」

奥までぐっぽりとノルンが入りこむと、たまらず軽くイッてしまう。

壁に突いていた俺の指先にノルンの指が絡む。

頸《くび》を甘噛みされて喘《あえ》いでいると、再びゆるやかに腰を動かされた。

しつこくしつこく中をこじ開けられ、俺の息子からポタポタと垂れる嬉し涙が床を汚す。

「おく、ばっか……りぃ……」

「申し訳ございません。もっと深くアンジェロ様と繋がりたいのです。アンジェロ様は私のモノだと刻みこみたいのです」

頸《くび》を噛んでいた歯がぐっと深く食いこむ。

じわりと痛みが襲うが、ノルンから与えられる痛みはむしろ興奮してしまう。

嫉妬で俺を求める、可愛い俺のノルン。

振り向きノルンを求めると、優しくキスをくれる。

甘ったるく舌を絡めて、互いの名を呼びながら愛を確かめる。

「すき……ノルンさん、すき……」

「私もです。愛しています、アンジェロ様」

愛を誓い、俺の中にノルンが証を残す。

体も心も満たされて、すっかりノルンの香りに書き換えられた天光祭の衣装はシワとシミがところどころ残っていた。

着替えを済ませ、少しでもシワが伸びるように衣装を干しておく。

「これは怒られちゃいますかね」

「着てしまえば気になることもないでしょう。それに、この衣装を着ている時間はそう長くありませんから」

「そうですね」

「さぁ、アンジェロ様。明日に備えて眠りましょう」

「はい」

だだっ広いベッドの真ん中で、俺とノルンは前線にいたときと同じようにぴったりと寄り添う。

二日ぶりの添い寝。

ノルンの胸板に顔を埋《うず》め、決戦前夜の興奮した気持ちを落ち着けるように大きく息を吸いこむ。

胸いっぱいにノルンの香りを吸いこみ、俺は静かに瞼《まぶた》を閉じた。

そして、夜が明けた。

ノルンの低い声で起こされ、甘えるようにすりつくと、優しく頭を撫でられつむじにキスされる。

嗅ぎ慣れた香り、そして温もり。

王都に来てからはじめてぐっすり眠れた俺は、爽やかな朝を迎えた。

窓から陽の光が差しこみはじめた頃には、教会内は慌ただしくなる。

普段は静かな廊下を皆がパタパタと足早に走り抜けていく。

従者たちは忙しく動き、ビッグイベントに向けて最終準備にとりかかっているようだ。

朝の支度をしていると、コンコンとドアをノックする音とともに凛とした声が響いた。

「アンジェロ様、おはようございます」

「おはよう、バーネット」

バーネットは普段と変わらない様子で部屋に入ってくるとノルンに小さく会釈《えしゃく》し、俺の身のまわりの世話をはじめる。

「昨日はよく眠れましたか？」

「はい、ぐっすりと」

「それはよかったです。いよいよですね」

「そう、ですね……」

天光祭の開会式で着用する礼服に袖《そで》を通すと、緊張で胸が震えた。

――いよいよか……

ふっと小さく息を吐き、気を引き締める。

不安で押しつぶされそうだが、俺にはたくさんの味方がいる。

オレリアン、バーネット、マリア、リリア。

そして、俺の最愛の人。

ノルンに視線を向けると、俺の緊張感がうつったのか珍しく表情を硬くしていた。

いつもポーカーフェイスのノルンも緊張するんだなと思うと、少しおかしくなる。

「アンジェロ様？　私の顔になにかついていますか？」

顔を見て笑ったものだから、ノルンが不思議そうにたずねてくる。

「いえ、ノルンさんやバーネットが近くにいてくれると頼もしいなと思って。皆さん、今日はよろしくお願いします」

「はい。アンジェロ様は必ず私が守り抜きます」

「私も陰ながらお手伝いいたします。オレリアン様と連携を図り、必ずや教会の……ヨキラス教皇の悪事を暴きましょう」

頼もしいふたりの言葉に大きくうなずき、俺たちは天光祭が行われる大聖堂へ向かった。

大聖堂は朝から多くの貴族の子どもたちが集まっていて、賑《にぎ》やかな雰囲気だった。

洗礼式のために着飾り、互いの服装や髪型を見ては楽しそうに笑みを浮かべる子どもたち。

自分はどんな属性がいいだとか、フテラ様からお力をいただいてすごい魔法を使ってみせるだとか、明るい話題で盛り上がっている。

『子どもたちに明るい未来と、フテラ様による祝福を』

そんな表向きの言葉とは違い、本当は呪いにより民の魔力を制限する恐ろしい儀式。

教会という大きな魔物が無垢な少年少女の喉元に向けて大きく口を開き、食らいつくときを待っているように感じた。

そして第二、第三のアンジェロがまた生まれようとしている。

「……アンジェロ様、今は耐えてください」

バーネットが小声で囁《ささや》く。

ハッとすると、俺は無意識に拳を握り、司教たちを睨《にら》みつけていた。

バーネットは続けて囁《ささや》く。

「アンジェロ様が力を解放したことで、今日は『フテラの儀』は執り行われない予定だそうです。オレリアン様の手の者たちも目を光らせております」

『フテラの儀』というのは、俺やリリアたちが呪いを受けたあの儀式のことだ。洗礼式で俺のように聖の属性を得意とする子どもを選び、呪いをかけるおぞましい儀式。

だがバーネットの言葉が引っかかった。

「今日は……？」

「……はい。聖属性を確認された者は、後日教会より使者が派遣され、教会に呼ばれることになるでしょう」

そして、あのおぞましい儀式をするのか。

握りしめた拳に爪が食いこむ。

嬉しそうに、祝福という名の呪いを待つ子どもたち。

できることならすぐにでも助けたい。

だが、今はまたそのときではないんだ。

子どもたちの笑顔と笑い声、希望に満ちた眼差しを見つめ、俺は静かに怒りの炎を燃やし続けた。

洗礼式が終わると、子どもたちと交代するように各地の司教や大司教、爵位を持つ貴族たちが入ってくる。

そして、皆の視線は俺へ集まった。

その視線は様々だった。

純粋に俺をフテラと重ね陶酔する者。

信用できないと不審そうな視線を向ける者。

興味から見世物のように見てくる者。

フテラ教を否定し冒涜《ぼうとく》したと言われた悪役令息が、『フテラの力を解放した者』として特別な存在に変わった。

人が興味を示すには申し分ないほどに条件がそろっている。

視線を無視し、真っ直ぐに席に座っていると、周囲のざわつきが一層大きくなった。

ざわつく声がじょじょに俺のほうへ近づき、すっと影が落ちる。

「アンジェロ様、ついにこの日がやってまいりましたね」

上等な礼服を身にまとったヨキラスが、薄気味悪い笑みを浮かべて挨拶にやってくる。

平常心を保とうと、一呼吸おいてから俺はヨキラスと向き合った。

「はい。今日という日を心待ちにしておりました……ヨキラス教皇様」

ヨキラスは弧を描くように目を細め、微笑みを浮かべる。

「私もですよ、アンジェロ様。天光祭の最後を締めくくるフテラ様のお役目、楽しみにしております」

気味の悪い笑顔を浮かべたまま、ヨキラスは煌《きら》めく銀髪をなびかせて颯爽《さっそう》と祭壇へ向かっていく。

ヨキラスが席についたのを確認し、大司教が天光祭の開催を告げた。

盛大な拍手が大聖堂に響き渡り、今日のために練習を続けてきた少年少女の合唱が、天光祭のはじまりを彩る。

歌が終わるとヨキラスが登壇した。

聖堂内は静まりかえり、ヨキラスは静寂の中、穏やかな声で語りはじめる。

「まず素晴らしき日を皆とともに迎えることができたことを教会の代表として感謝させてください。ありがとう。今年の天光祭は歴史に残る日になると私は信じ、願っておりました。そしてその願いは叶えられ、今日この場に集まった者たちは、これから長きの間、語り継がれる出来事の証人となるのです。皆でその歓喜のときを共有し、ともに喜びを分かち合いたいと私は思っております。フテラ様の再来を皆で祝いましょう」

恍惚《こうこつ》とした表情で、来賓客たちをたきつけるヨキラスの言葉。

来賓客たちもその勢いに呑まれるように、力一杯拍手をする。

盛り上がりを見せる場に、今度は美しい衣装をまとった人々が音楽に合わせて踊りはじめる。

踊りの題材は、フテラと教会の絆。翼をとりもどしたフテラが教皇と手をとるラストで締めくくられるのだと、ヨキラスが嬉しそうに説明していたのを思い出し、虫唾《むしず》が走った。

踊りを見ずに、俺は出番に向けて一度大聖堂を離れた。

裏方を担っているのは若い司教たちばかりで、彼らは慣れない様子で必死に走りまわっていた。

俺は昨晩ノルンの香りをたっっっぷり染みこませた特製衣装に袖《そで》を通す。

そして、最後にベールを頭につければ準備は完成だ。

――いよいよか……

護衛として付き添ってくれているノルンを見上げる。

俺の緊張をほぐすように、彼は柔らかに微笑んだ。

俺も大丈夫だという思いをこめて微笑み返すと、若い司教が声をかけてくる。

「アンジェロ様、供人《ともびと》のマリア様をお連れしました」

その声に振り向くと、供人《ともびと》の正装を着たマリアがいた。

純白の衣は装飾のない簡素なものだったが、その簡素さがかえってマリアの美しさを引き立てているように感じた。

「アンジェロ様、本日はよろしくお願いします」

「こちらこそ、今日はよろしくね、マリア」

緊張した面持ちで顔を上げるマリアに微笑み返す。

マリアは俺の笑顔を見て緊張した顔を少しゆるめるが、手は小さく震えていた。

その緊張を少しでもゆるめてあげたくてなにか声をかけようとするが、俺の声をかき消すような荒々しい声が割りこんでくる。

「おい！　アンジェロ・ベルシュタイン！　マリアを供人《ともびと》に選ぶとはどういうことだ!!」

突然現れた茶髪のイケメンことマイク王子に俺は目を丸くし、マリアはしらけた視線を送る。

お付きの従者がおろおろした様子で申し訳程度に王子の名を呼んで止めているが、そんなものは無視して王子はこちらへ向かってくる。

裏方の若き司教たちは、突然の王子の登場に困惑した表情を浮かべていた。

ヨキラスをぶん殴りにいく大事な場面だというのに、空気の読めない王子は怒りを露わにして俺に詰め寄ってくる。

「フテラ様の力を解放したなど嘘をつき、一体なにを企んでいる」

「……僕は嘘なんてついていませんし、なにも企んでなどいません」

俺が言い返すと、王子は少し驚いた表情を見せる。

今までのアンジェロはこいつに言われっぱなしだったから驚いたのだろう。だが、すぐにいつもの傲慢な表情に戻った。

「ふん。どうせ公爵家の金で前線のならず者たちを買収し噂を流させたのだろう。誰も成功させたことのない再生魔法を、公爵家の落ちこぼれが使えるはずがないのだからな」

マイク王子の言葉に背後にいるノルンが殺気立つのがわかる。

この状況で揉めごとは起こしたくはない……と思っていると、すっとマリアが俺の前に歩み出た。

「王子、アンジェロ様のお力は本物です」

「なっ！　なにを言うんだマリア。こいつがそんな大それた力を持っていないことは君が一番知っているじゃないか！　マリア、君はベルシュタインに脅《おど》され、こんな茶番に付き合わされているんだろう？　さぁ、私とともにここを離れよう」

マイク王子がマリアに向けて手を差し出すが、マリアは冷めた視線のまま王子を見つめ、小さく顔を横に振った。

「私は、アンジェロ様とともに役目を果たさなければいけません」

「なにを言っているんだ。私がいるのだからベルシュタインなど恐れる必要はないのだぞ？」

王子はムッと鼻に皺《しわ》を寄せ、強引にマリアの手をとろうとする。

だが、マリアが避けたので王子の手が空を切る。

まさかマリアから拒まれるとは思っていなかったのか、王子はなにが起きたのかわからないとばかりにパチパチと瞬いていた。

「アンジェロ様の供人《ともびと》になりたいと願ったのは私です。マイク王子、貴方は必要ありません。邪魔しないでください」

緋色の瞳が冷たくマイク王子を見据える。

マイク王子は、顔を赤くし、わなわなと口を震わせた。

「平民の分際で、その口の聞き方はなんだ！　そうか……教会という後ろ盾を得たその男がそんなにいいのか。この……淫売め」

その言葉に怒りで頭に血が昇った。

ぶん殴りたい気持ちをぐっと押さえこみ、ふっ……と息を吐く。

冷静さをとりもどし、俺はマイク王子に詰め寄った。

「マリアが必要ないと言っているのです。お引き取りを」

「――なっっ！　貴様！」

「僕たちはこれから行われる大切な儀式を任されております。今は貴方の我儘に付き合っている時間も惜しいのです。この意味……わかっていただけますか？」

たしなめるように薄ら笑いを浮かべ、周りを見てみろと促すように視線を外にやる。

王子もつられてあたりを見まわすと、皆が迷惑そうに彼を見つめていた。

その視線に、王子は口をきゅっと結ぶ。

「わ、私は……」

「マリアを助けにきたとおっしゃるおつもりですか？　先ほど、マリアが申し上げましたよね？邪魔するなと」

できる限りの圧をかけながら、マイク王子にすごむ。

王子は俺を見たあとに、俺の背後に視線を向けると、怯《おび》えたように目を泳がせた。

きっとノルンが仏頂面&不機嫌面で威圧感を出しているのだろう。

ここまでされてようやくマイク王子はこの場に自分の味方がいないことを悟ったらしい。

「そんな女など……こっちから願い下げだ。もう二度と私の前に現れるな！」

マリアは「そうですか」とだけ言うと、ニコリと微笑んだ。

王子はまだなにか言いたげだったが、連れ添っていた従者になだめられながら退場する。

王族とはいえ天光祭を前に揉めごとを起こしたとなれば、のちのち問題になると考えたのだろう。

王子の姿が見えなくなり、マリアのほうへ向き直る。

「マリア、大丈夫？」

「えぇ。これであの人と縁が切れたかと思うとスッキリしたわ。あの人の自意識過剰で傲慢な考え方、すごく嫌いだったの」

「ハハ。さすがだよ、マリア」

「あの程度の文句なんて、学園で水をかけられるよりずっとマシよ」

マリアは、清々しい顔で笑う。

つられて俺も思わず笑った。

マイク王子の登場は迷惑なものだったが、そのおかげか緊張がとけた。

慌ただしくなった雰囲気も落ち着いてきたころ、司教たちが登壇の準備をはじめていく。

いよいよはじまるヨキラスとの対決に、マリアと顔を見合わせて互いにうなずく。

「アンジェロ、頑張りましょうね」

「あぁ。よろしく、マリア」

マリアの緋色の瞳は燃えるように赤く、その炎に俺の胸も熱くなる。

「アンジェロ様、マリア様。お時間でございます」

若い司教が緊張した面持ちで声をかけ、大聖堂へ続く大きな扉の前へ案内された。

俺たちの入場を知らせるファンファーレが聞こえる。

フテラ教のモチーフである三日月の細工が施された重厚な扉が開かれると、待ち侘びていたように皆の視線が俺とマリアに注がれた。

床に敷かれた真っ白な絨毯は、一直線に祭壇へ伸びている。

祭壇には、ヨキラスが待っていた。

――ついにこのときが来た。

鼓動が速度を上げていく。

足を一歩前に踏み出す。

一歩。そして、また一歩。

足を踏みしめるたびに、アンジェロの記憶が脳裏に浮かぶ。

父や母、兄に愛され、幸せに満ちた幼きアンジェロ。

その幸せすべてを奪った、忌まわしい洗礼式。

痛みと恐怖、人々から向けられる悪意。

マリアとの出会いと別れ。

そして、アンジェロに対しておぞましいほどの執愛を向けるヨキラス。

じょじょにヨキラスの姿が近づき、その顔がはっきりと見えてくると、胸の奥から恐怖心が迫り上がってくる。

この恐怖は俺の中で眠るアンジェロのものだろうか、それとも俺のものなのだろうか……

——大丈夫。俺はひとりじゃない。

隣で歩くマリアは真っ直ぐにヨキラスを見据え、瞳の炎は先ほどよりも強く燃えている。

そして俺の周囲を包む、柔らかな風。

ノルンが背後から、俺を守ってくれている。

『私がずっとおそばにいます』

そう言われているような気がして、恐怖心が和《やわ》らいでいく。

怖がっている場合じゃない。

俺がやらずに誰がやるんだ。

ぐっと奥歯を噛みしめ、ヨキラスに鋭い視線を向ける。

祭壇の階段を登り終える手前で、ヨキラスが俺に手を差し伸べた。

その手をとると、ヨキラスは慈しむように俺の指先をなぞる。

場をとり仕切っていた大司教は俺とヨキラスの姿を見ると声を張り上げた。

「これより、『命の灯火』を授ける儀式をおこなう。光を与えし者——アンジェロ・ベルシュタイン」

「はい」

顔を上げると、供人《ともびと》のマリアが大司教より火のついたトーチを受けとり、振り返る。

オレンジ色の淡い炎が、マリアの瞳に映る。

彼女の思いごと、トーチを受け取った。

トーチを手にヨキラスを見ると、彼は膝を突き、俺に深々と頭を下げた。

火のついていない松明をヨキラスが差し出してくる。

松明の先にトーチの炎を移すと、客席からワッと声が上がった。

「フテラ様からの命の灯火……ありがたく頂戴いたします」

顔を上げたヨキラスの興奮した顔が炎に照らされて赤く色づき、琥珀《こはく》色の瞳がギラつく。

炎を受けとったヨキラスは立ち上がり、高々と松明を掲げた。

参列していた貴族や司教たちが大きな拍手を送る。

陶酔したような参列者たちの笑みが異様だった。それは今、自分たちに向けられている。

ヨキラスは掲げていた松明を付き添いの司教に渡すと、俺に視線を向けてきた。

目尻を下げ、小さく口を動かす。

「アンジェロ様、誓いのときです」

喜びに満ちたヨキラスの顔を、俺はじっと見つめた。

——そんな顔してられるのも、あと少しだぞ。

感情が昂《たかぶ》り、自然と口角が上がる。

恐怖心を凌駕《りょうが》するほどの高揚。それと同じだけの緊張感で、心臓が破裂しそうだった。

握りしめた拳を、マリアが包む。
目を向けると、『私もいるから安心して』というような優しい微笑みを向けてくれた。
手を握り返し、マリアに『ありがとう』と微笑みを返す。
そしてマリアの手を離し、スゥ……と深く息を吸い、瞳を閉じる。
静寂に包まれた聖堂内で、聞こえるのは自分の鼓動だけだった。
自分が今からなにをするのか、もう一度思い返す。
そして覚悟を決めて目を開き、ヨキラスを見据えた。
ヨキラスは俺の雰囲気が変わったことに気づいたのか、訝しげな目を向けてくる。
俺は慈愛を満ちた笑みを浮かべ、ヨキラスに向け口を開いた。
「ヨキラス、よくぞ私を解放した」
声のトーンを落とし、声色を変える。
俺の口調の変わりようにヨキラスが目を瞬かせた。
そして、その瞳はなにかを悟ったように嬉々《きき》とした光を放つ。
「……フテラ……様……」
ポツリとつぶやいたヨキラスの言葉に肯定も否定もせず、俺はただ笑みを深めた。
羨望の眼差しが注がれ、ヨキラスは俺の手をとり、ひざまずく。
「まさか、フテラ様が降りてこられるとは……」
感動に打ちひしがれたようなヨキラスが、身を震わせながらこちらを見上げる。

ヨキラスが『フテラ』と口にしたことで、怪訝そうに見ていた参列者にざわめきが広がる。

「お前の働きをずっと見ていたぞ。ご苦労だったな」

「あぁ……なんともったいないなきお言葉」

「私から民に伝えたいことがあるのだ。よいか？」

「もちろんでございます。フテラ様からじきじきにお言葉を頂戴するとは……民も喜ぶでしょう」

ヨキラスは深々と頭を下げてから立ち上がると、一歩後ろに下がる。

俺は参列者を見下ろしながら、フテラになりきると決めたときのことを思い返した。

――ヨキラスを地の底に突き落とすには、どうすればいいのだろうか。

考えを巡らせ、たどりついた答えは『フテラ』を演じることだった。

フテラを盲信し恋焦がれ、フテラを手に入れるためならばどんな犠牲も厭《いと》わない。

俺のことをフテラの化身として信じてやまないヨキラスだ。そのフテラが本当に俺の体に降臨したとすれば、信じるのではないかと。

ノルンに相談すると、深く考えた後、うなずいてくれた。

信仰深く、フテラに陶酔しきったヨキラスであれば、フテラの化身である俺がフテラを演じれば信じるだろうと言ってくれた。

それからヨキラスの求める理想のフテラ像をノルンとともに考えていった。

演じきれるか少し不安だったが、転生した瞬間断罪シーンを迎え、アンジェロになりきろうと努力していたときに比べれば時間の余裕がある。

とはいえ、やはり緊張はしてしまう。

マリアに視線を向けると、彼女は困惑した様子もなくすました顔で俺の隣に立っていた。

当日この計画を話したときも、「立派なフテラ様を演じてね」と、おかしそうに笑っていたマリア。

そういえば、あのバカ王子に断罪されたときも、マリアはなんだかんだ悲劇のヒロインとして役をこなしていた。

妹を守るためなら、マリアはどんなことでもやり遂げるのだと、再度確信した。

なんとも頼もしい限りだ。

そして、肝心のヨキラスはといえば、拍子抜けするほど簡単に信じたようだ。

まぁ、俺が再生魔法を成功させたことでヨキラスの中で俺はすでにフテラだったのだろう。俺のことを完全に『フテラ』だと都合よく解釈したらしい。

簡単な労《ねぎら》いの言葉は、ヨキラスにとって最上の褒め言葉に聞こえたのか、彼は恍惚《こうこつ》とした様子でだらしなく顔をゆるませている。

俺は参列者に向かい、フテラとして静かに語りかける。

「はるか昔、私はこの地に落とされた。翼を奪われ、飛ぶことすら叶わない。そんな痛みと悲しみ……絶望にうちひしがれていた私を、この地の民は優しく迎え入れてくれた。そこで私は、この地の民から多くのことを学んだ。弱き者に手を差し伸べ、慈しみ、愛を与える優しき心を。それらは傲慢な私の心を浄化してくれた。はじめにその素晴らしい教えを説いてくれたのは、ほかでもないこの教会の者たちだった」

目の前にいる司教たちはその話に満足げな表情を浮かべ、熱っぽい視線を俺に向けてくる。

同じような視線は、背後にいるヨキラスからも感じた。

誰もが知るフテラの神話を語っているだけのはずなのに、参列者たちはなにかすごい話を聞いているかのように前のめりに耳を傾けている。

その様子に、皆が俺のことを本当に『フテラ』だと疑っていないのがわかる。

それほどまでに、フテラ教というものはこの国の民に根づいているものなのだと感じた。

アンジェロの母が、ヨキラスに言われた『フテラ様の呪い』などという嘘を簡単に信じてしまったように……

俺は司教たちに微笑み、再び語りかける。

「民に愛を与え、民は私に愛をくれた。その愛によって、私は再び天界へ羽ばたく翼をとりもどしたのだ。天界に戻ったあとも、私はこの地の民を見守り続けた。そして私の力の証である『聖の魔力』を特別な者たちへ分け与えていった。その者たちが私の分身として、この地で愛する民に愛と幸せを与えてほしいと願って……。だが、その願いはいつしか閉ざされてしまった。私の分身たちが、力を奪われていったのだ」

俺の言葉に参列者たちは眉をひそめる。

なにも知らない地方の司教たちも同じ顔をしていた。

ざわめく聖堂の中で、内情を知っているのだろう司教や大司教たちの顔が青ざめていく。

背後にいるヨキラスが小さく喉を鳴らしたのが聞こえ、俺は内心ほくそ笑みながら話を続けた。

「分身たちは我が子だ。大切な私の子を傷つけた者が憎い。憎くて……憎くて憎くて……たまらないのだ。幸せを掴むはずだった、なんの罪もない幼き我が子が、恐怖に泣き叫び、助けを乞い、絶望の中で呪いを与えられ、力を封じられ傷つけられたことが……！」

俺の声にのせて、悲痛な叫びが聖堂に響き渡った。

とめどない怒りの感情が、腹の底から湧き上がる。

それはアンジェロとはまた別の、大きな怒りが重なったようで、俺の体には本当にフテラが降臨しているのではないかと感じた。

恐怖と絶望の中を必死に耐えた幼いアンジェロ。

なんの罪もない少年を消えてしまいたいと願わせたほどの地獄。

そして、その地獄は今もなお続いている。

――次はお前が地獄に落ちる番だ、ヨキラス。

振り返り、ヨキラスを見つめる。

その瞳には困惑の色が浮かび、なにが起こったのかわからないという顔をしている。

そんなヨキラスに問いかける。

「私は確かめにきたのだ。この呪いが誰によって与えられたのか」

ヨキラスはヒュッと息を呑んだ。

再び聖堂内が静寂に包まれ、じょじょにざわめきが広がっていく。

参列者は顔を見合わせ、俺が発した『呪い』という言葉に戸惑いの声を上げる。

そしてアンジェロに呪いを与えた張本人が顔を青くしてすがるように近づいてきた。

「フ、フテラ様！　今すぐに私がその呪いを浄化いたします！　なので、どうか怒りをお収めください」

「浄化してしまえば、このおぞましい呪いを誰が付与したのかわからなくなるではないか。お前は私に仕える身として、この呪いをかけた者が誰か、知りたくはないのか？」

「そ、それは……」

すっかりフテラになりきった俺は、饒舌《じょうぜつ》にヨキラスを問い詰める。

挙動不審に揺れるヨキラスの瞳。

いつもの余裕もなく口ごもるその姿に、俺は悪役令息らしく目を細め、にやりと口角を上げて問いかける。

「どうしたヨキラス？　呪いをかけた者をお前は知っているのか？」

少しの間を置いて、ヨキラスは小さく顔を振る。

「……いいえ。ですが、フテラ様の手を煩《わずら》わせずとも、私が呪いをかけた罪人を見つけだし、罪を償《つぐな》わせます」

「ほう。どのようにして呪いをかけた者を見つけだすつもりなのだ？」

「呪いを付与できるような闇の魔力を持つ者たちは、教会の管理下にあります。きっと、罪人はその中にいるに違いありません。すぐにでも調べさせ罪人を捕まえますので、どうか……どうか怒りを鎮めてください」

ヨキラスが許しを乞うように声を絞り出す。

だが彼が出した答えは、なんの罪もない闇属性の魔力を持つ者にすべての罪をかぶせるという最低の提案だった。

「そうか、それがお前の答えなのだな」

最後の最後まで己の罪を認めないヨキラスに、軽蔑《けいべつ》の視線を向けた。

ヨキラスに同情の余地もないことを確信し、マリアを呼ぶ。

隣に立つマリアに視線を向けると、彼女は少し緊張しつつもその瞳に強い光を宿していた。

――マリア、頼んだ。

マリアは小さくうなずく。

俺は参列者に向きなおった。

「どうやら私の分身たちに呪いをかけた罪人が誰なのか、教会の長であるヨキラスでさえもわからないようだ」

「フテラ様！　決してわからぬわけでは……」

背後にいるヨキラスがうるさく喚く。

「ヨキラス。お前は黙っていろ。私はこの場で真実を知りたいのだ。……今からアンジェロ・ベルシュタインの身にかけられた呪いを『反転』させ、術者へ返すこととする」

「――っ!?」

隣にいるマリアが今からなにをするのか悟ったヨキラスが声を上げる。

牽制《けんせい》するように視線を向けると、ヨキラスはマリアを睨《にら》みつけ、憎悪に満ちた顔で俺たちにだけ聞こえる声で呟いた。

「マリア……。私に背けばリリアがどうなるかわかっているだろう？　リリアは私によって生かされているのだぞ」

「……私はもう、貴方の操り人形ではありません」

「――なっ！　マリア！」

ヨキラスがマリアに手を伸ばしたとき、ぶわりと風が舞い、ヨキラスの体が宙に浮く。

「な、なんだこれは！」

手足をバタつかせるヨキラスは、以前洞窟で目にしたゴブリンたちのようだった。

風を操りヨキラスの動きを止めた張本人のノルンへ視線を向ける。彼はなにごともないように、澄ました顔をしていた。

そんなノルンとは対称的に、聖堂内にいた参列者がこれはただごとではないと騒ぎはじめる。

宙に浮かぶヨキラスを見て、司教や大司教はなにがどうなっているのかと顔を青くし、護衛についていた兵たちも困惑した顔で俺とヨキラスを交互に見ている。

――この隙に、早く決着をつけなければ。

ヨキラスに冷静になる時間を与えてはいけないと思い、マリアに視線を向ける。

「マリア」

「うん」

マリアは、すぅ……と息を吸い、集中力を高める。

俺はベールを脱ぎ捨て、背中に刻まれた呪いを参列者に晒《さら》した。

「この忌まわしい呪いをかけた者へ、報いを受けさせる」

マリアの冷えた指先が背中に触れ、呪い傷を手のひらで覆う。

背後でマリアが詠唱をはじめると、魔力が流れこんでくる。

冷たい魔力が皮膚に入りこみ、血管の中を流れていく。

呪いを与えられたときの感覚が蘇《よみがえ》り、思わず息が詰まった。

歯を食いしばり、拳を握りしめながらマリアの魔力を受け入れる。

マリアが呪い返しの準備をはじめたことに焦ったヨキラスが声を張り上げた。

「マリア！　お前は自分がなにをしているのかわかっているのか！　その呪いは、フテラ様を導くための崇高なものなのだぞ！」

「こんなものが崇高なわけがないだろう！」

俺は吐き捨てるように叫び、ギッとヨキラスを睨《にら》みつけた。

「フ、フテラ……様……？」

困惑した顔のヨキラスがフテラの名を呼ぶ。

それを無視して、再びマリアの魔力を受け止めるのに集中した。

ビリビリと体の中のなにかが剥がされていくような感覚。

それが気持ち悪くて、体の中が芯から冷え切る。

体を震わせながら必死に耐えていると、マリアがポンと肩に触れた。

「アンジェロ、いくよ」

「……あぁ、頼む」

俺とマリアが宙に浮いたヨキラスを見上げる。

ヨキラスは自分の身になにが起こるか理解し、純白のローブを翻しながらバタバタともがいた。

その姿は、なんとも滑稽だった。

「フテラ様！　お願いします！　私は貴方様のことを思い、貴方様のためにやってきたのです！　すべては貴方のために！」

「……そんなことを望んだ覚えはない」

「そんな！　おやめください。い、いや、いやだ！　やめてくれ！　頼む！　やめろっっ！」

聖堂内に響くヨキラスの情けない叫び声。

その声を聞きながら、マリアと俺は最後の言葉を放つ。

「『反転』」

その瞬間、俺の背中から呪いごと血肉が剥ぎとられるような激痛が走った。

痛みで膝から崩れ落ち、意識を失いそうになるが、俺の意識を引き戻すほどの醜《みにく》い阿鼻叫喚《あびきょうかん》が聖堂内を埋め尽くす。

「ぎぃぃぃぁぁぁぁぁぁぁああッッッッ！」

宙に浮いていたヨキラスの体がドサリと落ち、這いつくばったまま叫び声を上げる。

端正な顔は歪《ゆが》み、呪いによる痛みから必死に逃げるように床に爪を立てていた。

聖堂内に、ヨキラスの悲鳴だけが響き渡る。

参列者は目を見開いて、そのすべてを見届けた。

教会の隠していた真実を……闇を目の当たりにしたのだ。

マリアに手を借り立ち上がった俺は、ふらりと体を揺らしながら、一歩ずつゆっくりとヨキラスに歩み寄る。

叫び続け涙で顔を濡らすヨキラスは、俺を見ると弱々しく手を伸ばす。

「ぁ……ぁ……ふ、ふてら……さま……た、すけ……て……」

力の限り床に爪を立てたせいか、ヨキラスの爪は割れ、血が滲《にじ》んでいた。

だが、同情などはしない。

アンジェロの痛みはこんなものではなかった。

信頼していた人からの裏切り、恐怖、痛み、絶望……

すべてヨキラスから与えられた。

俺はじっと自分の手を見つめ、血に濡れたヨキラスの手をとる。

その瞬間、ヨキラスの瞳に希望の光が灯り、ゆるやかに口角が上がるのを見た。

「フテラ、さま……」

すがるようなヨキラスの声に、俺は慈悲深い笑顔を向ける。

「……痛むか？」

「い、いたみ……ます……。ですが、これが……貴方様が……与えて……くれた……痛み、ならば……耐えることができます……」

ヨキラスは涙をこぼし、歪《いびつ》な笑顔で俺の手を握りしめる。

こいつが、フテラであればなにをされても喜ぶイカれた変態だということをすっかり忘れていた。

「そうか……。なぁヨキラス。『人を呪わば穴ふたつ』て言葉を知ってるか？」

突然の問いに、ヨキラスは目を点にした。

その表情に俺はフッと笑い、目を細める。

「やっぱり知らないか。この世界では使われない言葉だからな」

雰囲気をガラリと変え、俺の素である『小川斗真』の口調で話しかけると、ヨキラスは不安そうに口を震わせた。

「フテ、ラ様……？　貴方様は……フテラ様なのです、よ、ね……？」

「ハハッ、ヨキラス。残念だけど……俺はフテラじゃない」

「う、嘘だ……」

「嘘じゃない。お前が求めていたフテラを俺が演じていただけだ。どうだった？　俺の演じるフテラは？　お前の理想通りだったか？」

薄ら笑いを浮かべて言葉を突きつける。

綻んでいた顔はみるみる萎み、瞳から希望が消えたのがわかる。

「嘘だ……嘘だ……」

俺の存在を否定しようとするヨキラス。

それを見下ろし、俺は静かに口を開く。

「いいか、ヨキラス。俺のいた世界では、人を陥《おとし》いれるときには同じ仕打ちを受ける覚悟をしろって教えがある。罪のないアンジェロや子どもたちの未来、幸せを奪った苦しみを、今度はお前自身が受ける番なんだよ。そうだなぁ、お前の言葉を借りるなら……これは俺が与える試練のひとつだ、ヨキラス」

ニコリと微笑みかけ、握られた手を離した。

ヨキラスは金切り声を上げ、何度も床に拳を叩きつける。憎悪のこもった瞳で俺を睨《にら》みつけ、荒々しく叫んだ。

「このぉぉぉお、フテラ様を侮辱したお前を、絶対に許しはせぬ！　悪魔めっ！　この悪魔を捕まえろ！　殺せっっ！　八つ裂きにしろ！　逃すなぁぁぁっっ！」

ヨキラスの言葉に、戸惑いながらも騎士たちが祭壇に駆け寄ってくる。

マリアとバーネットが俺の名を叫び、早くこちらに来いと呼ぶ。

駆けようとすると、服の裾《すそ》をガッと掴まれた。ヨキラスが下卑《げび》た笑みを浮かべている。

「逃す……ものか……」

「――っ！　このクソ野郎……」

俺の服を握るヨキラスの手を蹴り上げようとしたとき、ぶわっと風が舞った。

体を包む優しい風は、抱き上げるように俺を宙へ浮かび上がらせる。

ヨキラスは離すまいと必死に服を掴み続けるが、今度は風が殴りつけるように吹き荒れた。

ヨキラスは祭壇の床に体を叩きつけられ、白目を剥いて気を失った。

優しい風に包まれた俺の体は、そのまま参列者の頭上を高々と舞っていく。

そして風は、俺のことを待つ最愛の人のもとへ運んでくれた。

「アンジェロ様！」

両手を広げるノルンのもとへ、飛びこむように落ちていく。

早く捕まえてほしくて俺も手を伸ばし、そのままノルンの胸に抱きとめられる。

ふわりとノルンの香りが鼻をくすぐると、安心した。

だが、まだ落ち着いている場合ではない。

司教たちや貴族のお偉いさんたちを押し退けかき分けながら、騎士たちが俺たちに向かって一直線に駆けてくる。

「アンジェロ様、今は逃げましょう」

「はい」

ノルンに抱えられたまま、聖堂の入り口へ向かう。

なにやら扉の向こうが騒がしい。

すでに教会の者たちによって扉が閉ざされてしまったのかと不安がよぎった。

だが勢いよく扉が開き、頼もしい声が聖堂内に響く。

「教会に属する者たちは大人しく武器を捨て降伏しろ。この教会はすべて包囲している」

眩《まばゆ》い光を背に受け、現れたのはオレリアンだ。

その背後には公爵家の私兵たちが待機しており、オレリアンの号令と同時に中へ押し入り、あっという間に聖堂内を制圧する。

その統率のとれた動きに、司教や大司教は逃げる間もなく拘束された。

怒涛《どとう》の展開に、参列していた貴族たちはなにが起きたのかまったくわかっていないようだった。

そんな中、王室側の代表として参加していたマイク王子が喚き散らす。

「な、な、なんなんだこの騒ぎは！　ベルシュタイン公爵家は兄弟そろって教会に盾突くつもりか！」

オレリアンを指差し、顔を真っ赤にしてマイクが責め立てるが、オレリアンは呆れた顔でため息をついた。

「私は教会が隠していた大きな罪を暴きにきたのです。王子も目の前で見たのではありませんか？　我が弟アンジェロにかけられた呪いが反転し、誰に返っていったのかを」

「そ、それは……」

「闇属性でもないヨキラス教皇がどのようにあんな強力な呪いをアンジェロにかけたのか、不思議ではありませんか？　王子もご存じかとは思いますが、この国の呪具の管理を任されているのは教会です。あとは、言わずとも想像がつくかと……」

「…………」

マイクはオレリアンの言葉に反論できず唇を噛んだ。

そんなマイクを諭《さと》すようにオレリアンは続ける。

「この件に関しては、国王もご存知です。これより教会の犯した罪について、正しい裁きを下さなくてはいけません。どうか王子もご協力ください」

「……わかった」

オレリアンに説き伏せられ、王子は退出していく。

参列していた関係のない貴族たちも兵士に促され、聖堂内をあとにする。

残されたのは罪を犯した疑いのある教会関係者たちと兵士。オレリアン、そして俺とノルンだけとなる。

マリアとバーネットの姿が見えなかったが、まぁバーネットが一緒ならきっと大丈夫だろう。

ノルンに抱きしめられたまま連行される司教たちを眺めていると、ポンと大きな手が俺の頭を撫でた。

「アンジェロ、よく頑張ったな」

「兄様……」

オレリアンに褒められると、嬉しくて照れ笑いしてしまう。

「聞きたいことはたくさんあるが、まずはこの騒動を片づけなくてはな。今日は屋敷へ戻りゆっくり休め。そのあとで、話を聞かせておくれ」

「はい。オレリアン兄様、あとはよろしくお願いします」

「あぁ」

オレリアンは再度俺の頭を撫でると、ヨキラスのもとへ向かっていく。

ヨキラスはいまだに気を失っているようで、兵士ふたりに抱えられ連れていかれた。

ノルンとともにその様子を見て、やっとアンジェロの悔しさを晴らせた気がした。

「ノルンさん……僕、頑張りました」

「えぇ、とても勇敢でした。それに、見事なフテラ様でしたよ。私もアンジェロ様の体に本当にフテラ様が降りてきたのではないかと信じてしまいそうでした」

「ハハッ。でも、あのときは……本当にフテラ様が宿っていた気がします。自分の名の下に、たくさんの子どもたちが傷つけられ絶望していく姿を、これ以上見ていられなかったのかもしれませんね……」

ヨキラスにフテラとして言葉を放ったときに感じた怒り。その中には、虚しさも混じっていた。その感情は、今まで民を見守り、教会を信じてきたフテラの気持ちだったのかもしれないと、今になって思う。

戦いを終えた聖堂内。

祭壇の奥に飾られたフテラ像を見つめ、心の中で問いかける。

――フテラ様。貴方が望んだ結末を迎えることができましたか？

慈悲深い笑みを浮かべるフテラ像に、ステンドグラスの光が反射する。

俺には、フテラ像がうなずいたように見えた。

オレリアンが用意した馬車へノルンとともに乗りこむ。

カタカタと揺れる馬車の窓から夕陽がさしこみ、車内を赤く染める。

怒涛《どとう》の一日が終わり、隣に座るノルンの肩に頭を寄せると、手を握られた。

「背中の痛みはもうありませんか？」

「はい。呪いを返したときは気を失いそうなくらいに痛んだんですが、今は大丈夫です。地下にいる子たちの呪いもマリアに頼んでヨキラスや関わった教会関係者に返そうかと思いましたが、あの痛みを知った僕からは、あまりおススメはできませんね」

ハハっと苦笑いを浮かべると、ノルンが優しく微笑む。

「本当に、よく頑張りましたね」

「……はい。でも、僕ひとりではきっと成し遂げられませんでした。兄様やバーネットに、マリア……それにノルンさんがいてくれたからできたんです。皆が支えてくれたおかげですね」

「私たちはアンジェロ様の勇気に導かれただけです。アンジェロ様がいなければ、教会の闇は隠されたままで、これからも多くの犠牲者を生み出していたでしょう」

「そうですね……」

「あとは洗礼式の祝福……呪いの件は、公になれば大きな混乱に繋がるでしょう。教会……いや、フテラ教は、今後国教として認められなくなるかもしれませんね」

俺を見つめるノルンの瞳は少し悲しげな色をしている。

「そうなると、フテラ教を支えにしてきた人々は苦しむでしょうね……。ノルンさんにとっても、フテラ教は大切なものだったでしょう？」

「私にとってこの世で一番大切なものは、アンジェロ様ただおひとりですよ」

大真面目な顔をして、ノルンは恥ずかしげもなくそんな言葉を伝えてくる。

言われた俺は、なんと返していいのかわからず、熱くなる頬をごまかすように、ぷいっと顔を背けた。

ノルンがクスリと笑い、俺の顔に手を添えてくる。

その手に導かれるように振り向くと、ヘーゼル色の瞳が真っ直ぐに俺を見つめ、優しくキスされる。

俺のことが好きだと、唇から伝わってくる。離れると、ノルンも赤く頬を染めていた。

その表情にキュンと胸が高鳴り、今度は俺が気持ちを唇で伝える。

俺だってノルンのことがこんなにも大好きで大切なんだとわからせるように、ノルンの薄い唇をついばんだ。

少し長めのキスが終わると、ノルンにぐっと抱き寄せられる。

「はぁ……アンジェロ様はどうしてこんなにも可愛く愛おしいのでしょうか」

耳元で呟かれるノルンののろけた声がくすぐったくて、ふふっと笑いながら答える。

「ノルンさんも負けないくらいに可愛いですよ」

「可愛い？　私がですか？　……そんなことは一度も言われたことなどありませんが」

「じゃあ、ノルンさんの可愛さは僕にしかわからないんでしょうね」

クスクスと互いに笑いながら、またキスをして甘い時間を過ごす。

その間に、馬車はベルシュタイン家へ進んでいった。

馬の蹄の音が少しずつ遅くなり、ゆっくりと馬車が止まる。

御者に促されて外へ出ると、ベルシュタイン公爵家の屋敷に到着した。

貫禄《かんろく》と時代を感じさせる威厳《いげん》に満ちた雰囲気に、どこか懐かしさを感じながら屋敷へ歩いていくと、公爵家の従者たちが出迎えてくれた。

アンジェロの幼い頃の記憶で見せられた従者たちの蔑《さげす》む顔を思い出し、背筋を伸ばして従者たちを真っ直ぐに見据える。

一歩、また一歩と玄関へ近づいていくと、従者たちは一斉に頭を下げる。

「お帰りなさいませ、アンジェロ様」

「あぁ。ただいま」

その中に、バーネットの姿を見つけた。いつの間に戻ってきたのだろう。

バーネットはサッと顔を上げると、俺たちに声をかけてくる。

「アンジェロ様。お部屋へご案内いたします。ノルン様もどうぞお入りください」

バーネットに誘導されて、屋敷の中へ入る。

すれ違う従者たちは、俺のことをなにか恐ろしいものを見るような目で見てくる。

まぁ、それも仕方ない。

アンジェロは悪役令息からフテラの化身へ変わってしまったのだから。

そんな俺を蔑《さげす》んできた従者たちは、皆自分がどうなるのか心配でたまらないはずだ。

それに、今日のヨキラスとの対決に関して話が広まれば、もっとアンジェロを恐れるようになるかもしれない。

もっと恐れ慄《おのの》けと思い、目が合った従者に意味深に微笑むだけで、彼らは「ヒッ……」と、青ざめて息を呑む。

あーあいつはアンジェロのことを馬鹿にしたやつだな、と記憶をたどりながら、従者たちに嫌味な笑顔を振り撒きつつ談話室へ案内された。

「どうぞこちらへ」と、バーネットにソファーへ促される。

「旦那様がアンジェロ様とお話をしたいそうなのですが、お呼びしてもよろしいでしょうか？」

「……わかった」

バーネットは頭を下げると、談話室を出ていき、しばらくしてひとりの男性が入ってくる。

アンジェロと同じ金色の髪と碧眼。

顔はどことなくオレリアンに似ているが、その顔には疲労感が漂い、なんとも辛気くさい。

身長も高く、オレリアンと同じくらいはあるのだろうが、猫背のせいかオレリアンよりも小さく感じた。

アンジェロの記憶にある父アッサムは厳しく、貴族としての規律を重んじる人だった。

敬虔《けいけん》なフテラ教徒でもあったが、父アッサムがなによりも大切にしていたのは『公爵家』を守ることだった。

アンジェロが呪われたとき、父は必死になってアンジェロの呪いを隠そうとし、アンジェロ自身すら屋敷の中へ閉じこめた。

幾度となく教会の無意味な浄化が施され、いたずらに傷を痛めつけられたアンジェロの叫び声を思い出し、消えたはずの背中の傷が疼《うず》く。

アッサムはアンジェロの前にあるソファーに腰かけると、小さく息を吐きアンジェロに向かって口を開いた。

「忌まわしき呪いは消えたようだな」

「……はい」

「今日、オレリアンから話を聞かされた。お前に呪いを与えたのがヨキラス教皇であったというのは、本当なのか」

「はい、本当です」

「………そう、か」

小さく呟くと、アンジェロを見つめるアッサムの瞳がかげる。

しばらく沈黙が流れた後、アッサムは大きなため息吐いて両手で顔を覆った。

重々しい空気が漂う。

また長い沈黙が続き、アッサムは顔を上げるとノルンを見た。

「すまないが、アンジェロとふたりきりで話したい」

「……わかりました」

心配そうに俺を見つめるノルンに、大丈夫だと微笑みかける。

ノルンが部屋を出た後、アッサムのほうへ視線を移す。

「お前の言いたいことはわかっている。私とミーナは教会の言葉を鵜呑みにして、お前のことを信じようとしなかったのだからな」

アンジェロの母ミーナの名前が出て、胸がズキリと痛んだ。

アンジェロの過去に、彼女はよく登場していた。

青みがかった銀髪に透き通るような薄茶色の瞳をもつ、可憐で美しい母ミーナ。

アンジェロの可愛らしい顔立ちは、ミーナ譲りのものだろう。

ミーナは元々体が弱く、病弱さゆえかどこかすがるように教会を信仰していた。

母に手を引かれて教会へ行くことの多かったアンジェロにとって、教会に行くのは母とともに過ごす楽しい時間でもあった。

洗礼式の際にアンジェロがフテラの怒りに触れ呪いをかけられたと聞いたとき、ミーナは激しく動揺した。それ以降は体調を崩し、アンジェロの前に姿を見せることは少なくなった。

アンジェロの話題が出ると、はじめの頃は「自分が不甲斐なかったせいだ」と己を責めた。

だが、それは次第にアンジェロを責めるような言葉へ変わっていった。

アンジェロを産んだことを後悔するような母の言葉を聞いたとき、アンジェロの心は深く深く傷ついた。それでも幼いアンジェロは、大好きな母が自分の心を守るためについた嘘だと自分に言い聞かせた。

いつか真実がわかれば、父も母も自分を信じてくれると、アンジェロは願っていた。

「父様と母様は……今は僕のことをどのようにお考えなのですか？」

アンジェロが知りたくてたまらなかっただろうことを問いかける。

アッサムは少し考え、口を開く。

「私たちは……お前に対して、なんと愚かなことをしてしまったのだと後悔している。今までお前に対して投げかけた言葉や態度を、どれだけ謝ればいいのかわからないほどにな……」

アッサムは奥歯を噛みしめ、眉間に皺《しわ》を刻んだ。

膝の上で組まれた手は小さく震え、ぐっと力が入っているのがわかる。

その様子を見れば、彼が深く後悔しているのがわかった。

だが、その後悔はもう遅い。

俺はアンジェロが願い続けていたことを伝えた。

「僕は、呪いを受けたときからずっと父様と母様に助けを求めてきました。制約によって真実が話せずとも父様と母様ならいつかきっと僕を助けてくれると、ずっと……ずっと、信じていました」

アンジェロの言葉に、アッサムの顔がさらに曇《くも》る。

「王子に断罪されたとき、僕はこの世界から消えてしまいたいと心から思いました。あのとき、もしも父様や母様という味方がいれば、僕は……僕は……消えたいなどと思うことはなかったはずです」

真っ直ぐにアンジェロの本心を語る。

いや、もしかしたらそれは、アンジェロの記憶を追体験した俺の思いなのかもしれない。

アッサムはまた顔を両手で覆い、背を丸くする。

「すまない……すまない、アンジェロ……。本当にすまなかった」

深々と頭を下げ、何度となく謝罪の言葉を繰り返す。

アンジェロが欲しかったのは、こんな言葉だったのだろうか？

いや……違う。

アンジェロが欲しかったのは、もっと別の言葉だ。

「僕は……父様と母様にとって……必要のない子でしたか？」

その言葉にアッサムはハッと顔を上げ、力強く首を横に振る。

「そんなことはない！　お前は……私たちにとって大切な……息子だ……」

消え入りそうな声に、罪悪感と後悔の念を色濃く感じた。

どれだけ謝罪を受けても、アンジェロの辛い過去が消えることはない。

だからといって、両親をどれだけ責め立ててもアンジェロの心が報われることもない。

せめてもの救いは、アッサムがまだアンジェロのことを『大切な息子』だと言ってくれたことくらいだ。

「……母様にも挨拶をしてきます」

「あぁ。ミーナも……喜ぶだろう」

父アッサムの前を去り、母ミーナの寝室へ向かう。

部屋の前にいた従者は俺を見るとこわばった顔をして、ミーナの部屋へ通してくれた。

薄暗い部屋は、どこか辛気臭く、お香の甘い香りが包む。

この香りは教会でよく焚《た》かれている香だった。

ミーナにとって教会は、いまだに心の支えであることに虚しさがこみあげる。

「母様、アンジェロです」

ドアをノックすると、か細い声で返答があった。

ドアを開くと、薄暗い部屋の奥にあるベッドの上で、小さな影が揺れる。

ランプの小さな灯りに照らされたミーナは痩せ細り、昔の面影はなかった。

艶《つや》のあった銀髪も、今は輝きを失い細く薄くなっている。

「……母様」

「アン……ジェロ……」

アッサムと同じく後悔が渦巻いた表情で、母ミーナは瞳をうるませた。

うめき声に近い泣き声が、薄暗い部屋の中にこだまする。

一歩ずつ近寄り、ベッドの横へ立つと、ミーナは恐ろしいものでも見るかのようにアンジェロを見上げた。

その瞳には、後悔と恐怖が入り混じっている。

「ごめんなさい……。貴方を信じられず……手を離してしまって……ごめんなさい……」

震える声で、まるで助けを乞うようなミーナの態度に俺は苛立った。

アンジェロが一番最初に助けを求めたのは、母であるミーナだった。

ミーナはアンジェロの手をとることはなく、ただただ怯《おび》えるだけだった。

それは今も同じだ。

小さく体を震わせて、涙を流す弱々しい姿。

その姿を、俺はどうしようもない気持ちで見つめる。

本当は、怒りをぶつけたかった。

すべての元凶はヨキラスだが、アンジェロを信じることができず公爵家の体裁を守るために必死だった父と、己の弱さゆえにアンジェロを孤独にした母。

ヨキラスのように怒りをぶつけられれば、どれだけ楽だろうかと今になって思う。

──なぁ、アンジェロ。お前は両親に対してどうしたいんだ？

心のどこかにいるアンジェロに問いかけるが、胸に広がるのは悲しさと虚しさばかりだ。

涙を流す母ミーナの姿を見ていられず、俺は「また来ます」と言い残して部屋を去った。

外で待ってくれていたノルンの顔を見ると、心配そうにそっとそばに来てくれる。

アンジェロの部屋まで送り届けてもらい、今日はひとりになりたいとノルンに告げた。

ノルンは小さくうなずき、そっと頬にキスをくれる。

「私は近くにおりますので、ご用事がある際にはお呼びください」

微笑むノルンの優しさに心が救われた。

ひとりになり、アンジェロの部屋をぐるりと見渡す。

物の少ないこの部屋は、どこか寂しげだ。

部屋の壁にはあちこち補修された箇所があり、呪いを受けたばかりのアンジェロがひどく荒れたときのことを思い出す。

八歳で背負わされた、過酷すぎる呪い。

ひとりきりで過ごした長い長い日々。

思い出すと頭が痛くなり、ベッドへ身を投げた。

柔らかなベッドは、ゆっくりと俺の体を包みこんでいく。

ヨキラスとの戦いと、両親との対面。

今日という一日はとても長く感じた。

重くなっていく瞼《まぶた》に逆らうことなく目を閉じると、意識はゆっくりと遠のいていった。

「……」

「…………マ」

「ト……ウマ……お……き……て……」

懐かしい名前を呼ばれた気がして、俺はうっすらと目を開ける。

目を開くと、なんだかあたりが眩《まぶ》しくて目を細める。

目の前でチラつく金色のなにかがふわふわと動き、水色の点がこちらを見ている。

ぼんやりした視界がだんだんはっきりしてきて、目の前にいるのが人だとわかった。

その人は、とても見慣れた顔をしていた。

「……え？　アン……ジェロ……？」

名前を呼ばれたアンジェロは、ニコリと俺に笑顔を向けた。

鏡を見ているのかと思ったが、目の前にいるアンジェロは俺とまったく違う動きをしている。

「え……？　これって……どういう、ことなんだ？」

目の前に俺が、アンジェロがいる。

驚いて自分の体に視線を向けると、見慣れたアンジェロの体ではなかった。

指先は細く真っ白なものから、黄みがかった色のやや節くれたものに変わっており、身長も目の前にいるアンジェロよりも大きい。その視線の高さは昔の……生前の小川斗真のものだった。

不思議議な出来事に驚いていると、ふわりとアンジェロが近寄ってくる。

歩くでもなく、飛ぶように近づいてきたのを見て、これが現実ではないことを確信した。

「これは、夢、なのか？」

俺が首を傾げると、目の前のアンジェロが口を開く。

「夢とは少し違うかな。ここは、フテラ様が作り出した世界の狭間なんだよ」

「狭間……」

わけがわからずあたりを見渡してみるが、周りの景色は見渡す限り柔らかなクリーム色に包まれていた。

足元はなんだかふわふわしていて、まるで雲の上に立っているようだ。

地面を確かめるように踏みしめていると、アンジェロはまた可愛らしく笑い、話しかけてくる。

「今日は無理を言って、フテラ様にトーマを呼び寄せてもらったんだ。あ！　挨拶がまだだったね……はじめまして、トーマ」

エヘへとアンジェロははにかんだように笑う。

「こ、ちらこそ……はじめまして。って、ほんとにアンジェロ、なのか？」

つられてぎこちなく返事をすると、アンジェロは「そうだよ」と言って、俺の周りをくるくると飛びまわる。

無邪気なアンジェロに、わけのわからない状況に緊張していた気持ちがゆるんだ。

「やっとトーマに会えてすっごく嬉しい。ずっと、トーマにはお礼を言いたかったんだよ！」

「お礼？」

「うん。僕が未来を……生きることを諦めてから、僕の大切な人たちを助けてくれてありがとう」

アンジェロはそっと俺の手を握る。

握られた手は温かいが、触れている感覚はなく、モヤに包まれているようだった。

「……別に俺は感謝されるようなことはしてないよ」

「ううん。トーマはすごく頑張ってたよ。前線でたくさんの人を救って、マリアとリリアを救ってくれた。そして、フテラ教と僕という存在に囚われていた、父様と母様も救ってくれたんだよ」

アンジェロの瞳は煌《きら》めき、喜びと感謝の眼差しが俺に向けられた。

アンジェロが喜んでくれたのは素直に嬉しい。

けれど、俺が本当に救いたかったのは他でもないアンジェロ自身だ。

理不尽な理由で過酷な運命を背負わされ、ひとりで耐えてきたのは、目の前にいるこの子だ。

「一番頑張ってたのはアンジェロじゃないか。何年もの間、ひとりであんな辛い呪いに耐えて……」

アンジェロはうつむき、小さく首を振る。

「……僕はなにもできなかった。ただ、耐えるだけでなにもできなかったんだよ。そして、最後は現実から逃げてしまったんだ……」

アンジェロは苦笑いしながら話を続ける。

「フテラ様に助けを願ったときにね、僕はもうひとつ我儘なお願いをしたんだ。『どうか、苦しんでいる僕の大切な人たちも助けてください』って。そうしたら、フテラ様は僕に光をくれたんだ。強くて優しくて、温かい光を」

アンジェロに見つめられて、彼の言う光というのが自分のことなのだとわかった。

「僕には到底できないことを次々とやってのけるトーマの姿を中から見ていて、本当に感動したんだ。それに、僕の過去や情けない姿を見ても、嫌わないでいてくれて嬉しかった。こんな僕のために泣いてくれて……ありがとうトーマ。僕はトーマに、何度も救われていたんだよ」

「アンジェロ……」

目にうっすらと涙を浮かべ微笑むアンジェロ。

彼の『救われた』という言葉に、俺も目頭が熱くなる。

アンジェロはそっと俺の背後にまわると、包みこむように抱きついてくる。

「トーマ。僕のところに来てくれて、僕を助けてくれて……本当に、ありがとう」

首元にアンジェロの温もりを感じながら、触れられないアンジェロの手に自分の手を重ねる。

ぎゅっとアンジェロに抱きしめられていると、俺たちはこのままひとつになってしまうのではないかと感じた。

アンジェロとひとつになれば……俺は消えなければいけない。

俺はアンジェロの願いを叶えるために、フテラによって彼の体に招き入れられた。

その使命はヨキラスを裁きアンジェロを救うこと。

ヨキラスという敵を倒した今、俺という存在は役目を終えた気がしていた。

役目を終えた『小川斗真』という魂は、もうアンジェロの体には必要ない。

――俺はもうすぐ消えてしまうのだろう……

そう考えると、胸が強く締めつけられた。

アンジェロの幸せを願うのは、間違いなく本心だ。

だが、この世界で出会った大切な人たちと別れるのは、はっきり言って辛い。

俺を受け入れてくれた、イーザム爺《じい》さんやミハルやヴィヴィ、前線の皆。

そして……この世界で愛を教えてくれた最愛の人、ノルン。

特にノルンと離れることを想像すると、胸がたまらなく苦しくなる。

はじめは互いに嫌い合い、喧嘩しながらも、たくさんの困難を乗り越えて互いを認め合った。

そして、たくさんの愛をもらった。

俺のために命をかけてくれたノルン。俺もノルンのために命をかけた。

かけがえのない、俺の愛しい人……

俺のすべてを包みこんでくれるあの優しい笑顔も温もりも二度と感じられないくらいなら、いっそ愛さなければよかったと思うほどに胸が痛んだ。

けれど、この子が……アンジェロが笑って過ごす幸せな未来を、誰も邪魔してはいけない。

決して邪魔してはいけないんだ。

小さく息を吐き、拳をぐっと握りしめ、俺は口を開く。

「……なぁ、アンジェロ。ひとつお願いがあるんだ」

「どうしたの？」

「最後にさ……皆に別れを告げてから消えたいんだ」

振り返り、無理に笑顔を作ってアンジェロに願う。アンジェロは目をまんまるくして、悲しげにうつむいた。

「アンジェロ？　どうした？」

「あのね、トーマ……消えるのは……僕のほうなんだ」

顔を上げたアンジェロは、へにゃりと眉を下げた。

「え？　この体はお前のものだろ？　お前が消えることなんてないんだ！」

「ごめんね……でも、ダメなんだ……」

「ダメなんかじゃない！　お前ばかりが辛い思いをして、なんでお前が消えなきゃいけないんだよ！」

俺が詰め寄ると、アンジェロは困った顔をして答える。

「ありがとう、トーマ。……でもね、僕はあのときフテラ様と約束したんだ。僕の大切な人を助けることができるなら、僕はフテラ様のもとへ行きますって。本当は、トーマが来てくれた日に僕はフテラ様のもとへ向かうはずだった。けど、フテラ様が言ったんだ。『トーマと一緒に過ごしてみなさい』って。怖がりの僕はずっとトーマの影に隠れて、トーマの姿を見ていたんだ。キラキラ輝くトーマの姿は、すごくかっこよかった。かっこよくて優しくて……僕は、トーマと一緒にいられて幸せだった」

そう言いながら、じょじょにアンジェロの体を光が包み、少しずつ体が薄くなっていく。

――アンジェロが消えてしまう！

アンジェロの体に手を伸ばすが、腕は体をすり抜ける。

それでも何度も何度も、俺はアンジェロに手を伸ばした。

「待ってくれアンジェロ！　ダメだよ……そんな……ダメだ……。アンジェロ、お前はまだ幸せになってないじゃないか……。もうヨキラスはいないし、呪いもない。お前を縛るものはなにもないんだ。これからアンジェロには、たくさんの楽しくて幸せな日々が待っているんだぞ！」

鼓動がどんどん速くなる。

胸の熱さがこみあげてきて、自然と涙があふれた。

俺は天を睨《にら》みつけ、どこかで俺たちのことを見ているであろうフテラに向かって大声で叫ぶ。

「フテラ！　今度は俺があんたに願えばいいか？　あんたの望み通り、ヨキラスもぶっ倒したし、あんたを利用してきた教会の悪事も暴いた。これでいいんだろ？　だからさぁ……アンジェロを消さないでくれよ。アンジェロが掴むはずだった幸せを返してくれ……。なぁ頼むよ……なんで……なんでアンジェロばかりがこんなにも辛い道をたどらなくちゃいけないんだよ……！」

俺は泣き崩れ、祈りを捧げる。

だが、俺の祈りに、フテラは応えない。

ポタポタと頬を伝う涙がすっとすくわれて、俺は顔を上げる。

座りこんだアンジェロの顔が目の前にあった。

「トーマ、泣かないで」

「アンジェロ……」

さっきまでは触れることのできなかったアンジェロの指先に、そっと触れる。

アンジェロはくすぐったそうに笑い、触れた指先に指を絡め、手を繋ぐ。

アンジェロは俺に顔を寄せて、コツンと額を合わせた。

「トーマ……もし、僕がフテラ様に許されて、生まれ変わることがあったら……友達になってほしいんだ」

「友……達……？」

「うん。ダメ、かな？」

「ダメなわけ……ないだろ……。今だって、俺とお前はかけがえのない友達だ……」

「ふふ、ありがとう」

淡い光はじょじょに強くなりアンジェロの体を呑みこんでいく。

薄くなっていくアンジェロの体を必死に抱きしめ「消えちゃダメだ！」と、叫び続ける。

アンジェロは涙で濡れた俺の頬に優しく触れると、柔らかなキスをくれた。

アンジェロの瞳に悲しみはなく、幸福に満ちた光を放つ。

その瞳の煌《きら》めきは、夜空に広がる無数の星々のようだった。

「大好きだよ、トーマ」

眩《まばゆ》い輝きを放ち、天使のように微笑みながら、俺の腕の中にいたアンジェロは幾千もの小さな光となって空へ舞い上がっていく。

その光のかけらに向かって手を伸ばし、俺は何度も何度もアンジェロの名を呼び続けた。

――アンジェロ……ダメだ、行かないでくれ！　待ってくれ、アンジェロ……アンジェロッッ！

もがくように、手が宙を舞う。

その手を誰かにつかまれて、俺はハッと目を覚ました。

涙で濡れた視界にぼんやりと浮かび上がる人影。

真っ暗だった部屋の中に月明かりがさしこみ、次第に人影がはっきり見えるようになる。

月の光に照らされて輝く金色の髪。心配そうに俺を見つめる碧眼と目が合った。

一瞬、アンジェロが戻ってきたのかと思った。

だが、握られた手の大きさでオレリアンだと気づく。

「アンジェロ、大丈夫か？」

「にい……さま……」

「ひどくうなされていたが、まだ背中が痛むのか？」

オレリアンに頭を優しく撫でられると、現実に戻ってきてしまった実感が湧く。

あたりを見渡しても、アンジェロの姿も幾千に散った光のカケラたちもなかった。

――アンジェロが消えてしまった……

心の中にポカリと穴が空いた場所がある。そこに今までアンジェロが隠れていたんだと、今さらになって気づいた。

もっとアンジェロのことを気にかけていれば、あの子を幸せにできたはずだ。

後悔が押し寄せ、胸元を掴みうずくまる。

「アンジェロ！　どうした、胸が苦しいのか？」

オレリアンは慌て俺の顔を覗きこむ。

顔を歪《ゆが》めてポロポロと涙を流す俺を見て、心配そうに眉を下げている。

「アンジェロ……」

包みこむような優しい声で名を呼ばれ、顔を少し上げると、指先で涙を拭われる。

その指先は、アンジェロと同じ優しさにあふれていた。

本当なら、オレリアンのこの優しさを感じるのはアンジェロ本人のはずだったのに……

そう思うと申し訳なさと、アンジェロに対してもオレリアンに対しても罪悪感が湧いた。

「にい……さま……。ごめん、なさい……」

「お前が謝ることなどなにもない。ヨキラスと教会の件は、国王も対応してくれることとなった。だから、もうひとりでなにもかも背負いこむな……」

オレリアンはそう言って、俺を優しく抱きしめてくれる。

その優しさが痛く辛かった。

オレリアンが助けたかったアンジェロは、もうこの世界にはいないのに……

「ごめんなさい……ごめんなさい……」

「謝らなくていい、アンジェロ。お前のことは……ちゃんと……わかっているから……」

オレリアンのどこか含みのある言葉に顔を上げる。

俺を見つめるオレリアンは優しく微笑んでいるが、どこか寂しげな瞳をしていた。

もしかして、俺が本当はアンジェロじゃないことに気づいているのか？

口を開こうとすると、オレリアンに再度強く抱きしめられる。

その力強い抱擁《ほうよう》は『言ってくれるな』と暗に伝えているようで、口にしかけた言葉をぐっと呑みこむ。

しばらく抱きしめられた後、ゆっくりと腕の力がゆるめられた。

月明かりに照らされたスカイブルーの瞳が切なげに光る。

「アンジェロ、お前の痛みと悲しみに気づいてやれず、そばにいてやれなくて……すまなかった。一番近くにいたのは私だったのにな」

なんと答えればいいいか迷い、オレリアンを見つめる。

「……なにも心配するな。周りからなんと言われようと、お前は……大切な私の弟だ」

その言葉に覚悟と決意を感じる。

凛とした強い眼差し。

なにもかもに胸が強く締めつけられ、唇を噛んで不安げにオレリアンを見つめる。

するとオレリアンはふっと笑顔を見せて、優しく俺の頭を撫でてくれた。

「大丈夫だ、アンジェロ。心配するな。さぁ、今日はたくさん頑張ったんだ、お前が寝るまでそばにいるから、体を休めなさい」

そう言って、毛布をかけられた。

幼い子どもを寝かしつけるように、オレリアンの手が俺の胸元でトントンとリズムを刻む。

どこか懐かしいそのリズムが、不安だらけの俺の心を柔らかく包んだ。

アンジェロが最後に見せた笑顔を思い出しながら、オレリアンを見上げる。

彼の瞳は、アンジェロによく似ていて、冷えた心が温かくなるのを感じた。

もし、アンジェロは消えてしまったと真実を告げれば、オレリアンのこの瞳は絶望の色に染まるだろう。

それを、アンジェロは望むだろうか……

「兄様……」

「ん？」

「ありがとう……ございます。おやすみなさい」

「あぁ、おやすみ。アンジェロ」

オレリアンは安心したように微笑んだ。

俺が生きる意味は、アンジェロの願いを叶えること。

アンジェロの『大切な人を守りたい』という願いを叶えることは、ヨキラスや教会の陰謀を暴くことではない。

大切な家族や友の笑顔を守ることなんだ……

なぁ、アンジェロ。

俺は小川斗真として、アンジェロとして生きていくよ。

お前が守りたかったものを、これからもずっと守っていくからな……

ぎゅっと毛布を握りしめ、オレリアンの優しさに包まれながら、俺はゆっくりと瞼《まぶた》を閉じた。

夜明け前、いつの間にか眠っていた俺は、ぼんやりと目を開けた。

宵の空がオレンジに染まりはじめ、部屋の中が夜明けの色へ変わっていく。


新しい朝。

本当に『アンジェロ』になった、俺の新たな一日がはじまろうとしていた。

まだ気怠《けだる》い体を起こしベッドから出ると、ひんやりとした空気が体を包む。

かけてあった上着を手にとり、部屋の中を見てまわる。

物が少ないアンジェロの部屋。

だが、部屋の中に置いてあるのは、どれもアンジェロにとって大切なものばかりだ。

父と母からはじめてもらった絵本やぬいぐるみ。

オレリアンがくれた手紙や玩具。

ひとつひとつ手にとると、幼い頃のアンジェロの記憶が蘇《よみがえ》る。

アンジェロの記憶を思い返していると、コンコンとドアがノックされた。

聞き慣れた声で名前を呼ばれてすぐにドアを開けると、ノルンが部屋を訪ねてきた。

「アンジェロ様、朝早くに申し訳ありません。起きていらっしゃるようだったので、なにか御用がないかと……」

「特に用はないですが、中に入りませんか？」

「よろしいのですか？」

「はい」

微笑むとノルンは少し安心した表情を見せ、部屋の中へ入ってくる。

部屋のソファーはひとりがけの小さなものしかなかったため、ベッドサイドに腰かけるように促した。

いつものようにノルンの隣に座り、肩に頭を預ける。

「昨晩は、休めましたか？」

「はい。兄様が途中で寝かしつけにきてくれたので、ぐっすり眠れましたよ」

「そうですか。体調はいかがですか？　呪いを返した反動などはありませんか？」

ノルンに言われて体を動かしてみるが、特に問題なさそうだった。

背中にあった違和感も消えており、以前よりも体が軽く感じる。

「んー……いえ、大丈夫そうです」

そう伝えるとノルンはホッと頬をゆるませる。

「それはよかったです。昨日はアンジェロ様にとって、大変な一日でしたからね……」

ノルンが優しく俺の頭を撫でてくれるので、思わず手のひらに頭を擦《す》り寄せた。

しばらくの間、ノルンは俺の頭を撫でながら俺たちが去った後の話をしてくれる。

「オレリアン様より、その後の話を聞いたのですが、ヨキラス教皇の身柄は国王の預かりとなり、今後処罰が下るようです。アンジェロ様たちに呪いをかけた罪もありますが、国民たちを欺《あざむ》き呪いによって魔力を抑えていたことは国を揺るがす問題だと……。今はまだ公にすることはできず、事実を知る者には緘口令《かんこうれい》が敷かれています」

「そうですよね……。祝福の代わりに呪いが授けられていたなんて、教会どころか国王にまでその責任の追求が及びますからね」

「そうです。今回の件では、王位継承にも大きく影響が出ると考えられるので、教会に支持されていたマイク王子は厳しい立場になるでしょう」

「へぇ……」

はじめて会ったときのクソ王子のドヤ顔が屈辱に歪《ゆが》むのを想像すると、思わずニヤけそうになる。

まさかのザマァ展開だが、無罪のアンジェロを断罪するようなヤツにはそれくらいの罰があっていい。

……だが、その王子の婚約者的な立ち位置にいたマリアはどうなるのだろうか。

「あの、マリアについて兄様はなにか言っていませんでしたか？」

「マリア様は、オレリアン様のもとで保護されています。もちろん、リリア様と教会の地下に囚われていた子どもたちも一緒です」

「そうですか。兄様が保護してくれているのなら安心ですね」

「はい。地下に囚われていた子どもたちは治療を受けたのち、親元に帰される予定だそうです。しかし、子どもたちの治療は長くかかるだろうと……」

「……そうでしょうね。呪いが解けたとしても、長い年月をかけて心に植えつけられた恐怖や苦しみは簡単には消えませんから……」

アンジェロの記憶にありありと残る、呪いに対する恐怖と痛み。

あんな地下で聖水を作るための道具として利用されてきた子どもたちが普通の生活に戻れるようになるには、一体どれだけの年月が必要になるのだろうか……

「もっと早く、僕が助け出してあげなきゃいけなかった……」

アンジェロの記憶が蘇《よみがえ》ったとき、すぐにでもオレリアンを頼り動いていればよかった……

後悔でぎゅっと握った拳に、ノルンの手が重なった。

「アンジェロ様のせいではありません。アンジェロ様はあの子たちと同様に傷つけられたのですから……。悔やむべきは私たちのほうなのです。貴方や子どもたちの助けを求める声に気づくことなく、教会の言葉を鵜呑みにし、疑いもしなかった。私たち大人の罪は重く……同罪だと言われても仕方ありません」

唇をぐっと結び、ノルンは視線を落とす。

そんなノルンを見つめ、出会ったときのことを思い出す。

確かに俺に対しても噂話を鵜呑みにして敵愾心丸出しだったけれど、その後ノルンはちゃんと俺自身を見て、認めてくれた。

他の奴らとなんか同じなんかじゃない。

今度は俺がノルンの手を包むように重ねた。

「ノルンさんは気づいてくれたじゃないですか。そして僕のそばにいてくれました」

「私は、それだけしかできませんでした……」

「僕はそれだけでも嬉しかったです。僕から離れないでいてくれて、支えてくれて……そして、愛してくれた。だから、僕はここまでやってこられたんです」

「アンジェロ様……」

ノルンの瞳がうるみ、きらりと光る。

可愛らしくて、ちゅっと頬に口づけると、今度ははにかんだ笑顔に変わった。

「これからアンジェロ様はどうなさるおつもりですか？　前線での奉仕活動の命は、すでに解かれています。このまま、王都に残られますか？」

ノルンの言葉に、俺は首を振る。

「僕の帰るべき場所はあの前線です。皆に必ず帰ると約束しましたし。ノルンさんこそ、これからどうするんですか？　今の教会の状態では、騎士としての仕事は……」

「私の使命はアンジェロ様をお守りすることです。私の居場所はアンジェロ様の隣と決まっておりますので、ご安心ください」

ノルンは真面目な顔で俺の手をとると、誓いのキスをした。

相変わらずの様子にクスッと笑う。

「じゃあ、ノルンさん。僕たちの居場所に帰りましょうか」

「はい。お供します」

それから、前線に戻る前に家族に挨拶をと思いバーネットに声をかけると、朝食を準備していると言われてダイニングへ案内される。

公爵家のだだっ広いダイニングには、それにふさわしい高級感のあるインテリアの数々。

そして、アンジェロの記憶では十年ぶりとなる家族の顔がそろっていた。

「アンジェロ、おはよう」

オレリアンはいつもと変わらぬ笑顔で挨拶をくれる。

父と母は、目が合うと小さく肩を揺らした。

そして恐る恐る口を開く。

「……アンジェロ、おはよう」

「おはよう、アンジェロ」

ぎこちない父の挨拶と、懸命に笑顔を見せる痩せ細った母。

ふたりが見せる、精一杯のアンジェロに対する愛情。

十年もの間、傷つけ虐げた息子に対しての態度としては及第点か……

オレリアンに視線を向けると、申し訳なさそうに微笑んでいた。

きっとこの場を用意したのはオレリアンなのだろう。

これ以上、アンジェロと家族が離れないように……

「……おはようございます。父様、母様、オレリアン兄様」

パッとアンジェロスマイルを振り撒き笑顔で挨拶すると、張り詰めていた空気が和《やわ》らぐ。

父と母はあからさまにホッとした表情を見せ、オレリアンはそんなふたりを見てまた申し訳なさそうに笑った。

アンジェロの洗礼式以来となる家族全員での食卓は、とても静かだった。

カチャカチャと響く食器の音。

ときおり、父か母が息を吐く音が聞こえる。

俺から話をふるべきか……。でも、どんな話題を投げかければいいのか……

悶々《もんもん》としていると、隣にいたオレリアンが口を開いた。

「なぁ、アンジェロ。お前はこれからどうするんだ？　このまま王都に残るのか？」

オレリアンの質問に、父と母の視線が突き刺さる。

ふたりを見ると、複雑な表情をしていた。

アンジェロが戻ってくる喜びよりも、どう接したらいいのかわからない不安のほうが強そうだ。

まぁ……普通はそうだよな。

「僕は前線に戻る予定です。兄様には以前お話ししましたが、僕は治癒士としての仕事に誇りを持っていますから」

オレリアンに……というよりも、父と母に向けて話しかける。

ふたりは驚いたように俺を見つめ、父が小さく口を開く。

「アンジェロ、お前は前線に戻ることを選ぶのか？」

「はい」

「……なぜだ？」

「前線ではこの国を守るために、命をかけて戦ってくれている人々がいるからです。僕は、その人たちを守るために治癒士となり、ともに命をかけて前線で戦っています。仲間を置いていくことなどできません」

真っ直ぐに父を見つめると、アンジェロと同じ碧眼が不安定に揺れる。

父が再び口を開く前に、父の隣に座っていた母が力のない声で問いかけた。

「……なぜ、アンジェロが命をかけなければならないの？　罪がないと認められた貴方が、またそんな危険な場所に行かなくても」

「前線の皆は、僕にとって大切な人たちです。たとえ危険でも、僕は彼らと一緒にいたいのです」

俺の言葉に、父と母の顔が暗くなる。

今の言葉は、両親にとっては『あんたたちは大切ではない』と聞こえただろうか……

フォローを入れるか迷っていると、代わりにオレリアンが口を開いた。

「父上、母上。アンジェロはもう子どもではないのですよ。己の道は自分で決めて進んでいける歳になったんです。なぁ、アンジェロ？」

「……はい。僕はこれからも治癒士として、仲間とともにこの国の民を守ると決めたのです。それは、僕の大切な家族を守ることにも繋がりますから」

ニコリと父と母に笑顔を向けると、それ以上ふたりが引き止めることはなかった。

朝食を終えた後、荷造りをして馬車へ荷物を乗せていく。

父はもう少しゆっくりしてもいいんじゃないかと言ってくれたが、一日でも早く前線に戻って仲間たちを救わなくてはいけないと断った。

その理由は表向きのもので、本当は俺はまだ、アンジェロの父と母のことを受け入れることができていないのだ。

実の子よりも教会や権力を信じる親を許せるほど、俺は聖人ではない。

必要最低限の荷物を積み終わると、見送りにきたオレリアンが声をかけてくる。

「アンジェロ、もう出発するのだな」

「はい。オレリアン兄様、今回はいろいろと助けていただきありがとうございました。いえ……兄様には今までもたくさん助けてもらっているので、どれだけ感謝しても足りません……」

「気にするなアンジェロ。いつも言っていることだが、お前は私の大切な弟なんだ。兄が弟を守るのは当たり前のことだろ？」

「ありがとうございます、オレリアン兄様」

オレリアンの涼やかな笑顔につられて、俺も顔を綻ばせる。

それから、ポンと頭を撫でられた。

「アンジェロ。辛いことがあればいつでも私を頼れ。私はどんなときもお前の味方だからな」

「はい、兄様」

「それと……父上と母上のことは無理に許さなくていい。お前はベルシュタイン家に囚われること
なく、自由に羽ばたきなさい」

目尻を下げ、優しい笑みを浮かべるオレリアン。

その言葉と微笑みに胸が締めつけられ、思わず抱きついた。

「ハハ。こういうところはまだ子どもだな、アンジェロ」

「兄様の前では、まだ甘えん坊の弟でいさせてください」

そう言うと、オレリアンは笑って、大きな腕で抱き寄せてきた。

「いつでも私の胸に飛びこんでこい、アンジェロ」

「はい」

オレリアンに目一杯甘えていると、出発の準備が整ったと御者が声をかけてくる。

名残り惜しげにオレリアンの腕が俺の体を離す。

オレリアンに別れを告げて馬車に乗りこもうとすると、視界の端に父と母の姿があった。

遠慮がちにこちら見つめるふたりに、俺は小さく会釈《えしゃく》をして馬車へ乗りこんだ。

カタカタと車輪が音を立てる。

小窓から見える風景が変わっていく。

王都の門を抜けるとなんだか緊張感が切れて、ふぅと小さく息を吐いた。

「アンジェロ様、お疲れでしたら今日は早めに宿をとりましょうか？」

隣にいたノルンが俺の顔を覗きこんでくる。

「大丈夫です。いろんなことに一区切りついたんだと思うと、気がゆるんでしまって。でも、父や母とはどう接したらいいのか、僕自身まだわかっていなくて……。前のような『家族』に戻るのは、簡単ではありませんね……」

へヘッと苦笑いを浮かべると、そっと手を握られた。

「すぐに解決できる問題ではありませんからね。これからゆっくり、時間をかけて解決していけばいいんです。私にも協力できることがありましたら、なんなりと申しつけてくださいね」

「ありがとうございます、ノルンさん」

俺の不安ごと包みこんでくれる手を握り返し、外を見つめる。

じょじょに小さくなっていく王都を背に、俺たちは帰るべき場所へ進んでいった。

最終章

キューティクル全開の艶《つや》やかな黒髪が、馬車の車輪の音とともにゆらゆらと揺れる。

結ばれた水色と緑色の飾り紐が仲よさげに重なり、まるで俺たちのようだ。

な~んてバカなことを考えてしまうくらいに暇を持て余す、前線までの長い長い馬車旅。

街や村を訪れるのは楽しいのだが、そこを通り過ぎれば小窓から見える景色は、だだっ広い草原ばかりだった。

ベルシュタイン家のお高い馬車とはいえ、不整地の道を進めば当然揺れもひどい。

俺はなるべく腰と尻にダメージをくらわない姿勢をとる。

正座してみたり、丸まってみたり、しまいには寝そべってみたり。

己の尻を守るべく奮闘する俺のかたわらで、ノルンははじめて出会ったときと同じように姿勢を正し、真っ直ぐに前を見つめている。

あの仏頂面のド真面目ノルンといろいろあって恋仲になるなんて、転生したばかりの俺に教えたらバカ言うなと笑われるだろうな。

俺の好みとは真逆の、すらりとした体型。

鼻筋の通った凛とした横顔。

ほのかに色づいた桜色の薄い唇。

涼やかで切れ長の瞳によく似合うヘーゼルグリーンの瞳は、微笑むとすごく綺麗に煌《きら》めいて……

「……アンジェロ様？」

「へ？　あ、はい！」

ぼーっと見つめていると、ノルンが不思議そうな顔でこちらを見ていた。

慌てて返事をした俺を見ておかしそうに笑うノルンの目が、ほっそりと弧を描く。

——うぅ……やっぱりノルンの笑顔めちゃくちゃ好きだ。今すぐにでも襲いたい……

恋人の笑顔に癒《いや》されつつムラムラしたが、ぐっと我慢する。

俺は退屈しているが、護衛のノルンは常に神経をピリつかせていた。

ヨキラスという大ボスを倒したとはいえ、教会にはヨキラス以外にも過激派はいる。

そいつらがどんな行動をとるか、事態が落ち着くまでは油断できないとノルンは言っていた。

なので、俺もノルンの横で大人しく『待て』をしている。

とりあえず、東の前線都市につくまでは我慢だ……と、自分に言い聞かせながら過ごし、ようやく目的地が近づいてくる。

東の前線都市メンニウスへ到着すると、休憩がてら都市を散策する。

はじめてこの都市を訪れたときも賑《にぎ》やかな印象だったが、今はそのときとはまた違う賑《にぎ》わいを見せていた。

メンニウスにある大広場にはずらりと露店が並び、まるでお祭りのようだった。

前に見たときはただ広いだけでなにもなかったが、今日は催しものでもあるのだろうか？

キョロキョロと見まわしていると、宿を探しに行っていたノルンが戻ってくる。

「アンジェロ様、近くの宿がとれました」

「ありがとうございます。それにしても、すっごく賑《にぎ》わっていますね！　今日はお祭りでもあるんでしょうか？」

「いいえ、今のメンニウスではこれが日常なんだそうですよ」

「え？　今日だけじゃないんですか？」

「はい。宿の店主に聞いたところによると、オレリアン様がこの広場での商いの権利を得て、開けた交易をはじめたそうです。はじめは反対する者も多く、特に前線の防衛に携わっていた騎士団が邪魔をしていたそうですが、それもうまく抑えているようで。あの騎士団は教会の所属でしたから、ヨキラス教皇が失脚して後ろ盾を失った今、前のように横暴なことはできないでしょう」

「へぇ～そうなんですね、兄様が……。でも、なんでこんな場所でいきなりこんなことをはじめたんでしょうか？」

「きっとアンジェロ様のことを思いオレリアン様が動かれたのだと思います。前線都市内でも教会の力は大きなものでしたから……。有事の際に物資補給の要請をしても、あの強欲デリーアがすぐに動くとは思えませんからね。だから、オレリアン様は自分が動かすことのできる環境に自ら作り替えることにしたんでしょう。もしも、私がオレリアン様ならば、同じことをすると思います」

なんだか異次元な話だ。

――オレリアンは相変わらずのスパダリ系お兄様だな……

と、思いながら活気に満ちた大広場を見て俺はノルンの腕をとる。

「ノルンさん、お土産を買うのに付き合ってください」

「はい、喜んで」

お菓子やお酒、可愛らしいリボンやアクセサリー。

前線の皆の顔を思い浮かべながら露店をまわり、買い物が終わる頃にはすっかり日が暮れていた。

ノルンとふたりで両手に大荷物を持ち、買いすぎてしまったと反省しながら宿へ向かう。

「久しぶりこんなにたくさんの買い物をしてしまいました」

「そうですね。皆さん喜んでくれると思いますよ」

「はい。早く皆に会って、ただいまって言いたいです」

買ってきたお土産を整理し終えると、ノルンが座っているベッドへ向かう。

ベッドに腰かけるノルンの膝の上に向かい合うように座ると、覆い被さるようにキスをした。

王都から我慢してきた欲求をぶつけるように、両頬を手のひらで包みこんでノルンの唇を貪《むさぼ》る。

そんな俺を『いい子だ』と褒めるように、ノルンの大きな手が優しく背中を撫でてくれる。

舌を絡めて唾液を混ざり合わせ、卑猥《ひわい》な水音を立てながらしばらくキスを堪能する。

夢中になりすぎて酸欠気味になり、いったん唇を離した。

「満足できましたか？」

「まだ……満足、できていません」

ハフハフと息継ぎしながら答えると、ノルンは嬉しそうに目を細める。

「では、アンジェロ様が満足いくまでお付き合いいたします」

ノルンは俺の体を抱き上げ、そのままベッドへ押し倒した。

厚い体を押しつけられると、歓喜した俺の下半身が熱くなる。

ノルンの唇が頬や首筋に落ち、くすぐったさと一緒に甘く疼《うず》く。

キスされながら、俺はノルンのシャツのボタンを器用に外し、愛しの筋肉とご対面。

ニヤけた顔をしながら指先で腹筋を撫でると、ピクリとノルンが反応を見せる。

「くすぐったかったですか？」

「少し……」

眉を下げてはにかむ表情にキュンとして、腹部からさらに下へ手を伸ばした。

ノルンの下半身もすでに張り詰めていて、俺と同じように興奮している。

指先でくすぐるように先端を撫でると、ノルンはむず痒《がゆ》そうに下唇を噛んだ。

「アンジェロ様、その触れ方はいじわるです」

ノルンはそう言うと、お返しとばかりに俺のシャツをはだけさせ、胸に唇を落とす。

ちゅっとわざとらしく音を立てながら、舌先で乳首をくにくにと愛撫される。

「ん、ぁ………」

ゾクリと甘い疼《うず》きが全身に広がった。

熱を持ちはじめた下半身を、ノルンの腰に擦《こす》りつける。

布越しにすりすりと互いの熱を擦《こす》り合わせるが、たまらなくなって直接触れ合う。

しっとりと汗ばんだ皮膚が擦《こす》れ合い、興奮した先端から蜜があふれだすと、ぬちゅぬちゅと可愛らしい音が響いた。

「ぁ……きもちぃ……」

胸も下半身もズックズクで、俺は惚けた顔で快楽だけを拾い上げる。

すると、ノルンの大きな手のひらが俺とノルンのモノを一緒に掴み上下に扱きはじめる。

腰を振るリズムに合わせて硬い手のひらで扱かれるとすごく気持ちがよくて、俺は腰を反らし、一度熱を吐き出した。

「――――ッッ！　ふ、ぁ……でちゃい……ました……」

手のひらに精を吐き出し、頭の中がボーっとする。

ノルンは嬉しそうに微笑むと、甘い口づけをくれた。

「上手にイケましたね」

「はい……。ノルンさんは、まだイッてないですよね？」

「私は今からたくさんアンジェロ様に気持ちよくしていただきますので」

妖艶《ようえん》な笑みを浮かべたかと思うと、ノルンはゆっくりと後孔に指を突き入れてくる。

ヌチヌチと内壁を撫でられて、じょじょに広げられていく間も、ノルンはたくさんキスをくれた。

舌先を絡め合っていると、無意識なのかノルンの指の動きに合わせて舌も動き、上も下も広げられている感覚に頭がクラクラしてくる。

「ん、く、ぁ……ひゃ……ん、んぐ……んむぅぅ……」

口の中でノルンの唾液が混じり、口角からあふれだす。

あふれだした唾液をノルンが舐めとると、昂《たかぶ》った瞳で俺を見つめてきた。

その瞳がなにを意味するのかわかっている俺は小さくうなずく。

「ノルンさんが……欲しいです」

俺の言葉にノルンは口角を上げ、ゆっくりと腰を押しつけてくる。

ヌッ……と先端が入りこむ瞬間は、何度経験してもたまらなくて、ぶるりと体が震えた。

ノルンはじっくりと俺の中を味わうように腰を動かし、その動きに合わせて俺の嬌声が響く。

「ひ、ん、アッ！　そこ、気持ちい……ん、ンッッ！」

「アンジェロ様は、ここをこりこりと突かれるのがお好きですね」

「う、ん……好き……ふぁっ！　や、ら……いじわる、やだぁ……」

ノルンは俺の気持ちいいところを知っているクセに、わざとそこを外すように腰を動かす。

焦れったい疼《うず》きに、頬を膨らませながら抗議するとクスッと笑われる。

「ここばかり気持ちよくしてしまうと、アンジェロ様の体力が持たないのではないかと思いまして。

ほら、またこんなにも興奮して……」

ノルンは俺のペニスに触れながら、指の腹で先端をくにくにと撫でる。

一度出しているはずなのに、ノルンに挿れられて前立腺を少し擦《こす》られただけで、先端からはしたなく涎《よだれ》を垂らしてしまっている。

確かに、射精してしまうと疲労感が強くはなるが……物足りない！

「ノルンさん……。だして……気持ちよく、なりたいです……」

ノルンの大好きな俺の碧眼をうるませて、もっと気持ちよくしろとおねだり顔を向ける。

だが、ノルンは小さく首を横に振った。

「今日はココだけでイキましょう」

そう言って、ノルンは俺のペニスの根本をぎゅっと握り、腰を打ちつけてくる。

いきなり奥に入ってきた熱い猛りに、体が大きく跳ねる。

「ひぁっっ！　あ、ノルンさん、いじわるしないで！」

「意地悪ではありません。これは、アンジェロ様のためですから」

そう言う割りにノルンの表情はSっけたっぷりで、絶対に楽しんでやっているのがわかる。

射精できないもどかしさと奥を突かれる気持ちよさで、頭の中がおかしくなりそうだ。

「あ、ん！　アッッ！　おく……おくぅ……」

「奥が気持ちいいんですね。私もですよ」

尻たぶに骨張ったノルンの腰がパンパンとリズムよく打ちつけられ、俺の喘《あえ》ぎ声が合わさる。

イキたいのに根本も鈴口もノルンの手でふさがれ、イケないもどかしさに下唇を噛みしめる。

そして、トドメとばかりに最奥をぐぽっと責め立てられると、目の前が真っ白になる。

「奥まで上手に呑みこめましたね……」

「く、ぁ……ぁ……ァ……」

腹の奥に意識が集中する。

ノルンと深く深く繫がっているこの感覚は、快楽の閾値《いきち》を超えていた。

奥を何度も出入りされると、きゅぅぅ……と中が痙攣《けいれん》したようにノルンのモノを締めつける。

伸ばした足先をグッと丸めて震える俺の体に、ノルンがグンと体重をかけてくる。

「私も一緒に……」

「んぁっ！　あ、んん……ンッ……んぁァアッ……」

最後に何度か突き上げられ、ノルンのモノをきゅうきゅうに締めつけて俺は中イキしてしまった。

ノルンも熱い精をたっぷりと俺に注ぎこむ。

そして、ノルンの手によって縛られていた俺のペニスも解放されると、タラリと涙を流すように力なくイッた。

王都を出て久しぶりのエッチに満足しつつ、前線都市メンニウスをあとにする。

そして、前線都市を出発してから三日目。

窓から見える風景は、どんどん見慣れたものに変わっていく。

その風景に心が躍る。

俺たちは、皆が待つ前線へようやくたどりついた。

前線の入り口に到着し、馬車から飛び降りた俺は大きく伸びをする。

久しぶりの前線の土臭い香りを胸いっぱいに吸いこんでいると、人だかりがワイワイとこちらに向かってきた。

その先頭にいるミハルが、大きく両手を振って小走りで駆け寄ってくる。

「アンジェロ様。おかえりなさい！」

「ミハルさん。ただいまかえりました」

ミハルに『おかえり』と言われると、安堵感に包まれる。

そして、ミハルの背後からむさ苦しい傭兵たちの「おかえり」と男臭い笑顔が俺に向けられる。

「アンジェロ、いろいろと大変だったみたいだな。だが、無事に帰ってきてくれてよかった」

ガリウスさんはニッと屈託のない笑顔を向けて、くしゃっと頭を撫でてくれる。

俺はヘヘッと顔をゆるませ、思わずだらしない笑顔を見せてしまう。

久しぶりの愛しの筋肉たちとの再会は、思った以上に元気をくれた。

「イーザム様とヴィヴィさんは、治療中ですか？」

「はい。イーザム様とヴィヴィ様は治療小屋にいらっしゃいます。昨日、魔獣の討伐で怪我をされた方がいるので付き添っています」

「そうなんですか。では、僕もさっそく治療小屋に向かいますね」

「アンジェロ、たいした怪我じゃないから急がなくていいぞ。ランドルがヘマして崖から転がり落ちて、肋骨にヒビ入っただけだからな。お前が帰ってくるのが楽しみだーとか言って、前も見ずにぺちゃくちゃ話して勝手に足を滑らせたんだ」

そのときの光景を思い出したのか、ガリウスさんは呆れた顔を見せる。

「ハハ、それは災難でしたね。でも僕の帰りを楽しみに待ってくれていたのは、すごく嬉しいです」

「ここにいる奴らは皆、お前の帰りを心待ちにしていたぞ。おかえり、アンジェロ」

ガリウスさんの目尻の皺《しわ》がぐっと深くなる。

皆から向けられる柔らかな笑顔に包まれると、なんだか胸が熱くなった。

治療小屋へ向かい、扉を開くと懐かしいにおいがした。

消毒液のにおいと、前線で戦う男たちの汗と体臭と血生臭さが混じり合った、個人的にはお気に入りの香り。

部屋に入り、スーッと息を吸いこみ声をかける。

「ただいま戻りました」

傭兵たちで賑《にぎ》わっていた部屋の中の視線が一気に俺に集まり、わぁっと声が上がる。

元気な傭兵たちはベッドから立ち上がると、俺を囲んで歓迎するように笑みを浮かべる。

「アンジェロ様～お帰りなさい！　ずっと待ってたんすよ～」

「アンジェロ様、おかえりなさい！」

筋肉パラダイスに癒《いや》されながら皆に挨拶を返していると、奥の重傷部屋がバンと開き、小さな人影が突進してくる。

スイスイと男たちの間をぬってくる人影は高く結んだツインテールを揺らし、涙を浮かべて俺の胸に飛びこんできた。

「――ッアンジェロ様！」

「うわっ！」

小さな体で飛びこんできたヴィヴィを、よろけながらもなんとか受け止める。

体を震わせ胸に額を擦《こす》りつける姿に、胸がじんとした。

「ただいま、ヴィヴィ。僕の留守の間、前線を守ってくれてありがとうございます」

「私は……やるべきことをやっただけです……。アンジェロ様こそ、お辛い目に遭われたのではないですか？　お身体は大丈夫なのですか？」

瞳は涙でいっぱいで、その可愛らしい様子に思わずぎゅっと抱きしめた。

「僕は大丈夫です。なんとか決着がつきましたから。ですが……ヴィヴィさんこそ大丈夫ですか？ヨキラス教皇やフテラ教の件で……悩まれたのではないですか？」

ヴィヴィも熱心なフテラ教の信者で、ヨキラスをずっと信用していた。

俺がとった行動は、ヴィヴィにとって大切なものを奪う結果になってしまった。

恨まれても仕方のないことだと理解はしているが、身近にいるヴィヴィに恨まれるのは……やはり辛い。

これ以上心配をかけないように笑顔を見せると、ヴィヴィは首を横に振る。

「私は大丈夫です。私にとって大切なものは、アンジェロ様とこの前線の皆ですから」

真っ直ぐに俺を見つめそう答えてくれるヴィヴィが愛おしくてたまらず、またむぎゅっと抱き寄せる。

くすぐったそうに笑うヴィヴィとじゃれあっていると「お〜い」と間の抜けた声が聞こえてきた。

屈強な傭兵たちに「道をあけんか」と、いつもの調子で登場してきたイーザム爺《じい》さん。

俺と視線が合うと、ニッと笑いかけてくる。

「ただいま戻りました」

「うむ。元気そうでなによりじゃ。ところで……土産はもちろんあるんじゃろな？」

「はい！　イーザム様が以前欲しがっていた物をいくつか見つけたので買ってきましたよ。あと、甘い物もお好きだとおっしゃっていたので、お菓子もいくつか」

「そうかそうか。さすが儂《わし》の一番弟子じゃな。じゃあ、儂《わし》はお前さんがおらん間ヴィヴィとミハルにこき使われて働きすぎたから、甘い物でも食べて休むかの～。奥の部屋でランドルがヘマして苦しんどるから顔を見せてやれ。痛みで起き上がるのがしんどくて、お前さんに会えんと泣きっ面を晒《さら》しとったぞ」

「はい、さっそく顔を見にいきます」

イーザム爺《じい》さんを見送ってから奥の部屋へ入ると、ベッドで寝転がるランドルと、付き添うキアルとアドリスさんの姿が見えた。

「ランドルさん、体の痛みはどうですか？」

部屋に入るなり声をかける。ランドルがバッと体を起こし俺の名を呼んだかと思うと、苦悶の表情を浮かべたまま体の動きが止まる。

「アンジェロ様！　――ッツ！　いぃッツ………てぇぇ……」

「バカ、いきなり動くなって。肋骨痛めてんだろ」

キアルとアドリスさんは呆れた顔でランドルをたしなめる。それから俺へ視線を移すと優しく微笑み、「おかえりなさい」と声をかけてくれた。

「皆さん、ただいま戻りました。ランドルさん、痛みがひどいなら治癒魔法をかけましょうか？」

「へ？　い、いいんすか？」

涙目のランドルを放っておけず、肋骨のあたりに手をかざし治癒魔法を流しこむ。

ランドルの胸元がホワリと白く輝くと、ランドルは口を震わせて歓喜の声を上げた。

「痛く……ねぇー！　アンジェロ様、ありがとうございます！　イーザム様もヴィヴィ様も、自業自得だから次の討伐が決まるまで大人しくしとけとか言うんですよ」

ふてくされるランドルに、親友のキアルが頭をこづく。

「お前が浮かれすぎてたからだろ。これが討伐前なら、ガリウスさんからもしこたま怒られてたんだからな」

「まぁ、怒られるだけじゃ済まないだろう。夜間の見まわり当番一カ月はかたいな」

「うぅ……すみませんってぇ」

キアルとアドリスさんに笑われながら怒られ、ランドルは首《こうべ》を垂れる。

俺もつられて笑い、ランドルもヘヘッと申し訳なさそうに笑っていた。

いつもと変わらぬ前線の様子に胸が熱くなる。

活気に満ちた皆の声と笑顔を見て、やはり俺の居場所はここなんだと実感する。

この場所で、俺も皆と一緒に戦っていきたい。

――そして大切なこの笑顔を、必ず守ってみせる。

俺は決意を新たに、前線での日々を再スタートさせていくのだった。

ヨキラスと教会の闇を暴き、前線へ戻った俺たちを待っていたのは以前と変わらぬ忙しさだった。

生死をかけた戦いの日々に、月日は慌ただしく流れていく。

ヨキラスが裁かれると同時に、教会の闇は段階を追って民衆たちに伝えられていった。

まずは教会が聖魔法の力を持つ子どもたちを監禁し、聖水を作らせていたこと。

けれどその事実を知った民衆は「なんとひどいことを……」と、哀れみを向けるだけだった。

義憤にかられる人はいても、当事者でなければ他人事のように感じてしまう話であるせいか、そこまで問題にはならなかった。

だが、国王が『実は洗礼式では魔力を抑えるための呪いが付与されていた』と公表すると、それはそれは大きな混乱が起きた。

各地で暴動が起こり、教会で呪いを解く準備をしていると聞きつけては、我先にと人々が押し寄せた。

民衆たちに魔力を抑えるための呪いが付与されていることを公表するか否か、王家の人間を中心に幾度となく話し合いが行われたという。話し合いには、貴族代表としてオレリアンも参加していた。

事実を公表せずに民に気づかれないよう呪いを解けばいいという意見も出たようだが、民のほとんどが呪いを受けているため現実的ではなかった。

答えが出ぬまま毎日話し合いは続いた。

しかし、のんびり話し合いを続けている時間はなかった。

洗礼式が行われなければ、その世代の子たちは魔力を制限されることなく使うことができる。

そうなれば、フテラ様の加護が紛い物だったと気づく民も出てくるだろう。

事実とは異なる噂話が広がり、民衆が教会ではなく国に対して不信感を抱くことだけは避けたいと、国王は意を決して真実を民に告げたのだった。

当然、前線にもその話は入ってきた。

教会に対する怒りと自身に呪いが植えつけられているという不安に、屈強な傭兵たちも動揺を隠せずにいたが、その不安はすべて俺がとり払った。

魔力管の働きを軽く阻害する程度の小さな呪いなど、リリアの呪いに比べればたいしたものではなかった。

一週間をかけて皆の呪いを解くと、前線はいつもと変わらぬ日々へ戻った。

大切な人々を守るための戦いは続いていく。


そして、慌ただしく過ぎていく日常はあっという間で……あれから三年が経った。

この三年で大きく変わったことは、なんといっても村が大きく立派になったことだ。

オレリアンのサポートもあり、前線都市との交流が増えていった。

そのおかげで前線都市メンニウスへ続く道路が舗装され、馬車での移動も快適でより早くなった。行商人たちも魔獣から取れる素材などを買い付けにやってくるようになり、村は少しずつ賑《にぎ》やかになっていったのだ。

だが、魔物や魔獣との危険な戦いに終わりはない。

大切な前線の皆の命を守るという、俺の役目もだ。

『戦場の天使』というふたつ名をいただいた俺は今日も前線で目まぐるしい日々を過ごしている。

「アンジェロ様！　今から三名重傷者が運ばれてきます！　二名は意識はありますが、一名は出血が多く意識が朦朧《もうろう》としているそうです」

早朝から治療小屋にミハルの緊張感漂う声が響き、ドクンと鼓動が早くなる。

前日から魔獣の討伐で負傷した傭兵たちの治療にあたっていて寝不足の頭も、アドレナリンが湧き出るとパッと冴える。

伸びた髪を結び直し、ノルンとおそろいで作った飾り紐を結びつけて気合いを入れると、ミハルとヴィヴィに声をかける。

「ミハルさんとヴィヴィさんは意識のある二名の対応を。僕はもう一名の方の治療にあたります」

「「わかりました」」

そう言うと、ふたりは己のやるべきことを即座に理解し動きだす。

三年でふたりは大きく成長した。

ミハルは少し背が伸び、出会った頃に比べると体格もたくましくなった。

優しい笑顔と可愛らしい頬のそばかすは変わらずだが、頼もしさが増した。

俺とヴィヴィのサポートを中心に、俺たちがなにも言わずとも考えを読みとり先まわりして行動してくれる。

ヴィヴィは可愛らしい黒髪ツインテールをバッサリ切り、ショートヘアーになった。

理由を聞くと、結ぶのが面倒だからと意外な答えが返ってきた。

ヴィヴィは相変わらずの勤勉さと、はじめの頃に見せた気の強さで前線の男どもと対等に渡り合っている。

頼もしいふたりに感化されるように、俺も治癒士としての腕を磨いていった。

重傷者が担架に乗せられて運ばれてくると、すぐに皆で処置をはじめる。

意識をなくした傭兵は、真っ青な顔で弱々しく呼吸をしていた。

太腿と腹部を引き裂かれており、おびただしい量の血がガーゼに滲《にじ》んでいる。ガーゼをめくると深く抉《えぐ》れた裂創が現れ、眉をひそめる。

「洗浄してすぐに治癒魔法をかけます。ヴィヴィさんとミハルさんは大丈夫ですか？」

ヴィヴィとミハルのもとに運ばれた傭兵たちは裂創と下半身の火傷で苦痛の声を上げている。

「アンジェロ様、こちらは大丈夫です。ほら、今から治療するから少しは黙って堪えてなさい！」

ヴィヴィは傭兵に喝《かつ》を入れると、自ら調合した痛みを和《やわ》らげる吸入薬を傭兵たちに嗅がせ、治療を開始していく。

ミハルはヴィヴィが差し出す手に必要な物品を渡していき、傭兵たちに大丈夫だと優しく声をかけていた。

ふたりに任せても大丈夫だと判断し、俺も患者と向き合い治癒魔法を一気にかけていった。

傭兵たちの処置を終え、一息つく頃には昼を過ぎていた。

広範囲にわたる深い傷と出血量の多さでどうなるかと思われたが、傭兵はなんとか一命をとり留めた。

ヴィヴィたちが処置していた傭兵も、今はベッドで安らかな寝息を立てている。

ふぅ……と息を吐き椅子に腰かけると、ミハルがお茶を渡してくれた。

「お疲れ様です、アンジェロ様。なんとか乗り越えましたね」

「ありがとうございますミハルさん。今回の魔獣は大型もいると言ってましたからね。無事に討伐できればいいですが……。ミハルさんも疲れたでしょう？　少しは休まないと」

「僕なら大丈夫です。この数年で体力だけはつきましたから」

ミハルはニッと笑みを浮かべる。

確かにミハルは体力作りに傭兵たちと混ざって稽古をしたり走りこみをしたりしている。

そのおかげで、じょじょにだが俺好みのたくましい体型になってきている。

「でも、油断は禁物ですよ。また怪我人が運ばれたときに、頼りになるミハルさんがいないと大変ですからね」

「嬉しいお言葉をありがとうございます、アンジェロ様。あ、ヴィヴィ様にもお茶を渡してきますね」

そう言ってミハルはヴィヴィのもとへ走り去る。

ミハルにもらった温かなお茶を一口飲み、窓の外を眺める。

三日前から討伐へ向かった仲間たちは、無事に帰ってこられるだろうか……

こんなにも怪我人が多い戦いは久しぶりだったせいか、不安が募る。

——どうか皆が無事でありますように……

その願いをどこかの神様が聞き届けてくれたのか、夕焼けに照らされながら傷だらけの討伐隊が帰ってくる。

鎧も武器もボロボロで、土埃で汚れた顔。

傷のないものはひとりもいなかった。

皆、前線の村に到着するなり、緊張から解き放たれたように座りこんだり、寝そべったりして、安堵したように互いに笑い合う。

ヴィヴィとミハルとともに、皆の傷を診ながら処置をしていると、最後のほうにガリウスさんとノルンの姿が見えた。

ガリウスさんは右足を庇うように歩き、ノルンに肩を借りていた。

「お帰りなさい。ガリウスさん、足を怪我したんですか？」

「あぁ、だがたいしたことはない。魔獣どもが暴れたときに足を挫《くじ》いただけだ」

「そうですか。あとで、捻挫《ねんざ》に効く湿布薬を持っていきますね。その他に怪我はありませんか？」

「大丈夫だ。ノルン、肩を貸してくれてありがとな。あとはひとりで歩ける。俺は怪我した奴らの様子を見てくるから、お前は休んでおけ」

「わかりました。お気をつけて」

ガリウスさんは軽く手を挙げて、傭兵たちの様子を見にひょこひょこと歩いていく。

俺はノルンへ視線を移すと、上から下まで全身をくまなくチェックする。

ペタペタとノルンの体に触れていると、クスクスと笑われる。

「大丈夫ですよ、アンジェロ様」

「ノルンさんの大丈夫は当てにならないので信用していません。さぁ、背中も見せてくださいね」

背後にまわり、欠けた防具の周囲などを念入りに確認していく。

ノルンは俺とともに前線に残ることを希望し、教会所属の騎士をやめた。

そして、この前線で戦う傭兵のひとりとなった。

真っ白い騎士の制服を脱ぎ捨て、傭兵たちと同じ質素な服に変わっても、ノルンの洗練された雰囲気は変わらない。

つまりイケメンはなにを着てもイケメンなのだ。

そんなノルンは前線での戦いでも一際目立っていた。

元々、ノルンは魔法も剣の腕も一目置かれていたが、傭兵として戦いだしてからは獅子《しし》奮迅《ふんじん》の勢いで魔獣たちを薙《な》ぎ倒しているらしい。

戦いの場でも冷静さを忘れず、血の気の多い傭兵たちをまとめ上げる手腕を買われ、今ではガリウスさんの右腕として活躍している。

だが、己を犠牲にして傭兵たちを助けることも多く、討伐から帰ってくるまで怪我を皆に隠していることも多い。

この前も、脇腹をざっくり切られているのに応急処置だけして鎧で隠して帰ってきた。

家に帰ってその傷を見たとき、俺がどれだけ肝を冷やしたことか……

前回のことを思い出し、体を隅々までチェックして、気になった腕の切り傷に治癒魔法をかけていく。

「はい。これで治療は終わりです」

「ありがとうございます、アンジェロ様」

治療を終えてノルンを見上げると、彼は嬉しそうに目を細め、俺の額にキスをくれる。

三日ぶりのノルンからのキスはくすぐったくて、口元が綻んだ。

討伐が終わった夜はダッチさんからいつもより豪勢な食事が振る舞われ、皆と一緒にワイワイと宴を楽しんだ。

宴もそこそこに、ふたりで部屋に戻り、いつもより早くベッドへ向かう。

ふたりで寝るには狭すぎた二段ベッドからダブルサイズのベッドへ変更したが、結局はくっついて寝るのであまり変わりがないような気もした。

寝る前にふたりで毛布にくるまり、満天の星空を見上げる。

背後に感じるノルンの温もりに、疲れた体が癒《いや》される。

ノルンの胸にもたれかかり、顔を見上げると、月明かりに照らされて星のように輝く瞳と目が合った。

それからノルンの瞳がゆっくりと近づき、甘い甘いキスをくれる。

「はぁ……幸せ」

思わずもれた本音にノルンは微笑み「そうですね」と言って抱きしめてくれる。

悪役令息として転生した俺は、この前線で『戦場の天使』なんて呼ばれ、最愛の人とともに幸せなときを生きている。

そして、幸せを感じるたびに、俺に幸せをくれたアンジェロのことを思い出す。

最後に交わした約束を、決して忘れることはない。

——アンジェロ。お前との再会を、俺は楽しみに待っているからな。

ノルンに抱きしめられたまま窓から見える星空を見上げていると、満天の星空が、最後に見たアンジェロの笑顔のように輝く。

キラリと流れ星が流れ、消えないうちに願いごとを心の中で呟く。

アンジェロの幸せを、そして自分と最愛のノルンとの幸せを。

エピローグ

馬車の小窓から吹きこむ心地よい春風に髪が揺れる。

懐かしの風景をぼんやりと見つめていると、隣にいるノルンが話しかけてきた。

「アンジェロ様、久しぶりの王都ですね」

「はい。ここはあまり変わりませんね……」

久しぶりに見る王都の街並みを眺めながら、俺とノルンは今、ベルシュタイン公爵家へ向かっている。

あれからアンジェロの両親との関係は、少しずつだが改善している。

一年に一度は顔を見せ、静かな晩餐をともにするというだけなのだが、父と母はそれだけでも喜んでいるように見えた。

母はときおり、前線にも手紙を書いて送ってくる。

内容は父とオレリアンのことが大半で、最後に俺のことを気遣う言葉が添えられていた。

まだ、以前のような仲には戻れていない俺と両親との間を繋いでくれているオレリアンの近況はというと……おめでたいことがふたつあった。

ひとつ目は、オレリアンの結婚だ。

相手は、あのバーネット。

侍女であり平民の出身というかなりの身分差を蹴散らして、ふたりはめでたく結婚した。

従者として常にそばにいて、全幅の信頼を寄せていた彼女にオレリアンの心は少しずつ傾き、結婚前にはバーネットを溺愛するようになっていた。

バーネットはというと、いつものクールさは変わらず、顔のゆるんだオレリアンを上手に転がし、しっかりと仕事をさせている。

だが、バーネットもまんざらではないようで、オレリアンを見つめる視線は愛に満ちていた。

そして、ふたつ目のおめでたいことは……ふたりの間に子どもが生まれたことだ。

バーネットに新たな命が宿ったと聞いたときは、ノルンとともに大喜びした。

そして、オレリアンの仕事の都合上、バーネットは隣国で無事に男の子を出産。

生まれてから八カ月経ち、ようやく国に戻ってきたと知らせを受け、俺たちは愛しの甥っ子に会いに来たのだ。

甥っ子との初対面に心は躍り、宿をとりに村や町へ寄るたび甥っ子へのお土産が増えていった。

公爵家へ到着すると執事が出迎えてくれて、皆のいるリビングへ案内される。

リビングのドアを開くと、満面の笑みを浮かべたオレリアンが両手を広げて歓迎してくれた。

「アンジェロ、ノルン。遠いところからよく来てくれたな」

「オレリアン兄様、お久しぶりです」

オレリアンの後ろでは、バーネットが微笑み会釈《えしゃく》をする。

そして、父と母も一緒になって俺たちを出迎えてくれた。

皆の表情はいつもより柔らか……というよりも、完全にゆるんでいる。

その原因は、窓際に置かれた揺り籠《かご》の中。

籠《かご》の上にはアーチ状の取手にぬいぐるみの小さなオモチャがぶら下がっており、小窓から風が吹いて揺れるたびに、可愛い笑い声が聞こえる。

いてもたってもいられず、挨拶もほどほどに揺り籠《かご》へ近づき、中を覗きこむ。

そこには、天使がいた。

そして、甥っ子の名前をはじめて呼んでみる。

「はじめまして、ルド。君のおじさんのアンジェロだよ」

天使こと『ルド』は、ふくふくとした手を口に入れ、キラキラと輝くまん丸の碧眼で俺をじっと見つめた。

真っ白なモチモチの肌に、バーネットに似た艶《つや》やかな銀髪。

ふたりのいいとこどりをしたルドは、贔屓目なしに可愛すぎる。

いや、こんなに可愛い赤ちゃんは見たことがない。

名を呼ばれたルドは人見知りすることもなく、ふにゃりと顔を綻ばせ手を伸ばしてくる。

差し出された手にそっと手を出すと、小さくふわふわな手がきゅっと俺の人差し指を握る。

くすぐったさと可愛らしさに破顔し、もう一度ルドの名を呼ぶと、ルドもあうあうと口を動かしなにかを訴えてくる。

「ん？　ルドどうした〜？」

笑いかけながらルドに顔を寄せる。

ルドは小さな口を一生懸命に動かし……俺の名を呼んだ。

「とーま」

「………………え？」

「とーま、とーま」

真っ直ぐに俺を見つめる瞳は、確かに俺の名を……『斗真』と呼んでいる。

この世界でその名を知っているのは……ただひとりだけ。

『トーマ！』

最後に俺の名を呼んでくれた、天使の笑顔を思い出す。

混乱した頭でルドを見つめると、星空のように輝きに満ちた瞳で見つめ返される。

俺は、この瞳を知っている……

「……アン、ジェロ？」

小さな声で問いかけると、ルドは嬉しそうにこぼれんばかりの笑顔をくれた。

胸が締めつけられ、目頭が一気に熱くなる。

——本当にアンジェロなのか？

心の中で呟くと、ルドは「そうだよ」と答えるように、ニンマリと笑った。

アンジェロがいなくなって、ずっとポカリと空いていた心の隙間が、ルドの笑顔で埋められていく。

ルドの笑顔で満たされた心が、じんわりと俺の体を温かくしてくれる。

下唇を噛みしめ、震える声でもう一度ルドの名を呼ぶ。

「ルド……。そっか……そう、なんだな……」

ルドの笑顔が涙で歪《ゆが》むが、煌《きら》めく碧眼だけは輝き続ける。

嬉しそうに声を上げ、ぎゅっと俺の人差し指を握りしめるルド。

皆の前だということも忘れてポロポロと涙を流していると、大きな手が俺の頭を撫でた。

「どうしたアンジェロ？　もう、可愛い甥っ子に泣かされたのか？」

オレリアンは冗談半分に笑いながらそう言うと、ルドに手を伸ばす。

「ルドはえらくご機嫌だな。アンジェロ叔父さんがそんなに気に入ったのか？　さぁおいで。アンジェロ叔父さんに抱っこしてもらうか？」

オレリアンがルドを抱き上げると、ルドは俺に向かって小さな腕を目一杯伸ばしてくる。

その手をとり、温かで柔らかいルドの体を抱き寄せると、心の奥でくすぶっていた後悔が消えていく。

「あー、あうー」

ルドは嬉しそうに俺の胸元に顔を埋《うず》める。

そして、ふっくらした手のひらで俺の顔に触れると、にっこりと天使のような笑顔を見せた。

「アンジェロ様とルドは、はじめて会ったというのにすっかり仲よしですね」

バーネットが嬉しそうに微笑む。

ルドが碧眼を煌《きら》めかせながら、期待に満ちた目で俺を見つめてくる。

――あぁ、あの言葉を伝えなきゃな……

「なぁ、ルド。僕と……友達になってくれるかい？」

「あぃー」

ルドは満面の笑みで返事すると、ペチペチと嬉しそうに俺の頬を叩き、ぎゅっと抱きついてきた。

頬を擦《す》り寄せられ、小さな唇が頬に触れる。

『大好きだよ、トーマ』

あのときと同じ優しさに満ちたルドのキスに、涙がこぼれる。

「ハハ。アンジェロ、ルドに会えてそんなに嬉しいのか」

「はい……。会えるのを心待ちにしていたので、すごくすごく嬉しいです。なぁ、ルド？」

「うーあー」

ルドに話しかけると、小さな腕が俺を一生懸命に包みこむ。

あのとき、掴むことができなかったアンジェロの体を抱きしめるように、俺もルドの体を抱き寄せた。

腕の中に感じるルドの温もりを、俺はずっと待ち望んでいた。

「ルド。これからたくさんの幸せが君のことを待ってる。幸せになろうな、ルド」

花が咲いたような笑顔を見せ、ルドは俺に抱きついてくる。

ルドと俺をとり囲むオレリアンとバーネットとノルン、そして両親の笑顔に包まれた昼下がり。

俺がこの世界で幸せになったように、アンジェロ……いや、ルドが幸せになるように願いをこめて、小さな体を抱きしめる。

小窓から吹きこむ春風に包まれて、ルドの幸せを皆が望み、そして祝福する。

幸せで笑顔に満ちた光あふれる人生を送れるようにと。

番外編

ルドの洗礼式

部屋をノックする音が聞こえて「は～い」と返事だけすると、しばらくしてドアが開き、誰かが入ってきた。

カーテンを開ける音と同時に太陽の光が顔に当たり、眩《まぶ》しくて毛布を頭まで被る。

「ルド様、おはようございます。今日はよく晴れていますよ」

「ん……おはよう……」

執事のデュークに声をかけられたけれど、僕はまだ眠っていたくて毛布の中で体を丸める。

あったかいベッドは僕にとって最高の癒《いや》しだ。

「ルド様、まだお眠りになるのですか？」

「ん～もうちょっと……」

「私は別に構いませんよ。今日の洗礼式に遅れてもいいのなら」

デュークの言葉にハッとして、僕は急いで毛布を跳ね除ける。

「そうだった！　今日は洗礼式だった！」

「目が覚めたようでなによりです。さぁ、今日はルド様にとって大切な一日になるのですから、支度をしていきましょう」

デュークは目尻の皺《しわ》を深くして微笑むと、僕の支度を手伝ってくれた。

今日は待ちに待った洗礼式の日。

ずっと今日が来るのを楽しみにしていたから、昨日はなかなか寝付けなかった。

そのせいで、少し寝坊してしまった。

本当はもっと早く起きて準備をしているはずだったのに、朝はどうも苦手だ。

時計は七時をさしていて、僕は急いで寝巻きを脱ぎ捨てた。

デュークから今日着ていく服を受けとって、袖《そで》を通していく。

洗礼式用にと父様と母様が用意してくれた、肌触りのいい真っ白なシャツ。

光沢があり、陽の光があたるとキラキラ光って見える。

そして、僕の髪色と同じ銀色のベストを着て、上からはネイビーブルーの上着を羽織《はお》り、最後に水色の宝石が輝くカフスボタンをとめる。

僕の瞳と同じ色の宝石がはめこまれたカフスボタンは、大好きなアンジェロ叔父様が今日のためにと僕にくれた大切なものだ。

手紙とともに添えられていたこの贈り物を見たとき、僕は大喜びして父様と母様に見せた。

手紙には、僕の八歳の誕生日を祝う温かな言葉がいっぱいに書かれていた。

準備が終わると机の引き出しにある宝箱からアンジェロ叔父様からの手紙をとり出した。

読み返すと、嬉しくてヘヘッと思わず笑い声が出てしまう。

「ルド様、旦那様と奥様がお待ちですよ」

「うん、わかった」

僕はアンジェロ叔父様の手紙を箱に戻し、父様と母様のもとへと向かった。

ダイニングでは、父様と母様、それにおじい様とおばあ様もいた。

「おはようございます」

「おはようルド。今日は一段と素敵じゃないか」

父様に褒められて、僕は少し照れ笑いをした。

それから皆で朝食を食べ、父様と母様は僕の付き添いとして一緒に馬車に乗る。

馬車に乗る前、おじい様とおばあ様に行ってまいりますと挨拶をすると、おばあ様が僕の手をぎゅっと握りしめた。

どうしたのだろうとおばあ様の顔を見上げると、おばあ様はなぜだか泣きそうな顔をして僕を見つめていた。

「おばあ様？　どうしたのですか？」

「ルド……」

おばあ様は僕の名を呼ぶと、不安そうな表情を浮かべ、瞳いっぱいに涙をためた。

びっくりして、なんて言葉をかけたらいいか迷っていると、隣にいたおじい様がおばあ様の肩を優しく抱く。

「ミーナ、大丈夫だから心配するな。ルド、おばあ様はお前が成長したのが嬉しくて泣いているだけだ。さぁ、行ってきなさい。洗礼式を楽しんでくるんだぞ」

本当にそうなのかな。

僕は少し首を傾げて、おばあ様をまた見つめる。

おばあ様は僕の顔を見ると、大きな涙をひとつこぼした。

けれどそれから目尻に皺《しわ》を寄せて、柔らかく微笑む。

「ルド、いってらっしゃい。帰ってきたら洗礼式のお話を聞かせてね。ルドの帰りを楽しみに待っていますよ」

「はい！　では、行ってまいります」

笑顔で返事をして、おばあ様の手をきゅっと握り返す。

そして僕は父様たちが待つ馬車へ駆けていった。


馬車の車輪がカタカタと音を鳴らしながら、大聖堂へ向かっていく。

少しずつ変わっていく景色を見ていると、胸が躍った。

『洗礼式』。

それは八歳を迎えた子どもたちが、フテラ様から祝福を授かる儀式。

けれど、僕が生まれる前の『洗礼式』と今の『洗礼式』はいろいろと違っていたらしい。

三年前まで、洗礼式はただ魔力の属性を調べるだけのものだった。

それ以前は洗礼式自体がとりやめになっていたと学園の先生が言っていた。

洗礼式がとりやめになった原因は、教会が起こした大きな事件が原因だった。

『呪いの洗礼式』と言われるこの事件は、国を揺るがすものだった。

教会が洗礼式を利用して、人々に呪いを植えつけ、魔力を制御していた——そんな話を授業で聞いたときは、僕もとても恐ろしかった。

民たちは教会を糾弾し、フテラ様の存在自体も紛い物だと言う人すらいたそうだ。

いくつかの教会は、暴動によって火がつけられたり、壊されたりもしたという。

けれどフテラ様に罪はなく、それを利用した教会の人々が悪いのだと声を上げる人々がいた。

教会ではなく、フテラ様への信仰を、と声を上げたのは、『呪いの洗礼式』の真相を暴いた、この国で一番の闇魔法の使い手シスターマリアと聖魔法の使い手……アンジェロ叔父様だ。

ふたりが教会で前教皇の罪を暴いたお話は、とても有名だ。

ふたりをモデルとした物語は数えきれないほどあって、たくさんの本や、演劇の題材にもなっている。

そんなふたりは、フテラ教の信仰は残したまま、シスターマリアを中心に新たな教会のかたちを生み出した。

そして、ようやく三年前からフテラ様の祝福を与える洗礼式が復活したのだ。

——フテラ様から与えられる祝福かぁ……

僕は窓の外を見つめながら、ぼんやりとそんなことを考える。

さっきまで魔力の属性がわかったら友達と見せ合いっこしようとワクワクしていたのに、なぜだか今は気持ちが沈んでいた。

出発前におばあ様が見せた涙は、なんだったんだろう。

僕は隣に座る父様に話しかける。

「ねぇ、父様。おばあ様は洗礼式のことをあまりよく思っていないの？」

僕の質問に父様は、少し間を置いて答えてくれる。

「……おばあ様にとって、洗礼式はあまりいい思い出がないんだ。だから不安になったのだろうな」

「それは、昔の洗礼式が呪われたものだったから？」

「……そう、だな」

父様は僕から視線を外し、少し辛そうな顔をした。

その顔は、おばあ様が僕に向けた表情とよく似ていた。

その表情につられて、僕もなんだか不安が大きくなってくる。

ぎゅっと下唇を噛んでいると、父様は僕の顔を見て眉を下げた。

「すまないルド。不安にさせてしまったな。今の洗礼式では、呪いを与える者などいない。もしもそんなことをしようとする者がいれば、シスターマリアが黙っていないからな。だから、安心して洗礼式に参加しなさい」

「うん」

そう言って、ポンと頭を撫でてくれる。

父様の大きな手で頭を撫でられると、心の中の不安が少しずつ消えていく。

そして、馬車は大聖堂へ到着した。

母様に手を引かれて馬車を降り、僕は大聖堂を見て思わず声を上げた。

「わぁ、すっごく大きい……」

大きな大きな大聖堂を見上げると、首がとても痛くなった。

教会には何度か行ったことがあるけれど、大聖堂はそこいらの教会とは違い、なんだかすごいところなんだと思った。

地方の教会の数倍は大きくて、装飾はすごく豪華だし、周りを飾る彫刻も教科書に載っているような有名なものばかりが並ぶ。

広く扇状に広がった階段には、すべての民を歓迎するようにという意図があるらしい。

その階段を、僕と同じ歳の子どもたちが嬉しそうに駆け上がる。

僕もその後に続こうと足を踏み出し、大聖堂の入り口まできたけれど、中に入ろうとすると、なぜだか体がこわばった。

「どうしたの、ルド？」

僕の隣にいた母様が、急に立ち止まった僕に声をかけてくる。

「えっと……」

なんと答えたらいいのかわからなかった。

前に進まなきゃと思うけれど、胸がざわざわして、体が大聖堂の中に行きたがらない。

どうしたらいいかわからずに、目の前の入り口をじっと見つめた。

すると、心の奥にいる僕が小さく囁《ささや》く。

『……ここは怖いところだよ』

――怖い……ところ？

入り口から真っ直ぐ伸びる、長い通路。

その奥に掲げられたフテラ様の像が見える。

優しく微笑むその顔を見て、ズクンと胸と、背中が痛んだ。

なんで痛むのかわからなくて、思わず母様の手を握る。

大聖堂の入り口に立っているだけで、不安はどんどんと大きくなってきて、胸がそわそわする。

――どうしよう。帰り、たい……

母様に「帰りたい」と言おうと口を開きかけた時、キラリと手首が光った。

目を向けると、アンジェロ叔父様にもらったカフスボタンの宝石が水色の優しい光を放っていた。

そのボタンを見つめていると、叔父様の手紙に書かれた言葉が浮かんでくる。

『これから先、困難なことや悲しいこともあるだろう。しかし、どんなに辛いことがあっても、ルドにはたくさんの味方がいることを忘れないでくれ。不安になった時は、僕がいることを思い出して。どんなときも、ルドの幸せを願っているよ』

アンジェロ叔父様の言葉に、不安が和《やわ》らいでいく。

――僕には叔父様がついてくれている。母様と父様もいるんだ。

きゅっと下唇を噛んで前を向き、フテラ様の像を見つめて一歩踏み出そうとする。

けれど、気持ちとは反対に体が中に入るのを拒んでいるみたいに重い。

どうしようと困っていると、突然優しそうな声が聞こえた。

「こんにちは。どうかなされましたか？」

よく通る澄んだ声に、僕はパッと視線を向ける。

見上げた先には、修道服に身を包んだ女性がいた。

僕を見つめるその瞳は、綺麗な緋色をしている。

目が合うと、女性は優しく微笑んでくれた。

口ごもる僕の代わりに、母様が女性に話しかける。

「こんにちは、シスターマリア。どうやら息子が洗礼式に緊張してしまったようなんです」

母様がそう答えると、シスターマリアはしゃがみこみ、僕と視線を合わせた。

そして優しく笑いかけてくれる。

「こんにちは、ルド様」

「……え？　なんで僕の名前を知っているんですか？」

シスターマリアに名前を呼ばれて、僕はびっくりしてしまう。

「私はお母様とお知り合いなので。それにアンジェロ様からも、今日はルド様が洗礼式を迎えるのでよろしくとお手紙をいただいておりました。なので、ルド様に会えるのをとても楽しみにしていたのですよ」

「母様とシスターマリアはお知り合いなんですか⁉」

見上げると、母様は「えぇ、そうよ」と頷く。

驚いたままシスターマリアのほうを振り向くと、少しおかしそうに笑っていた。

「以前、お母様にはとてもお世話になったんですよ。それからも、たびたび会ってはお話しをして、仲良くしていただいているんです」

シスターマリアは母様を見上げて、昔を懐かしむような顔をした。

僕は興味津々《きょうみしんしん》にシスターに話しかける。

「母様とシスターマリアはどうやって仲良くなったんですか？　もしかして、アンジェロ叔父様のご紹介ですか？」

爪先立ちになってシスターマリアにいろいろと質問していると、急に体が宙に浮いた。

「わっ！」

気づけば大きな手に両脇を抱えられていて、父様の香水の香りがした。

「こらルド。シスターマリアは今日はとても忙しいんだぞ。お前にばかり構っていられないんだ」

「ご、ごめんなさい」

父様に呆れた声で叱られてシスターマリアに謝ると、シスターは優しく微笑んでくれた。

「オレリアン様、お叱りにならないであげてください。私のほうからルド様に声をおかけしたのです。ルド様、緊張はほぐれましたか？」

シスターマリアにそう言われ、さっきまで帰りたいと思っていた気持ちがなくなっているのに気づいた。

――どうしてだろう。さっきまであんなに怖くて、すぐにでも帰りたかったのに……

不思議になって、シスターマリアを見つめる。

シスターが僕に優しく微笑んでくれて、お話をしてくれたおかげなのか、不安でいっぱいだった僕の気持ちはどこかへ消えていった。

なにか特別なことをされたわけではないのに……そういえば、シスターマリアは、この国一番の闇魔法の使い手だ。

もしかしたら、闇魔法は不安な気持ちも吹き飛ばせるのかな？

「あの……シスターマリアは、僕に魔法をかけてくれたんですか？」

「え？」

「僕、大聖堂に入るのがなんだかすごく怖かったんです。でもシスターマリアが来てくれて、お話をしてくれたら、不安がなくなりました。だから、魔法で吹き飛ばしてくれたのかなと思って」

そう言うと、シスターマリアはイタズラっぽく目を細めて答えてくれた。

「その通りですよルド様。ルド様に渦巻いていた不安は、私の魔法ですべて消してしまいました」

「うわ～！　すごい、すごい！　闇魔法ってそんなこともできるんですね！　わぁどうしよう、父様！　僕、父様や母様と同じ火の魔法がいいなって思ってたけど、闇の魔法もいいなぁ。みんなが悲しいときや不安なときに魔法で吹き飛ばせて、笑顔にできるなんて、すっごく素敵です。う～ん、うぅ～ん……どっちも本当に素敵すぎて選べないやぁ……」

父様の腕の中でう〜んと悩んでいると、三人のおかしそうな笑い声が聞こえてくる。

「ハハ、素敵なものが多すぎるのも困りものだな、ルド。フテラ様にお願いして、ふたつとももらえるといいな」

父様の言葉に、それがあったかと思い、僕は大きく頷いた。

心の中でフテラ様に『どうか火と闇の魔法が使えますように……』と、お願いをする。

お願いが終わると、シスターマリアは他のシスターに呼ばれて僕たちのそばを離れていく。

「また後で」と、手を振るシスターに笑顔で手を振って見送ると、洗礼式に参加する子どもたちに集まるようにと呼びかける声が聞こえてきた。

父様はポンと僕の頭を撫でる。

「ルド、ひとりで行けるか？」

「はい。大丈夫です」

「そうか。じゃあ、行ってこい」

父様と母様に見送られ、他の子たちと一緒に祭壇へ続く通路に並んだ。

父様と母様は後ろのほうの保護者席に座り、列に並ぶ僕を見て微笑んでくれる。

しばらくすると、シスターたちの祝いの歌が披露《ひろう》され、大聖堂に響きわたった。

厳《おごそ》かな雰囲気の中、ステンドグラスから差しこむ光が真っ白な大聖堂を色とりどりに照らす。

美しい光景に見惚れていると、祭壇の前に置かれた机の上に、僕の頭三個分くらいの大きな水晶玉が並べられた。

属性を判定する水晶玉を前に、皆がワクワクドキドキしていた。

僕も皆と一緒で、自分の番がくるのが待ち遠しかった。

歌が終わると、シスターマリアが綺麗な藍色の髪をなびかせて登壇し、祝福を受ける子どもたちの名前を呼んでいく。

名を呼ばれた子は緊張した顔で水晶玉の前に立ち、恐る恐る手をかざした。

すると水晶玉はポワッと光を放つ。

水色、赤色、緑色……

子どもたちが水晶玉に手をかざすたびに、大聖堂の中は彩り豊かに照らされていく。

そして、それを祝うようにフテラ様の祝福が一人ひとりに与えられる。

ついに僕の番がやってきた。

祭壇へ続く階段を緊張しながら登り、大きな水晶玉の前に立って、ピンと背筋を伸ばす。

水晶玉の向こうにはシスターマリアがいて、緊張する僕を励ますように微笑んでいた。

ふぅ……と、一呼吸をおいてゆっくり両手を伸ばすと、水色のカフスボタンもキラキラと煌《きら》めいて、僕を応援してくれるようだった。

水晶玉に手が触れる。

ぼわんと淡い光が灯り、手を当てたところから、赤いモヤが渦巻きはじめた。

赤いモヤはどんどん濃くなり、水晶玉は濃い赤色の光で輝きだす。

「わぁ、綺麗……」

僕の顔が水晶玉の真っ赤な光で照らされる。

奥にいたシスターマリアが一歩出てきて、僕の属性を告げようとした。

「ルド様の属性は……」

シスターマリアがそう言いかけた瞬間、もうひとつの光が現れる。

黒く煌《きら》めく不思議な光は、赤い光と混じり合い輝きを強くした。

僕もシスターも驚いて、水晶玉の光を見つめる。

赤い光と黒い光は仲良さそうに絡み合い、水晶玉の中で渦巻きながら煌《きら》めいていた。

周りにいた人々から驚きの声が上がったが、僕は嬉しくってそれどころではなかった。

赤と黒の光。

それはつまり、僕が望んでいたふたつの属性だ。

「シスターマリア！　フテラ様が僕の願いを叶えてくれました！」

嬉しくて一番近くにいたシスターマリアに声をかけると、その顔が驚きから笑顔に変わる。

「おめでとうございます、ルド様。ルド様の属性は火と闇です」

シスターマリアにそう告げられて、僕は満面の笑みで返事をした。

興奮したまま水晶玉から手を離し、僕はシスターマリアの前で祈りの姿勢をとる。

シスターマリアは、フテラ様のシンボルである三日月のペンダントを掲げ、祝福の言葉をくれた。

「ルド・ベルシュタイン。あなたに愛の恵みを授けます。すばらしき人生を照らす光が、温かくあなたを導きますように」

シスターマリアは微笑みながら小声で僕に囁《ささや》く。

「私も、ルド様の幸せな未来を心より願っております」

シスターマリアの言葉に、僕はニッコリと笑顔を向けた。


楽しい洗礼式が終わり、父様と母様と手を繋いで洗礼式での出来事を何度も何度も話しながら馬車まで歩いていく。

父様も母様も同じことを繰り返す僕の話を嫌な顔ひとつせずに笑って聞いてくれる。

「ルド、よかったな。だが、ふたつの属性を使いこなすにはたくさんの練習が必要だぞ」

「うん！　僕、たくさん頑張るよ！　火と闇の魔法の使い手になって、立派な騎士様になるんだ！」

「まぁ、ルドは騎士になりたいの？」

母様は僕の夢を聞いて、嬉しそうに微笑んだ。

「うん！　騎士になって、前線で働くアンジェロ叔父様の手助けをしたいんだ。そして、僕が父様と母様、おじい様とおばあ様を守り、この国を守るんだよ」

父様と繋いでいた右手を高々と突き上げて、敵をやっつけたときの騎士様のポーズをとる。

父様は「そうか」と言って、僕の手を強く握りしめた。

「帰ったら、おじい様とおばあ様にその夢を話してあげなさい。きっと、ふたりとも喜ぶよ」

「はい！」

大きな声で返事をして、迎えに来ていた馬車に乗りこむ。

馬車の小窓を開けて、大聖堂を見つめた。

はじめて見たときには大きくて恐ろしく感じた大聖堂は遠ざかると小さくなり、オレンジ色の夕日に照らされて、なんだか可愛らしく見えた。

そういえば、洗礼式のときにフテラ様が願いごとを叶えてくれたのに、僕は感謝の言葉も伝えていなかったことに気づく。

慌てて大聖堂に向かって手を組み、感謝の言葉を心の中で呟いた。

――フテラ様。僕の願いごとを聞いてくださって、ありがとうございます。

小窓から大聖堂にいるフテラ様に向かってそう伝えると、ふわっと風が吹いた。

『ルド、あなたに幸多からんことを……』

耳元に聞こえた、優しく包みこむような声。

風は僕の頬を撫でて、遠ざかっていく。

僕は小窓から、風が吹いていった空を見つめ、ニコリと笑う。

そして、心の中でまた『ありがとうございます』と呟き、小さく手を振った。

番外編

寄りそう光

「なんでノルンさんや皆がこんな目に遭わなくちゃいけないんですか！　もう、我慢の限界です。僕が文句言ってきます！」

「アンジェロ様、この傷は私が不甲斐ないだけで……」

「不甲斐ない？　ノルンさんは不甲斐なくなんかありません！　いきなり助けを求められて、なんの準備もさせずに駆り出されたのだから怪我だってしますよ！　あの人たちはノルンさんたちが断らないことをいいことに、やりたい放題してるんですよ！」

「……申し訳ありません」

「あ……いや、ノルンさんは悪くないんです。……すみません、感情的になってしまいました」

治療小屋に響き渡る俺の怒りの声に、治療を受けていたノルンは申し訳なさそうに眉を下げた。

その様子を見た俺は大人げなかったと反省し、早く傷が治るように治療に集中する。

魔獣の爪によってつけられた深い傷は治癒魔法で消えていくが、ノルンが治療を受けるまで耐え抜いた傷の痛みは消えない。

束の前線は今や各方面から行商人たちが集まり、魔物からとれる素材などを求めて交易が盛んな場所になっている。

そのおかげで村の人々の生活も、以前と比べれば豊かになってきていた。

しかし、訪れる人が増えればトラブルも必然的に増えていくものだ。

東の前線の魔物のレベルは他の地域と比べると格段に高い。

それを知らない行商人たちはレベルの足りない護衛たちを引き連れて平気でこの土地にやってくる。

そして、到着した頃には護衛はボロボロ。

帰りの護衛をどうするか悩んだ行商人たちは、東の前線の傭兵たちに護衛を頼むようになった。

まぁ、お金を払って傭兵を雇う分にはいいのだが、それをケチった奴らは旅路の途中で壊滅しかけてからようやく助けを要請してくる。

助けを求められれば、もちろん皆助けに行くしかない。

だが最初こそ感謝するものの、次第に「荷馬車の荷物を優先して守れ」だとか「このままついでに前線都市まで護衛しろ」だとか注文が増えてくる。

仲のいい行商人から話を聞くところによると、傭兵に金を払いたくない奴らは運よく魔物に出会わなければ儲けもの、もし魔物に出会ってもノルンをはじめとした東の前線の奴らがどうせ助けにくる、なんて言っているらしく、俺は怒り心頭だ。

どんな魔獣かもわからず、半端な準備で慌ただしく助けに向かうノルンたち。

そんな理由で皆が傷つく姿は見たくはないが、愚かな奴らだろうと助けを断って、最悪死なれてしまったらやはり罪悪感が湧く。

優しい皆に漬けこむケチくされどもがのうのうと商売を続けているのが腹が立ってしょうがない。

「はぁ……僕がずっとノルンさんたちのそばにいられたら、すぐに治せるのに」

包帯が巻かれたノルンの手を握りポツリと言葉をこぼすと、治療を受け終わったノルンが目を細める。

「その言葉と気持ちだけで私は嬉しいです。アンジェロ様が不安にならぬよう、今後も精進してまいります」

「ノルンさんは優しすぎです。普通は、そこにいるランドルみたいに文句を言うものですよ」

隣のベッドへ視線を向けると、ヴィヴィに治療してもらっていたランドルがヴィヴィやイーザム爺《じい》さんにグチグチと文句を言っていた。

「あいつら助けた後なんて言ったと思いますか？　『こうなることがわかってたんだから、もう少し早く来られないのか』ですよ！　ガリウス団長が、今の時期は魔獣が多いから護衛をつけていけと言ったのに、今は金がないから～とか言って護衛をケチったんすよ！　くっそ～腹立つ～！！」

「はいはい。わかったから少し黙って。興奮すると閉じた傷口がまた開くわよ。ほら、これで治療はおしまいね」

ヴィヴィの手がランドルの傷ついた太ももから離れると、ランドルはお礼を言った後ノルンのほうへやってくる。

「ノルンさん、傷の具合どうですか？」

「アンジェロ様に治してもらって、もうよくなったよ」

「よかったぁ～。俺が勝手に動いたせいで……申し訳ないっす」

「いや、あのときランドルが動かなければ、行商の人たちを守ることはできなかった。それを咎《とが》めたりなどしない。むしろ、あの場面でよくやったと私は思う」

ノルンが褒めると、ランドルは感極まった顔をしてノルンに抱きついていた。

そんなふたりを見ながら、俺は隣にいるイーザム爺《じい》さんに問いかける。

「イーザム様、傷薬以外に傷を治す方法はないでしょうか？」

「ん～そうじゃなぁ……」

イーザム爺《じい》さんは顎《あご》に手を当ててるとしばらく考えこみ、独り言のように呟く。

「まぁ、あるっちゃあるがあれは……見つけ出せたとしても、成功するかもわからんしのぉ……」

ぶつぶつとなにかを呟く爺《じい》さんに、ぐっと顔を寄せる。

「可能性が低くてもいいので教えてください。このままじゃ最悪のことも考えられます。早急に手を打ちたいんです！」

「わかったわかった。じゃから、そんなに怖い顔をするな。……鉱山で稀《まれ》に見つかる、魔力を蓄えることができるクリスタルがあるんじゃ。そのクリスタルを見つけ、お前さんの治癒魔法を閉じこめることができれば、誰でも治癒魔法を簡単に使えるようになるじゃろう」

爺《じい》さんの言葉に俺は目を輝かせた。

「そんなものが！　それで、それはどこにいけば採れるんですか？」

「ここいらじゃ、東の森の奥にある鉱山跡かの～。だが、あるかどうかもわからんし、魔力をこめるにはクリスタルを採取した直後でなくてはいけないから、お前さん自身が行かねばならんぞ」

「それくらい余裕ですよ！　それで前線の皆の苦痛が減るのなら、何度でもクリスタルを探しに行きます。ね、ノルンさん！」

興奮気味にノルンのほうを振り向くと、ノルンはおかしそうに笑いながら「問題ありません」と答えてくれた。

こうしてクリスタルを探しに行くことになった俺とノルン。

まずは鉱山の詳細な位置や中の状況を、森に詳しいランドルと、何度か鉱山を探索したことがあるというキアルに確認しにいく。

東の森にある鉱山は、以前はクリスタルが採れる場所で有名だったらしい。

だが採掘者たちが採り尽くしてしまったため、今では廃坑になっているのだという。

坑道は迷路のように入り組んでおり、数日間迷い続けた者もいるのだとか……

俺が不安な顔をしていると、キアルが一枚の地図をとり出す。

「以前探索したときに作った内部の地図です。すべてではないので、どこまで役に立つかわかりません。それに、古い鉱山なのでいくつか道がふさがっている可能性もあります。ですが、地図の印がついている分岐部には同じ印をつけておいたので、地図におこしてある場所ならほぼ迷わずに済むと思います」

「キアルが描いた地図があるから大丈夫っすよ！　それに、もしふたりが迷ったとしても、俺とキアルで迎えに行きますから」

「おい、ランドル。失礼なこと言うなよな」

キアルに肘で突かれてランドルはヘヘッと調子のいい笑顔を見せる。

ふたりのやりとりに不安は少し薄れ、キアルのくれた地図を手にお礼を言う。

「ふたりの世話にならないように気をつけるよ。キアル、地図をありがとう」

「地図が役に立てることを願っています」

キアルとランドルに礼を言い、鉱山探索に向けて準備を進めていく。

地図も手に入れたので気持ちは軽くなり、なんだかワクワクしてきた。


それから数日後。

鉱山探索出発の日を迎えた。

石などで肌を傷つけないように長袖《ながそで》長ズボンをはき、ブーツは底の厚い歩きやすいもの、ついでに頭を保護するために帽子まで被せられる。

リュックを背負うと、なんだか初心者感丸出しの探検家のようだった。

――俺だけダサくない？

隣にいるノルンを見るといつも通りの探索用の装いで、様になっている。

せっかくなのでおそろいで帽子をかぶりましょうと勧めてみたが、苦笑いされて終わってしまった。

ムッと頬を膨らませると、ノルンはごまかすように出発しますよと声をかけてきて、俺たちは東の森の鉱山へ向かった。

天気も良く、森の中は澄んだ空気に包まれている。

ときおり、ひんやりした風が吹き、草木の香りをいっぱいに吸いこんだ。

「風が気持ちいいですね」

「そうですね。今日は天気がよくてよかったです」

ノルンとふたりで空を見上げる。

大木の葉が優しく揺れ、木洩れ日がキラキラと小道を照らしている。

なんだかハイキングにでも来た気分になって、俺はそっとノルンの左手を握った。

ノルンはすっと目を細めて、嬉しそうに微笑んでくれた。

一時間ほど森の中を進み、途中でダッチさんが作ってくれたお弁当を食べればハイキングデートだ。

ひと休みした後は、また森の奥を進んでいく。

すると突然森が開け、眩《まばゆ》い太陽が顔を出す。

あたりには古びた小さな丸太小屋が数棟並び、その奥に洞窟のような大きな穴が見えた。

「ノルンさん、あそこでしょうか？」

「えぇ、そのようですね」

ノルンに手を引かれ、鉱山の入り口を覗きこむ。

中は漆黒の闇に包まれ、物音ひとつしない。

持ってきていたランタンに火を灯すと、奥に続く道がぼんやり照らされる。

深い闇に少し恐怖心が湧いて、ゴクリと唾を呑みこむ。

俺はノルンの服の裾《すそ》をぎゅっと握りしめながら、坑道の奥に足を踏み入れた。

ランタンで地図を照らしながら、節くれだった石の壁に沿って歩いていくと、さっそく分岐地点にたどりつく。

ノルンは地図に視線を落とすと、進行方向を指差す。

「キアルの地図によると、こちらですね」

ノルンに先導され、先へ進んでいく。

奥に行くにつれて空気はヒンヤリとしてきて、汗ばんだ体が冷えていく。

通路は大人三人くらいなら横に並んで歩けそうな広さで、思ったよりも窮屈さは感じなかった。

通った道がわかるように、暗闇の中でもうっすら光を放つ発光石を地面に置いていく。

俺たちが通ったあとには、薄紫の可愛らしい光が続いていた。

それから突然視界が広がり、大きな採掘場が現れる。

「わぁ、広い……」

俺の声がドーム状に広がった内部に反響していく。

ノルンとともにクリスタルがないか調べるが、この採掘場にはもうなにもなさそうだった。

「そう簡単には見つかりませんね」

「そうですね。さぁ、アンジェロ様。気を落とさず次の採掘場に向かいましょう」

ノルンに励まされながら、また次の場所を目指す。

向かう途中、キアルの地図にはない分岐点も現れるが、そこはいったんスルーして地図に描かれた道を進んでいく。

二個目、三個目、四個目と記された採掘場を周り、最後の五個目を見終わったところで、俺は大きなため息を吐く。

「ありませんでしたね……」

「ええ、残念ですが」

ふたりして肩を落とし、発光石をたどって来た道を歩いていく。

すると、先ほどはスルーしていた地図にない分岐点へ戻ってきた。

「……ノルンさん。この先、行ってみたいって言ったら怒ります？」

真っ暗闇の道を指差すと、ノルンはやや眉根を寄せ考えこむ。

すると、ふわりと柔らかな風が吹きはじめた。

――こんなことで、風魔法？

驚いてノルンを見ると、目を閉じ集中した顔で魔法を繰り出していた。

その姿は、キアルが索敵魔法を展開するのとよく似ていた。

――もしかして、この暗闇の道の先を探っているのかな？

集中の邪魔にならぬように、ソワソワしながらノルンが目を開けるのを待つ。

五分ほどすると、ノルンがうっすらと目を開けた。

「この先に、大きな空洞があります。もしかしたら、採掘場かもしれません」

「ほんとですか！　というか、ノルンさんも索敵魔法を使えるようになったんですね！」

「ええ。苦手でしたがキアルに教えてもらい、どうにか近場の地形把握くらいならできるようになりました」

――でかしたノルン！

ぎゅっと抱きつき、さぁ行きましょうとノルンの背を押す。

警戒しながら先に進むと、今まで見た中でも一番大きな採掘場にたどりついた。

期待に胸を膨らませながら丁寧に調べていくと、ランタンの光にキラリと光るものが目に入る。

めざとくそちらに視線を向けて近づくと、やや小ぶりの透明な結晶が石壁から生えているのを見つけた。

「ノ、ノルンさん！　これって、クリスタルじゃないですか!?」

やや興奮気味にノルンを呼ぶ。

「これは……間違いないでしょう。クリスタルです」

その声に俺は破顔し、ノルンに抱きついた。

「やりましたね、ノルンさん！」

ノルンも嬉しそうに顔を綻ばせ、リュックに入れていた採掘用のピッケルをとり出す。

俺は、イーザム爺《じい》さんから出発直前に渡されたクリスタルに魔力をこめる方法のメモを読んでいく。

「えっと、①魔力をこめられるクリスタルかどうか判断するには、まずクリスタルに魔力を流し色が染まるか確認すること」

イーザム爺《じい》さんの説明書通りに、クリスタルに手をかざし魔力をこめると、しゅっと魔力がクリスタルに吸いこまれ、そして透明から乳白色へ変わった。

内心喜びつつ、次の工程を確認する。

「その②、クリスタルが壊れないように根本から採掘し、すぐにためこみたい魔法をこれでもかと流しこむ。すると、クリスタルは魔力に反応しくにゃくにゃになる……え、くにゃくにゃ？」

ノルンと俺は首を傾げつつも、クリスタルを壊さないように丁寧に採掘していく。

上手に採れた喜びもほどほどに、手のひらにのせてさっそく治癒魔法を流しこむ。

すると、クリスタルの中にどんどん魔法が流れこんでいき……手のひらの中でくにゃりと形を変えた。

「わ！　本当に形が変わった！」

水飴のようにドロリとしたクリスタル。

興奮しつつ、このままだとメモが読めないことに気づいて困った顔でノルンを見上げる。

するとノルンが代わりにイーザム爺《じい》さんのメモの続きを読んでくれた。

「その③、くにゃくにゃになったクリスタルをいい感じに成形すれば完成！　……だそうです」

手紙を読みあげたノルンは苦笑し、俺はポカンとする。

――肝心なところが適当すぎるぞ爺《じい》さん！

心の中で文句を言っていると、ノルンも近くにクリスタルを見つけ、採取する。

そして俺と同じ手順で、魔法を流しこんでいくと、やはりくにゃりと溶けた。

そこからノルンは真剣な顔をして、手のひらのクリスタルを見つめ続けると、くにゃくにゃだったのがひとりでに丸くなり、お手玉サイズの丸い形に変わった。

薄緑の可愛らしいクリスタルを手に、ノルンが微笑む。

「魔力の流れを意識してみるといいかもしれません。頑張りましょうアンジェロ様」

「わかりました、やってみます」

ノルンの言われた通り、「丸！」「丸！」と念じながら魔力を流していくと、くにゃりと横に広がっていたクリスタルがじょじょに丸くなる。

しかし、ノルンほどうまくは丸くならず歪《いびつ》なクリスタルが完成した。

ノルンの物と横に並べると、その歪《いびつ》さがはっきりわかった。

しょげた顔をしていると、ノルンに頭を撫でられる。

採掘場にはクリスタルが何十個もあり、見つけては魔力をこめていく。

最初は出来の悪い形だったが、じょじょにコツを掴んできた俺は色んな形を作れるようになった。

しかし、いくら多く採れるとはいえ、数には限りがあるし、できあがったクリスタルを見ると、持ち運ぶにはサイズが大きい。

――ちぎったらダメかな？

前世、テレビで見た飴細工なんかはちぎったりして形を作っていたな、と思い出し、魔法をこめたクリスタルの一部をつまんでビー玉サイズにちぎってみる。

丸めると、クリスタルはその形のまま固まった。

――成功した！

その調子で、お団子を作るようにこねこねと小さなクリスタルを量産していき、大量の治癒魔法がこめられたクリスタルが完成する。

「すごい量ですね」

「へへ、頑張りました」

治癒魔法入りクリスタルが入った袋を抱えて自慢げに微笑むと、よくできましたと撫でられる。

喜んでノルンの顔を見上げていると、ノルンの頭上のあたりにふたつキラリと光るものが見えた。

「あ、ノルンさん。あれって……」

「え？」

「ツインクリスタル！」

俺が指差した方角をノルンも見上げ、ランタンを掲げる。

そこには、小ぶりながらもふたつの結晶がくっついたようなクリスタルがあった。

ランドルたちとクリスタルについて話していた時に、クリスタルの中でもツインクリスタルはとっっっても珍しく、心から愛し合う者同士のみが見つけられる幻の物だと言っていた。

それを持っているとふたりの愛は永遠になる、だとか言っていたので、見つけられたら嬉しいなと思っていたのだ。

世にも珍しいツインクリスタルを見つけた興奮と嬉しさで俺は飛び跳ねた。

ノルンは風魔法でふわりと宙に浮き、丁寧にツインクリスタルをとってくると、俺のもとに持ってきてくれる。

「わぁ、とても綺麗で、可愛いですね」

寄り添うように並ぶツインクリスタルが、キラリと輝きを放つ。

それを見つめる俺はもちろん、ノルンもなんだか嬉しそうだ。ランドルが言っていたことを思い出したのだろうか。

「これはこのまま持って帰りますか？」

ノルンの問いかけに、俺は少し考え、そして閃《ひらめ》く。

「これで、ノルンさんに贈り物をしたいです」

「贈り物……ですか？」

首を傾げるノルンの左手をとり、薬指を見つめた。

「遠い小さな島国では、永遠の愛を誓う際に左手の薬指に指輪をはめるそうです。左手の薬指は、昔は心臓と一本の血管で繋がっているとても特別な指だと言われていて、その指に指輪を贈るのは、愛する人の心臓を守る、という意味があるそうです。だから……愛するノルンさんを、僕の作った指輪で守ってもいいですか？」

頬を真っ赤に染めて、ノルンが頷く。

俺はクリスタルの片方に魔力を流しこみ、指輪の形になるように魔力をコントロールする。

俺の魔力と愛情がこもった乳白色の指輪ができあがると、ノルンの左手の薬指にはめる。

それはピッタリとノルンの指におさまり、俺は嬉しさに笑みを浮かべる。

すると今度は俺の左手をノルンがとった。

「では、私もアンジェロ様に指輪を贈らせてください。いつなんどきも、あなたの近くで私が守り、愛すると……」

ツインクリスタルの片割れにノルンが魔力をこめる。

薄緑の爽やかな色合いの指輪が完成すると、俺の左手の薬指に優しくはめてくれた。

互いに指輪を贈り合った後、自然と顔が近くなる。

愛おしさがつのり、左手でノルンの頬を撫でた。ノルンも俺の頬を撫でてくれる。

「アンジェロ様、愛しています」

「僕も愛しています」

少し背伸びして薄い唇に触れると、ノルンは目を細めてまたキスをくれる。

今度は深く、熱のこもったキス。

舌が絡まり、キスがどんどん深く激しくなると、採掘場にふたりの熱い吐息が反響する。

こんな場所で盛っちゃいけないと思いながらも、最近は行商人問題でふたりとも忙しくてご無沙汰だったせいか止まらない。

ランタンの淡い光に照らされる、発情したノルンの顔がたまらなくそそる。

「ノルン、さん」

誘うようにノルンの名前を呼ぶ。ノルンは俺がやる気なんだと理解し、困ったように眉を下げた。

「こんな場所ではアンジェロ様のお体を傷つけてしまいそうで……」

「じゃあ、これはどうですか？」

遠慮がちなノルンを座らせ、俺が上からまたがった。ノルンは目を丸くしたが、すぐにふっと笑みをこぼす。

「相変わらず、アンジェロ様は誘うのがお上手ですね」

そう言ってノルンは俺のシャツのボタンを外し、胸をついばんでくる。

「ひぅ、あ、ンッ……」

汗ばんだ肌を舐められるのは恥ずかしいが、どんどん興奮し、高まってくる。

早くノルンが欲しくて、胸を舐められながらズボンの前をひろげていくと、ノルンの指がスルリと双丘を撫でる。

普段ならもっと愛撫してからの挿入がセオリーなのにどうしたんだとノルンの顔を見ると、いつもより切羽詰まった顔をしていた。

ノルンも俺と同じく久しぶりのエッチでたまらなくなったのだと思うと、愛おしさがこみあげてくる。

たくさんキスをして、ノルンの指でぐちゅぐちゅにほぐしてもらい、猛りに猛ったモノに腰をおろしていく。

自分の体重でゆっくりとノルンのモノを呑みこんでいく感覚だけでふるりと体が震え、軽く達してしまう。

ノルンの服を汚してしまった申し訳なさと快楽が同時に襲ってきて、「ごめん、なしゃい……」と謝りながらもまたイッてしまう。

そんな俺を見て、ノルンは目を細めると、「もっと汚してください」と言って腰を動かす。

腰をつかまれ奥を突かれるたびに、肌がぶつかる音と、愛液で濡れた摩擦音、俺の嬌声が響き渡る。

久しぶりに愛し合ったせいか、時間はあっという間だった。

ノルンの腕の中でくったりと体を寄せていると、左手の薬指にノルンがそっと触れてくる。

「きつくはないですか?」

「大丈夫ですよ。どちらかと言えば、すごくピッタリです」

ふふっと微笑むと、ノルンは俺の左手をとり、愛おしそうに薬指にキスをくれた。

「私の魔力がこめられた指輪が常にアンジェロ様とともにあると思うと、嬉しいですね」

「そうですね。僕もノルンさんがいつもそばにいてくれる気がして、すごく嬉しいです」

互いに微笑み合い、またキスをして十分にイチャイチャした俺たちは、大量のクリスタルを手にしてキャンプ地へ戻っていった。

帰りついてすぐイーザム爺《じい》さんに成果を見せると、爺《じい》さんは治癒魔法がこめられたクリスタルを見て目を輝かせた。

「ほほ～見事なもんじゃな。上出来上出来。じゃが、これをおっちょこちょいのランドルたちにやると思うともったいないの～。あいつらのことじゃ、クリスタルがあるから大丈夫～なんて調子にのって、さらに怪我して帰ってくるぞ」

「ハハ。ランドルや皆には過信はしないようにと言っておきますよ」

「それがいいじゃろな。それにしても、お前さんの魔法は本当に綺麗じゃ。これを商人たちが見たら目の色変えて欲しがるじゃろな。売ったらそりゃ～いい値段で売れるじゃろうなぁ～」

イーザム爺《じい》さんの言葉に、ハッと顔を上げる。

――これを……商人たちが欲しがる？

クリスタルを手にとり、いろいろと考えを巡らせる。

ひとつの案が思い浮かび、ニタリと口角が上がった。

「イーザム様……妙案を思いつきました」

「ほほ～アンジェロ。悪い顔をしとるのぉ～」

イーザム爺《じい》さんは俺の案を聞くとケタケタと笑い、「そりゃ～いい！」と絶賛してくれた。

それから数日後。

あの悪どい行商人が、いつものように少数の護衛で村にやってくる。

護衛たちは来る途中で魔獣の群れに襲われたらしく、疲労困憊《ひろうこんぱい》の様子で治療小屋で治療を受けていた。

帰りもこの調子では全滅だと護衛のひとりが呟き、大きなため息をもらす。

魔獣の素材の買いとりを終えた行商人は次の商談があるからさっさと帰ると言い出し、まだ傷の癒《い》えていない護衛たちを連れだそうとしていた。

それを見ていたランドルがたまらず口を挟む。

「おい、まだそいつらの傷は癒《い》えてないんだぞ。それに、もう日が暮れる。夜は視界が悪いし、魔獣も活発に動き出すんだから、せめて日が登ってから出発したほうがいいんじゃないか？」

その言葉に行商人の男は眉根を寄せ、ランドルに見下すような視線を向けた。

「申し訳ないが、こちらも予定があるもので。それに、護衛の方たちもそれを承知で私に雇われたんですよ。ねぇ、そうですよね？」

その言葉に護衛たちが黙って頷くと、行商人はニタリと嫌な笑みを浮かべてランドルに向き直る。

「それに、もしものときは以前のように優しい皆様が助けてくれるではありませんか。この前線の方々は腕の立つ方ばかりで、私はとても信頼しているんですよ」

「じゃあ、俺たちを雇って護衛を増やせばいいじゃないか！」

「そんなことをしたら、私の利益がなくなってしまいますからねぇ。あなた方に頼らないでいいように、女神フテラに祈っておきましょう」

ランドルはカッとして行商人に詰め寄ろうとするが、近くにいたノルンがそれをなだめる。

行商人の男は捨て台詞を吐くと、休んでいた護衛たちを引き連れて治療小屋を出ていこうとした。

だがそのタイミングで、俺は静かに口を開いた。

「申し訳ありません。お急ぎだとは思いますが、少しお時間をいただけないでしょうか」

突然声をかけられた男は煩《わずら》わしそうな顔をしたが、声をかけたのが有名な『戦場の天使』だとわかると、あからさまに態度を変える。

「これはこれはアンジェロ様。なにかご用意でしょうか？」

先ほどとは違い猫撫で声で話しかけてくる行商人。

露骨な態度の変化に苛立つ気持ちを抑えながら、アンジェロスマイル全開で話しかける。

「実は、村の特産品として、これからこちらの商品を売っていきたいなと思っているんですよ。まずは商売に詳しい方のご意見をいただけたらと思いまして」

行商人の前で、小さな箱を開く。

乳白色に輝くクリスタルに、行商人が大きく目を見開いた。

「こ、このクリスタルは……」

「僕の魔力をこめたクリスタルです。怪我をしたときに役立つのはもちろん、人によっては……それ以上の価値を持つ石になっています」

「アンジェロ様の……魔法がこめられたクリスタル……」

行商人はじっとクリスタルを見つめる。

きっとこの商品でどれだけの儲けが生み出せるか計算しているのだろう。

しばらくすると、行商人の男は目をぎらつかせて顔を上げた。

「こちらはいつから売りに出すおつもりですか？」

「そうですねぇ……できれば、早いほうがいいと思っておりますが」

「では、すぐにでもお取引させてください」

行商人がずいっと顔を寄せる。だがすっとノルンが俺の前に割りこんで、これ以上近づくなと行商人に圧をかける。

行商人はノルンをうっとうしそうによけながら、商談の続きをしてくる。

「それは困りましたね……。このクリスタルは希少ですので、まだ具体的なお取引を考えるのはこれからと思っておりまして。今すぐとなると、よっぽど信用できるお相手でないと……」

「ならば、我が商会は歴史も信用もあります。この商品の素晴らしさをお伝えできるのは、我が商会以外にはないでしょう」

行商人の男は、問題なしとばかりに大袈裟に手振りする。

その姿を見て俺はほくそ笑み、わざとらしく眉を下げる。

「ええ、ですが……」

言葉を濁《にご》し、チラリと護衛たちを見つめる。

「護衛の方々の傷は癒《い》えておらず、危険な夜の出発となると、貴重なクリスタルが壊されてしまいそうなので……今回のお取引は、やめておきましょうか。また、日を改めてと言いたいところですが……なにせ希少なものですから、そのときまで残っているかはお約束できそうにありません」

さも残念そうにもったいぶってクリスタルの入った箱を引き下げると、行商人は慌てだす。

「いやいや、まさか護衛たちがこのような状態で帰るなどありえませんよ。たった今、前線の皆さんに護衛を頼もうかと思っていたところです！」

焦った行商人がランドルに目を向けると、ランドルはニヤッと悪い笑みを浮かべる。

「え～、そ～なんすか～。あ、そういえば他の方の護衛を受けちゃったの忘れてたなぁ。だから、今回は難しいっすね～」

「――っな！」

行商人はランドルを睨《にら》むが、ランドルはチラリと俺の手元にある箱を見て、「これを諦めるんすか？」とばかりに再び男にニヤニヤと笑みを向けた。

行商人はふるふると震えながらランドルに頼みこむ。

「りょ、料金を上乗せするのでぜひ私たちを優先的に護衛してもらいたい」

「え、いいんすか～！　じゃあ、先方には日どりを改めるよう交渉しておきますね」

ランドルと契約を結ぶところを確認すると、俺は行商人が待ち望んだ物を手渡し、満面の笑みで忠告する。

「これからも末長くお取引したいと思っておりますので、信用に足る行動をよろしくお願いしますね。僕はフテラ様とともに、あなたの善行を見守っておりますから」

「は、はぃ……」

行商人は何度も頭を下げて、治療小屋をあとにした。

騒動が終わり、ふぅと息を吐くと、ランドルが明るい顔をしてやってくる。

「あの新しい商品すごいっすね！　アンジェロ様の治癒魔法がこめられたクリスタルなんて、そりゃあすごい価値がありそうっす！」

「あ〜、あれはまだ大量にあるんだよ」

皆に渡そうと麻袋に入れていた数十個のクリスタルを見せると、ランドルが目を輝かせる。

「本当は売り物じゃなくて、皆に渡そうと思って作ったんだ」

「え、いいんすか！　ありがとうございます、アンジェロ様！」

ランドルは大喜びで受けとって腰に下げていた袋に大事そうに入れると、ふと俺の左手を見つめた。

「あ、もしかしてその指輪もクリスタルで作ったんですか？」

「うん、そうだよ」

「へぇ〜いいっすね！　俺も指輪のが欲し……」

「これは、私とアンジェロ様だけの特別なものだ」

ノルンが釘を刺すと、ランドルは口を尖らせて「い〜な〜」とふてくされる。

「ごめんね、ランドル。この指輪は本当に特別な物なんだ。いつか、ランドルにも特別な人ができたら一緒に作るといいよ」

「へ〜い」

拗ねたランドルが小さな子どものようで、ノルンと顔を見合わせる。

きっと、ランドルも大切な人ができたらわかる日がくるだろう。

ふたりだけの特別な物を身につける幸せを。


仕事を終えた頃には、空は夜色に変わっていた。

治療小屋の裏口から出て、う〜んと伸びをすると、月明かりに照らされて薬指の指輪が光る。

薄緑のクリスタルの指輪は、夜空に透かすと少し黒色が入り、ノルンの瞳の色に近くなる。

「綺麗……」

大好きな人がくれた、永遠を誓い合う指輪。

夜空に手をかかげて指輪に見入っていると、想い人の声がした。

「なにか見つけたんですか？」

左手を伸ばしたまま空を見上げる俺の姿がおかしかったのか、ノルンが微笑みながらやってくる。

俺の背後に立つノルンと一緒になって空を見上げた。

「ノルンさんがくれた指輪を月明かりに照らすと……ほら、ノルンさんの瞳の色に近くなるでしょ？　あんまり綺麗で、つい見惚れてたんです」

素直にそう伝えるとノルンは照れたように笑い、ぎゅっと俺を抱きしめる。

つむじにちゅっとキスされて、くすぐったくて笑うと、指輪と同じ色の瞳が優しく俺を見つめた。

ノルンもそっと左手を夜空に掲げ、月明かりに指輪を照らす。

「アンジェロ様からいただいた指輪も、とても美しく輝きますね。月明かりの下では、こうしてアンジェロ様の美しい髪と同じ煌《きら》めくような金色の光を放ち、きっと青空の下では、私の大好きな澄んだ青色の瞳と同じ色に変わるのでしょう」

ノルンの甘くくすぐったい言葉に、思わず口元が綻んだ。

俺の体を抱きしめる右手に、そっと自分の指を絡めて、また視線を夜空へ向ける。

月明かりに照らされたふたつの指輪は、仲睦まじく小さな光を放ち続けた。

この作品に対する皆様のご意見・ご感想をお待ちしております。
おハガキ・お手紙は以下の宛先にお送りください。

【宛先】
〒150-6008 東京都渋谷区恵比寿 4-20-3 恵比寿ｶﾞｰﾃﾞﾝﾌﾟﾚｲｽﾀﾜｰ 8F
（株）アルファポリス　書籍感想係

メールフォームでのご意見・ご感想は右のＱＲコードから、
あるいは以下のワードで検索をかけてください。

アルファポリス　書籍の感想　検索

ご感想はこちらから

本書は、「アルファポリス」（https://www.alphapolis.co.jp/）に掲載されていたものを、
改稿・加筆のうえ、書籍化したものです。

悪役令息《あくやくれいそく》に転生《てんせい》したビッチは
戦場《せんじょう》の天使《てんし》と呼ばれています。2

赤牙（あかきば）

2023年 10月 20日初版発行

編集－渡邉和音・森 順子
編集長－倉持真理
発行者－梶本雄介
発行所－株式会社アルファポリス
〒150-6008 東京都渋谷区恵比寿4-20-3 恵比寿ｶﾞｰﾃﾞﾝﾌﾟﾚｲｽﾀﾜｰ8F
TEL 03-6277-1601（営業） 03-6277-1602（編集）
URL https://www.alphapolis.co.jp/
発売元－株式会社星雲社（共同出版社・流通責任出版社）
〒112-0005 東京都文京区水道1-3-30
TEL 03-3868-3275
装丁・本文イラスト－都みめこ
装丁デザイン－AFTERGLOW
（レーベルフォーマットデザイン―円と球）
印刷－中央精版印刷株式会社

価格はカバーに表示されてあります。
落丁乱丁の場合はアルファポリスまでご連絡ください。
送料は小社負担でお取り替えします。

ISBN978-4-434-32792-6 C0093